我不是妈宝

WO BUSHI MABAO

刘阳 著

廣東旅遊出版社
GUANGDONG TRAVEL & TOURISM PRESS
悦读书·悦旅行·悦享人生

中国·广州

图书在版编目（CIP）数据

我不是妈宝 / 刘阳著. —广州：广东旅游出版社，2020.5
ISBN 978-7-5570-1861-0

Ⅰ.①我… Ⅱ.①刘… Ⅲ.①长篇小说–中国–当代 Ⅳ.①I247.5

中国版本图书馆CIP数据核字(2019)第110833号

我不是妈宝
WO BUSHI MABAO

| 出 版 人：刘志松
| 责任编辑：方银萍　厉颖卿
| 装帧设计：佟晓钰
| 责任技编：洗志良
| 责任校对：李瑞苑

广东旅游出版社出版发行
（广东省广州市环市东路338号银政大厦西楼12楼　邮编：510060）
黑龙江省艺德印刷有限责任公司
（黑龙江省哈尔滨市香坊区幸福镇靠河路68-12号）
787毫米×1092毫米　16开　16印张　316千字
2021年5月第1版第1次印刷
定价：42.00元

【版权所有　侵权必究】
本书如有错页倒装等质量问题，请直接与印刷厂联系换书。

目录 contents

第 1 章
妈宝男，你走开　　　　　　　　　　001

第 2 章
女儿，我劝你自强　　　　　　　　　006

第 3 章
漂泊，独立的开始　　　　　　　　　010

第 4 章
社会领进门，修行看个人　　　　　　015

第 5 章
家有悍妈，爹怂如狗　　　　　　　　020

第 6 章
职场是个技术活　　　　　　　　　　025

第 7 章
风里雨里，闺蜜陪你　　　　　　　　030

第 8 章
誓要一雪前耻　　　　　　　　　　　034

第 9 章
他想要为爱变身　　　　　　　　　　038

第 10 章
妈宝女驾到　　　　　　　　　　　　042

第 11 章
嘿，我们复合吧　　　　　　　　　　046

第 12 章
虎妈的铁血教育　　　　　　　　　　050

第 13 章
原来他竟是隐藏妈宝　　　　　　　　054

第 14 章
没有机会就创造机会　　　　　　　058

第 15 章
知难而进，方是英雄本色　　　　　062

第 16 章
再续孽缘也是种缘分　　　　　　　066

第 17 章
热血造梦的感觉真好　　　　　　　071

第 18 章
有福同享，有难同当　　　　　　　075

第 19 章
妈宝可没有间谍天分　　　　　　　080

第 20 章
再见，前任　　　　　　　　　　　084

第 21 章
丘比特之箭　　　　　　　　　　　088

第 22 章
听妈妈的话，别让她伤心　　　　　093

第 23 章
路见不平一声吼　　　　　　　　　098

第 24 章
小公主的表白　　　　　　　　　　103

第 25 章
妈，我想你了　　　　　　　　　　108

第 26 章
人活着就要不停地折腾　　　　　　113

第 27 章
时间才是最贵的奢侈品　　　　　　118

第 28 章
一起联手升级打怪　　　　　　　　122

目录 contents

第 29 章
人前狂欢人后丧 　　　　　　　　　　126

第 30 章
成年人的幼稚并不可爱 　　　　　　　130

第 31 章
不当妈宝，真的好难 　　　　　　　　135

第 32 章
异性之间没有纯友谊 　　　　　　　　139

第 33 章
我忍你很久了 　　　　　　　　　　　143

第 34 章
丑女婿也要见岳父母 　　　　　　　　147

第 35 章
糖衣炮弹的鸿门宴 　　　　　　　　　151

第 36 章
儿大不由娘是真理 　　　　　　　　　155

第 37 章
妈宝，请独立思考 　　　　　　　　　159

第 38 章
妈宝第二雷区——依靠型母子 　　　　163

第 39 章
两代女人之间的战争 　　　　　　　　167

第 40 章
向左走，向右走 　　　　　　　　　　171

第 41 章
天灾人祸一起来 　　　　　　　　　　175

第 42 章
冲吧，为了真正的进化 　　　　　　　179

第 43 章
弱者的绝地反击 　　　　　　　　　　183

第 44 章
今生再爱一次　　　　　　　　187
第 45 章
大难临头，不各自飞　　　　　191
第 46 章
悬崖边的家庭　　　　　　　　195
第 47 章
世上没有不透风的墙　　　　　199
第 48 章
不要变成自己最讨厌的样子　　203
第 49 章
等待东山再起的机会　　　　　207
第 50 章
苦心人天不负　　　　　　　　211
第 51 章
可怜天下父母心　　　　　　　215
第 52 章
欢迎加入北漂大军　　　　　　219
第 53 章
不受欢迎的红娘　　　　　　　223
第 54 章
将冷战进行到底　　　　　　　227
第 55 章
不成功便成仁　　　　　　　　231
第 56 章
妈妈也需要人疼　　　　　　　235
第 57 章
最美不过夕阳红　　　　　　　239
第 58 章
我不是妈宝　　　　　　　　　244

第1章
妈宝男，你走开

北京，周末的早晨，姜承东躺在被窝里玩手机自得其乐，接过母亲沈萍买来的早点，头也不抬地开吃。

沈萍宠溺地把牛奶放在床头，叮嘱道："乖宝，吃完饭就去见下田阿姨家的女儿，处不成对象当个朋友也行。"

"妈，你别什么都要管，找对象这事儿，给我点自由行不行！"

"给你自由，你就天天只顾着找林欣然，她压根就不适合照顾你。再说我不管你谁管你？听话，不许耍小孩子脾气！"

姜承东赌气地背过身，继续刷手机，沈萍无奈地摇摇头，关上了门。

叮咚，特别关注的好友林欣然新发一条微博：月是故乡明，霾是故乡纯！北京，我回来了！

四九城的路面交通不敢指望，林欣然从机场挤了一路地铁，还碰上出站电梯例行检修，只能抬着沉重行李箱走楼梯，结果好不容易爬到地面，刚呼吸口新鲜的霾，眼前突然冒出了半捧花瓣凋零、绿叶残损、彩纸褶皱的花束。

她的目光跃过花看清来人，不由吐槽道："姜承东同学，就算是前女友，也不用奉上残花败柳嘲讽吧？"

"冤枉！"姜承东连忙把这被一路疾驰摧残了的花放到身后，露出讨好的笑容就来拎行李箱，"欢迎回来！离你家还有一段距离，我送你。"

"谢谢好意，但不用了。"林欣然按住自己的箱子，看着一辆破旧的可以扔到驾校折磨学员的老桑塔纳，记得当年他爸就开这车，到如今果然成了祖传宝贝。

她倒不是嫌贫爱富，只是从车就可以确认，姜承东仍处于自我感觉良好阶段，家里提供什么，他就享受什么，活在父母给的设定里。

"别客气，上车吧……"姜承东不松手，用力和她抢。可怜林欣然漂洋过海折腾一路，哪里还有多余体力和他较劲，箱子直接被姜承东抢了过去。

姜承东显然也没预料到如此轻易，手上力气不足，箱子一角重重砸在便道牙子上。

嘎嘣，极清脆的一响。

受力过度的轮子折断弹飞，撞在林欣然的腿上，箱子也瘪进去一块。

"怎么会这样？"姜承东傻眼了，想辩解不是故意的，又怕火上浇油，卡壳了。

"大哥，你能别添乱了吗？"林欣然心疼地打量箱子，见他还想凑上来，赶紧拦下一辆出租车，分秒都不要再和这个家伙多相处。

出租车上，林欣然忍不住回头，看到茫然在路边不知应变的那个长身青年，相貌再是养眼，也难掩本质就是一个被母亲保护得太好的大宝宝。

"面对现实吧，少女心可不能当干粮。"她埋怨自己，才过了多久，就忘记这家伙有多可恨，回国前还对再见面隐隐期待……

大学时，她和姜承东郎才女貌，又都是初恋，演足了蜡烛吉他、浪漫誓言、争吵分手、雨夜求合等狗血戏码。

只不过，时间久了，爱情滤镜淡了，林欣然眼里的姜承东，从干净帅气声音温柔的少年形象，变成了缺乏主见，做事磨叽的大宝宝，十句话里面五句开头都是"我妈说"。

林欣然是家中独女，父母对她也宠，可对比沈萍简直小巫见大巫。

姜承东所有的衣服都要周末带回家洗；早餐和牛奶由沈萍周末搭配好了给他装箱；各种食物的微波炉使用细则都要写明备注；至于学校食堂和周边饭店，沈萍要亲自品尝评估，卫生达标方可让儿子去吃；姜承东出去旅行绝不能超过两天，睡觉不能超过11:00；睡前要打电话和母亲交流一天的感受，不开心、缺少什么东西都要及时汇报。

按说两个人还没走到谈婚论嫁的阶段，父母不该直接参与。但姜承东和母亲的沟通亲密无间，刚确定恋爱的时候，沈萍就都知道了。

后来沈萍循着蛛丝马迹关注了林欣然的微博，从最新消息一直看到了她中二青少年时期，不时点评两句，字里行间大有"你这不对那不对，不改正可配不上我儿子"的隐藏意味。

林欣然一早醒来看见系统提示几百条未读消息，还以为自己火了，再一看内容顿时勃然大怒，年少轻狂，硬碰硬地对付沈萍的指责，在网上回复的语气有些冲。姜承东立刻找她，请她尊重自己母亲。

可沈萍对林欣然横加管教的标准，堪比新世纪修订版的《女诫》，无论姜承东再怎么拜托，林欣然无法视而不见，更坚决不配合演出去道歉。

这件事也成为压倒骆驼的最后一根稻草。沈萍的以子为天，姜承东的怯懦不成熟，都让林欣然无比心累，她狠心分手，报了学校的交换生项目赴美，念完硕士才回国。

跳出那段情感，随着年纪和阅历增长，林欣然明白姜承东就是传说中的"妈宝男"，有多远躲多远才是良策。可偏偏这三年中，没有了沈萍掺和，自己身处孤独的国外，姜承东的长情浪漫，的确让距离产生了美。

幸好，在前一刻重新碎成了量子态。

零落的花，呆立的男人，老旧的普桑，画风脱离了大都市，由那悲壮的表情硬生生扭成了西部片，英雄主角即将拔出左轮枪决战恶匪。

幸好，姜承东只是拿出手机，给好友发消息："军师，我失败了。"

"死心了？"那边回复。

"怎么可能，三年都坚持下来了，我一定会把她追回来！"

姜承东立下 flag（网络用语，指树立目标），愤恨地踢开了林欣然箱子上掉下来的那个轱辘。

你个小东西，怎么就背叛了自己的使命呢？

其实他更愤恨自己的表现失常。

当初林欣然匆匆出国，他心里始终割舍不下，死缠烂打的沟通，终于意识到了自己身上有种种问题，立誓承诺一定会改变，即使那边再冷淡也坚持每月一封雷打不动的手写长信，生日节日都有礼物，去旅游总会发明信片，换着小号去关注她的每一条动态，嘘寒问暖、搞笑逗乐、深情表白，存在感刷得满满。

在这个喜新厌旧、见异思迁司空见惯的时代，一个长相不差才情不差家世不差的男生，痴恋得很深很深。林欣然虽然一直没有同意复合，心里也逐渐成了一种寄托。

以至于身边同为留学生的追求者，和他相比，都显得轻浮。

只可惜姜承东三年努力，真见面时却出尽了洋相。

母亲大人来电，姜承东急匆匆接起。

什么时候回家？中午和同学都吃了啥？干不干净？踢球有没有受伤？家里的酱油没了，你路过超市时买一瓶大桶酱油，现在搞活动促销，价格合适！

老妈的连环追问外带最高指示，一气呵成，姜承东疲于应付，又看着自己现在的狼狈样子，倒也不用伪装，就是在球场上被对手血虐后的惨相。

林毕腾等在楼前张望着，远远看到女儿，脸上的欣喜让皱纹更深，见她下了车，忙不迭地接过行李。

妈妈陶珍已经烧好了一桌饭菜等着她，熟悉的家常菜味道，让林欣然觉得幸福得不要不要的。

林欣然挨着母亲坐下，突然碰到她的手，眼睛一下子就酸得不行："妈，你这些年操劳，吃苦了，看手上这些茧又厚了。"

"别提了,还不是你不在家我太省心,天天打麻将磨的。"

"额,妈,要不要这么实诚……"

林毕腾忍不住笑,这对杠精母女见面还是老样子。

久别重逢,林欣然对父母有说不完的话,几番笑闹后,父母还是提起了林欣然工作的问题。

林毕腾试探道:"要不然找你姐帮帮忙,让孩子有个应聘大学当老师的机会。"

陶珍打断他:"用得着吗?我闺女经济学高才生,哪都抢着要,我已经给然然物色了好工作。"

林欣然眼底闪过一丝不易察觉的慌乱,连忙重重咳了声,吸引了二老的注意力:"爸,妈,你们都别操心,我先歇几天倒时差,工作的事情我自己解决。我都这么大人了,哪儿还能什么都让爸妈费心。"

林欣然原本期望的稍事调整因为两代人不同的生活习惯而泡汤。她倒时差总要半夜才睡着,可大清早总被老妈的锅碗瓢盆声吵醒,睡眠严重不足,简直快要神经衰弱了。

她和陶珍提了意见,得到家里太后批复:给你做早点还被埋怨,真是白眼狼!

过了几天,林欣然干脆定了闹钟,比老妈每天还早五分钟起来,故意把她吵醒,在"小兔崽子"的怒斥中,得意扬扬地晨跑去了。

还没跑出两个路口,她就迎面撞见姜承东。

"好巧!"

"你家南三环,我家北三环,你是对'巧'字有什么误解吗?"林欣然目露鄙夷,扭头就往回跑。

晨跑是她大学时就养成的习惯,那时候三番五次想拉姜承东陪自己都无果,现在他倒是机灵地算准了这点,在路上"偶遇"自己。

姜承东不要脸地跟上,男生体力好,任她怎么加速都甩不掉。

尬跑中她先打破沉默:"有事请奏,无事退下。"

"然然,我都等你三年了,好不容易把你盼回来了,咱们复合吧。"

"大白天做啥梦,醒醒好伐?"

"可你在国外这么久,一直也没再谈恋爱,不是在……"

她脑海中又重现了少女心粉碎的画面:"没遇到合适的人,不代表在等你,别给你自己加戏。"

姜承东自信满满道:"我妈说了,女生就爱口是心非。"

"你妈还说我野蛮骄纵,绝非良配嘞!"

我不是妈宝

"这个，是她误会了你，我不这么想的！"

林欣然站定，认真地向他鞠了一躬，"如果你是瞒着令堂来找我，请回去征得她同意、签字加按手印再来骚扰我，否则我怕她怨我让你乱花钱、开车费油、久思伤神、吸霾伤肺、空腹伤胃、动怒伤肝……"

姜承东被她编造的八大罪状气得不轻："就你会拽词，不知道的以为你去美国学相声专业了！你和我妈都是我最亲近的人，为什么就不能和平相处呢？"

"哦，那你可真不了解你的妈宝属性加沈女士的杀伤力。"

林欣然微笑地对他摇摇手指，见他一副想发火想理论又不知怎么做的纠结样子，心情莫名好转，哼着小曲慢跑回家。

姜承东这次没有跟上来，母亲和女朋友各站一边，他犹豫徘徊，不知道该站哪队。

第 2 章

女儿，我劝你自强

林欣然把和姜承东的纷纷扰扰抛诸脑后，开始了求职之路。

这些日子，她变成了一只小蚂蚁，乘地铁在北京的地下钻来钻去，时不时探头出来，到地面接受各公司人事经理居高临下的审视。

海归越来越多，她的学校和专业在国内算不上有多大优势，况且她还挑公司挑待遇，想相看两不厌，真是难找那座敬亭山。

屡败屡战的林欣然来到最心仪的一家公司——情声科技公司（以后简称情声）。

在工作规划方面，她首选是互联网巨头企业，其次是有潜力的互联网创业公司。这家公司成立不过半年，开发移动音乐播放 APP，在智能手机开始普及的年代，可以说是站在了时代前沿，而且回复简历高效及时。

她比预约的时间早到了半个小时，得知要面试自己的运营部负责人还在开会，就安静地坐在门口沙发等着，翻看着手中的准备材料。

没多久，她就被一个女生打电话吵到，只听几句，心里便不屑地浮现了三个大字："妈宝女！"

"妈，你又乱洗我的衣服，想穿的都没干，我已经连续三天穿同一条裙子了！"

贺小秋身着可爱风的公主裙，端着杯奶茶，边走边讲电话："说多少次了，我不喜欢红的那件，也不喜欢蓝的，没有理由，就是不喜欢！新买的没穿过也不喜欢，就不穿！"

"妈你先别说了，什么？哪个男生？没印象没印象，不说了，我马上要去面试了，有完没完……啊！"

一声可怕的尖叫。

对于以自我为中心的妈宝来说，外在世界总是容易被忽略，比如这扇玻璃门就擦得太过干净，贺小秋完全没有注意到，直直撞在上面，手里的奶茶半杯交待在了衣服上。

"都是你！没完没了和我说话，我衣服都弄脏了，这是最后一家进面试的了，再通过不了我就没人要了！"

错的总是别人，贺小秋对着电话那边的亲妈一通抱怨，然后哭丧着脸进门，坐到了林欣然的旁边，拿小镜子左看右看。

奶茶在浅色衣服的领子和前胸都留下了明显痕迹，她嘴里不停碎碎念，还捶手里的包包发小脾气。

贺小秋的包总会买很大那种，每天出门前把桌上东西往里胡乱一堆，她翻半天找出了清洁湿巾，赶忙拿了一张不停擦拭，结果污渍经过稀释迅速扩大领地。

她更急更气了，眼圈泛红，拿起手机就要拨号。

林欣然忍不住多嘴道："你现在找你妈也没用。"

"呜呜，那你说怎么办嘛？"贺小秋六神无主地抬头，显然被林欣然说中了下一步的举动。

林欣然扫了眼手表，距离自己的面试还有一段时间，拉起贺小秋直接出门："跟我来。"

情声科技所在的东兴大厦是新盖的国际化写字楼，洗手间里洗手液和干手器都是标配。

林欣然进隔间掏出一卷纸，把领口污渍边上都缠上，指着洗手液道，"它的去污能力不比洗衣液差，你小范围清洗，别弄湿其他地方。你这么看我什么意思？"

"难道我自己洗吗？"贺小秋指着自己鼻子，迟疑道。

林欣然狂翻白眼："我可不是你妈！"

贺小秋咬牙道："妈！"

林欣然被气笑了，一脸慈祥地拍拍她肩膀："女儿，我劝你自强。"

"你……你回来，帮人帮到底啊！"贺小秋跺脚大喊。

但林欣然自己也还要面试，自然是头也不回。贺小秋挽起袖子给自己加油打气："哼，不就是洗衣服嘛，一点都不难，我贺小秋是最棒的……哎呀！"

她光顾着低头去冲衣服，脑袋撞水龙头上了。

回到情声公司不久，林欣然就被通知面试。

偌大的会议室，只有她和情声运营部副总监杨蕾两人。

这是一个戴着黑框眼镜，气度沉稳的长发丽人，言语不多，引导着林欣然多讲、多谈，保持着审慎的态度，面无表情地聆听，自带一股压力气场。

幸好林欣然在国外时可是能和历史学教授详聊战争，和经济学教授深谈改革开放的主儿，语言表达能力很强，这些日子大小面试不断，心理素质更上一层楼，紧张难免，但完全不影响发挥。

她们聊了国内外互联网企业的理念差距，谈了移动市场的未来趋势，分析了几款草根应用突围成国民级 APP 的弯道超车，林欣然自认发挥良好，又和人事经理沟通了期待的薪资待遇，虽然没有当场得到肯定的答复，但她还是心存希望。

士可杀，不可脏乱丑，贺小秋在水池边努力地搓洗衣服。

洗手液眼看着就被她给用光了，还有一点浅浅痕迹，贺小秋忍不了。她看过老妈洗衣服，还知道往瓶子里面倒一点水，把剩下的洗手液也发挥出剩余价值。

终于洗手液用无可用了，她走到烘手机下各种吹吹吹。

这衣服领口宽大，她自己用手扶着也是会被风吹得大开，她又要弓身扭动吹到更多的面积，姿势不免就诡异了一些。

"你没事吧？"一个意外的声音从男厕所那边传来，惊讶地发现了一个抱着干手器跳非洲土著舞的女人。

"啊！"贺小秋也是一声惊叫，连忙护住胸口，对那个男人怒目而视，"我没事你才有事！别看，转过去！"

对方却纹丝未动。

"说你呢！转过去！变态！"

"我转不过去……腿麻。"

那是一个瘦高个男生，戴着眼镜，外表看起来瘦得有些营养不良的样子，扶着门框别过脸，身体扭了好几个折。

"丢脸死了！"贺小秋羞愤地背过身，继续在那摇晃着吹风，只不过减少了动作幅度。

瘦高男缓了一会，总算能正常行走，走到水池边洗手，小声嘀咕道："洗手液是被喝了吗，刚半瓶这回连个底都不见了？"

贺小秋立刻不乐意了："谁喝洗手液了？！我就是用了点洗衣服。"

瘦高个回过头，再次投来"你没事吧"的眼神。

贺小秋是什么人，爸妈捧手心怕摔了的掌上明珠，自己洗衣服就够委屈的了，还被人当神经病，占小便宜，一直憋着的小脾气立刻就炸开了："再看，再看就把你喝掉！我一会儿买十瓶洗手液。"

瘦高男不想对方反应这么激烈，他平静地回了句："说到做到就好。"

"我一定买。人形扁带鱼！"贺小秋做了个鬼脸。

"噗，张腾飞，这么一说你还真挺像……哈哈哈带鱼！"路过的一小伙貌似和瘦高男关系不错，忍不住笑场了。

贺小秋得人捧场，更来劲了，先是把手伸到头顶学他刚刚扶门框的样子，然后扭动身体像带鱼似的在水中游动。

那旁若无人的自嗨，大概就是数年后海草舞的原型了。

"无聊当有趣，粗俗。"瘦高男被一击致命，尴尬地走了。

那小伙笑够了来洗手："咦，洗手液怎么没有了？"。

贺小秋不扭了，僵硬地欣赏着窗外的风景："那个，刚刚我给用完了，一会我就买哈。"

从情声出来，林欣然又赶了一场面试，快 7:00 才坐上回家的地铁。

拥挤的车厢里，她接到情声人事的电话，经过商议后，她符合用人要求，如果没问题的话，下周来公司上班。

林欣然用力地握紧了拳头，如果不是身边挤满了人，她真想高歌一曲。

这还是第一家彼此满意的公司。

挂断电话，整个世界都美好了，她一路小跑着回家，迫不及待地想把这个消息分享给爸爸妈妈。

林欣然在自家楼道地上看到熟悉的公仔，可不就是她的路飞，赶忙抱起不断拍打。

这个《海贼王》路飞公仔是她上学时省吃俭用买回来的心爱之物，限量正版，曾和她一起远渡重洋，宝贝得要命。

越往上走楼梯，她发现自己的东西越多，还有衣服、书籍杂志之类的都装了几个纸箱，在门口堆了一个小山。

林欣然才一敲门，林毕腾便打开门，紧张兮兮地让她别出声："然然快走，别让你妈看见你，今晚你先去大姨家住着……"

林欣然一脸的莫名其妙："我妈这是抽哪门子风，干吗把我东西全扔出来？"

"那小兔崽子回来了？"陶珍听闻声音，火冒三丈地冲出来，抬手一巴掌打在林欣然脸上，"你给我滚出去！这个家容下不下你！"

林欣然懵了，脸上火辣辣痛，从小到大她都没被爸妈打过，愤愤地瞪着母亲。

"你眼里还有我这个当妈的吗？专业说换就换，我怎么就生了你这么个不孝女，把我们老两口当傻子忽悠，我省吃俭用，真是白养了你！"

陶珍被林毕腾抱住，打不到那个可恨的臭闺女，把鞋柜上的一个文件袋扔到了林欣然脚下。

看到自己的一堆证件，她瞬间明白了怎么回事。

第3章
漂泊，独立的开始

林欣然交换就读的美国布兰迪斯大学，本科不限制专业听课，但她对老妈多方取经推荐的经济学专业缺乏兴趣，旁听了很多其他系的课程，尤其喜欢国际关系专业的几个教授讲课。后来她拿到奖学金资格，决定继续攻读研究生，因为担心母亲会横加阻拦，便自作主张从经济学跳到了国际关系研究，那也是布大的王牌专业。

结果老妈不知从哪弄的门路，说是能直接办进国有四大行实习，几番沟通，对方要了林欣然的毕业证等信息，随即发现专业对不上，真相就此曝光了。

她想要解释，但是盛怒中的陶珍根本听不进去，要把她赶出家门自力更生，林欣然的叛逆也被逼了出来：

"我一定混出个人样给你们瞧瞧！"

她赌气地简单收拾了随身物品，其他的东西也不管了，转身就下了楼。

林欣然家所在的小区门口，姜承东正倚着车门玩手机，期待可以和林欣然偶遇。

那天晨跑之后，林欣然又把他拉黑了，联系不上，只能在这守株待兔。

突然余光一瞥，只见那道朝思暮想的倩影越来越近，他立刻凑上前去："然然，是刚吃了饭出来遛弯吧？我们一起散步，欣赏这美好月色可好？"

"好啊。"林欣然挤出一丝笑容，握住了他伸过来的手。

可惜姜承东还来不及享受心愿达成的幸福，林欣然便顺势一拉，脚下一绊，把他几乎仰天放倒，柔声问候："姜大公子，你是吃饱了清闲了，现在这月色可看清了？"

"咳，看清了，你快放开我！"姜承东被女生一招制住，又气又郁闷，这时他总算注意到林欣然脸上表情不对。

姜承东车里有蛋糕、零食和饮料，林欣然正快要饿扁，同意先吃一些。

离家出走至少还有个计划，她这被逐出家门的大脑空空，也要趁机想一想接下来去哪，不自觉就和姜承东吐槽了自己老妈有多暴躁。

"天哪，所以你最后念的不是经济学？早知道，我就……"姜承东脸上闪过一丝不自然。

林欣然一听话里有话，立刻转头死死盯住他："你就怎么样？说清楚！"

姜承东支支吾吾，最终还是迫于压力，把事情坦白了。

原来他看到林欣然忙于找工作，就拜托银行工作的一个亲戚帮忙内部推荐，并且为了给林欣然一个惊喜，联系的是她母亲陶珍，想来个曲线救国。

"曲线救国？你这是把我暴露了，你说我回国后碰上你有过好事吗？人都说你是我的幸运星，合着我就是遇上你这灾难星的命？"

如果目光能杀人，此地应有一份凉拌妈宝丝。

"你别急，这都是巧合，我惹出的事情一定会负责到底！"

"不用，你和我保持安全距离，让我静静，就是最大的负责！"林欣然只想离这个家伙远远的，如果没有他，自己那一个中国字都没有的毕业证，放在老妈眼前她都发现不了问题。换专业是她的不对，可眼下她本想瞒过一时是一时，等自己事业有起色了，再和父母坦白。

"你别走！"姜承东突然上前一把拉住了她，见她还要抓挠自己，干脆一用力，把她整个人搂到自己怀里。

林欣然一声惊呼，这才发现男生认真起来的力气要远远超过自己。

姜承东低下头，那是一双充满了愧疚和有着破釜沉舟决心的眼睛："我说了负责到底，那么从现在开始的每一天，你的衣食住行、喜怒哀乐都由我承包了。"

"哼……你连自理能力都没有，拿什么照顾我？"林欣然表示不信，但语气已经柔和下来，一时间连反击都忘掉了。

明知甜言蜜语、海誓山盟皆幻梦，但真听到时，还是会期待这一次是例外。

"为母则刚，没听说过吗？同理，我有了需要照顾的人，也会长大。"姜承东松开她："上车吧，先把你今晚安顿下来。"

她嗯了一声，坐到副驾驶。

姜承东启动车时，她突然叫了一声他的名字，吸引了他注意力后才小声道："我之前心情不好，态度不好，对不起。"

他的情意作不得假，从国内到国外，现在又折腾回国内，连亲妈都不待见自己，而他始终热切如一。

虽然很笨，但比起三年前，姜承东已经意识到自己的不足。他对自己的这份心，更是千金不换，让她忍不住自责，对待这样一个乖孩子，自己实在是太苛刻了。

姜承东柔声道："如果对我发脾气心情会变好，我愿天天被你凶。"

"油腻！我还不想被你气死呢！"林欣然嘴上吐槽，心尖还是淌出了蜜。

北京的交通，只有在夜晚时才对得起它宽阔的身板，姜承东一路行驶得极为顺畅，没多久就到达南三环边一处新建成的公寓，就在两条地铁线换乘站的出口上方，24小时监控，内部全是精装修，房子的位置和质量，在满地老旧楼房的北京算得上极好了。

一梯20户，幽深的过道，两边划出一个个小格子间，和国内高校的宿舍很像，很不巧，他们要去的那间门口的灯坏了。

林欣然举着手机当手电筒，姜承东拿着钥匙鼓捣，足足一分钟都没弄开，"咔哒、咔哒"响得人心烦。

"大哥，你再开不了门，我就要去睡酒店了。"林欣然疲惫地抱怨。

"唉？拿错了，这跟我家钥匙长得差不多，欣然你往这边照，可能还在包里。"姜承东回过头，尴尬地笑出一口小白牙。

林欣然勉强呵呵，她开始后悔自己方才的感动实在太冲动，让这家伙办事就没靠谱过。

突然，一道手电筒的强光扫过来："小偷，撬谁家门呢？"

骤然的光亮让林欣然本能用手遮住眼睛，等适应了这亮度时，她看到在他们两步远的地方，站着一个穿着粉嫩公主裙的元气女孩，跃跃欲试地摇晃手里的大号铆钉包，看样子只要姜承东敢反抗就要补上一记。

陆陆续续还有几个年轻人也上来了，呈半包围姿态，问为首那个女孩："小秋，这两人怎么回事？"

"他们肯定是团伙作案的小毛贼！"

这声音有点耳熟，林欣然旋即认出女孩，竟然是今天面试时喝奶茶撞玻璃门的那个妈宝女，贺小秋。

林欣然上前一步，止住了姜承东怕他乱说话，试探道："嗨，还记得我吗？"

贺小秋两腮有点酒晕，盯了林欣然一会，突然惊叫："你就是那个不帮我洗衣服的家伙！"

话一出口，她也不好意思起来，正常人应该感恩人家好心帮忙出谋划策，而不是记仇不帮洗。

贺小秋相信林欣然的人品，绝不会是小偷："嘿嘿，我还没谢谢姐姐你给我出主意呢！不过你们到底在我家门口做什么？"

林欣然一脸无辜地指着姜承东："他说带我看房子。"

姜承东终于也缓过劲来，从包里找出另一串钥匙，一下子打开了房门，示威性地看向贺小秋："我可不是小偷。"

贺小秋先是疑惑，但很快恍然："你姓姜？"

姜承东愣了一下没说话，但那表情已经等同于"你怎么知道"。

"我妈是田晓雯，你妈的同事。我家有两套闲置房，让你帮忙出租，这是她们套路咱俩相亲，懂？"贺小秋叉腰站好，三段哈哈哈。

这神态动作，活脱脱就是动漫角色掉进了三次元。

"你有女朋友，我也不想谈恋爱，每天给介绍相亲对象烦得要死，你要有兴趣，咱们可以做一对父母面前的假情侣，具体的回头再聊，球赛马上开踢，我找我妈要电话就行。"

贺小秋乌里八糟说了一通就闪人，带着朋友们去了走廊的尽头的另一间房，姜承东愣是好半天才反应过来，对那贺小秋的背影直撇嘴："这性子这脾气的主儿，风风火火闯九州，的确相亲路艰难！"

林欣然催他："快进去吧，智障宝宝。"

姜承东被她一说就泄了气，明白自己这表现，放相亲市场，应该会比贺小秋还惨。

这是套大开间，建筑面积近50平方米，只可惜这种高层公摊占30%，最后的使用面积其实是30多平方米。

房型方方正正，隔出了厨房和卫生间，还有一个小阳台，单身的人住倒也不挤。

房间里家具电器齐全，收拾得也干净，林欣然在这里歇脚一晚没有任何问题，放下东西，肚子却又咕咕叫起来，问姜承东："刚看楼下有家24小时的粥店，请你吃个夜宵？"

心上人邀约，姜承东却只能遗憾地摇头："我和老妈说在单位加班出来的，再不回去，就要露馅了。"

林欣然看了眼时间，按说对于他们这些年轻人来说还不晚，没看隔壁的球赛PARTY才刚刚开始。但世界上有一种生物叫作妈宝，被母亲安排好了每一天的作息时间，必须要按时回去。

"那你赶紧回去和母亲大人复命，我可不敢留你。"林欣然有些丧气，拿着钱包下了楼。

姜承东屁颠屁颠地跟着，每次要开口，都被林欣然凌厉的眼神封口，只能灰溜溜地先回去。

林欣然吃了一碗没什么味道的皮蛋粥，食之无味，弃之可惜。更讨厌的是现在的老板都学奸了，配的咸菜都要额外收费。

小便利店买了些洗漱用品，她简单收拾收拾就躺在了床上，思虑再三，决定给母亲打个电话。

她觉得自己专业换得没错，但处世很有问题，诚恳道歉，母女关系还能再抢救一下。

铃声响了 20 多秒，直接被按掉了。

她不死心，重拨，秒断。

第三次，还是秒断。

林欣然手机丢到一边，看着陌生的天花板，感觉自己又要失眠了。

第4章
社会领进门，修行看个人

第二天，因为失眠到很晚，她睡到日上三竿才醒，本来有约一家创业公司面试，现在肯定来不及了，于是发邮件给推掉了。

然后她给林毕腾打了个电话，知道陶珍还在生气不准备让她回家。

"我多劝劝她，然然你在外面照顾好自己。"林毕腾反复叮嘱女儿。

林欣然结束了和父亲的通话，做了两个决定。

一、租下这套公寓；二、接受情声的OFFER。

被逐出家门后走上人生巅峰，如果以后作为名人出自传，这样的开头还挺有传奇色彩。

租房合同姜承东中午打印好了送过来，正好贺小秋也起床了，都是简单率真的年轻人，沟通达成一致后，三下五除二就签完了，贺小秋手机响个不停，下午又约了人购物，说是要进行上班前的最后疯狂。

贺小秋走没多久，她妈妈田晓雯就来了，收拾女儿的房间。这些事情就不要指望贺小秋自己做了，她的劳动能力，和姜承东是同一个级别，无限趋近于零。

情声科技现在确实是人力短缺，人事下午就发了OFFER到林欣然邮箱，同时问她最快什么时候入职，然后又补了一句最好明天就来签合同。

这么明显的暗示她不敢不接，现在没有家庭做后盾，口袋里的钱花一分少一分，尽早拿到工资才有安全感。

定好了明天的闹钟早早躺在床上，结果因为兴奋紧张，加上轻微的择席，她又失眠了。第二天迷迷糊糊按掉了好几次闹表，等清醒过来已经9:00多了。

林欣然和人事约的10:30，她这里地铁方便，到情声不用换乘，但也得半个多小时的车程，留给她洗漱的时间很短，以最快速度完成出门前的准备工作，提着包飞速就出门了。

结果才迈出门，就被门口的东西拌了个跟头，整个人像壁虎似的拍在对面墙上。

"然然，小心！"姜承东不知从哪里冲出来扶她，小心翼翼地道，"我帮你买了一些缺的生活用品，送过来才发现你好像还在睡，就等了一会。"

林欣然想起他昨天签完合同，确实有在她屋里转悠一圈，想必那时心里就列了单子，这点做得倒是有心了，只不过考虑得还是欠周全。

她一指放在门口的那个袋子哭笑不得："谢谢你，但下回别堵门了。"

姜承东脸红，挠挠头傻笑："我可能又让惊喜变惊吓了。"

"放进去吧，正好我还没买，回头钱发你微信。"林欣然开了门就快步离开。

"可是……"

"一定要给，不管我们是什么关系，账要算清楚。"

"可我微信还在你黑名单里。"

"把你从黑名单里拖出来就是啦，别啰嗦了，我赶着上班！"

"可是……"

林欣然极其不耐烦："还有多少个可是？"

"电梯在另一边……"

"不早说！"

10:30，林欣然风风火火跑到了情声前台，把毕业证、体检报告等材料交给人事，又填表、录打卡机信息，一连串忙下来已经 11:00 多了，杨蕾过来带她熟悉工位。

情声公司规定是 10:00 上班 6:00 下班，午休一个半小时，弹性工作时间不打卡，录指纹只是为了开门。

但这只是听起来美好而已，实际情况是，情声人荒，正处于高速扩张阶段，几乎每个人都是身兼数职，还有安卓版开发这个重中之重的大任务，正点下班的日子比流星还稀罕。

"以后你就坐这了，我先忙，不懂的问许念，她给你介绍下工作和公司情况。"杨蕾对林欣然抱歉地笑笑，她现在比较忙，让手下许念带着林欣然熟悉环境。

许念从外表看似乎是和杨蕾差不多的年纪，但还做着执行类的下属工作，神情寡淡，有些不怎么情愿地停下手里的活。

"念姐，你先忙，我不急。"林欣然连忙道。

"我不喜欢别人喊我姐。"

"啊，不好意思，那我直接称呼你名字行吗？"

许念头也不抬，冷冷地道："随便吧，你站过来点，我赶快和你说完这些工作的事儿，我还得忙呢。"

我不是妈宝

林欣然往前半步走，她直觉许念不喜欢自己，虽然她也想处好人际关系，但勉强不来，职场不是来交朋友的，日后还是尽量公事公办吧。

林欣然所属的是运营部二组，在她来之前只有杨蕾、许念，外加一个看上去比林欣然还要青涩的实习妹子。

运营部二组负责情声 APP 的歌曲推荐和曲库维护，接入音乐公司和独立制作人，提供优质的官方音乐资源，管理网友上传的歌曲，定期策划一些提高会员活跃度的活动。

总而言之，就是负责情声 APP 现有用户的活跃度和忠诚度，深耕已经发展的小生态，并进行高度维护。

另一位副总监曹静亦主管运营一组，负责情声宣传、引流、提升知名度等市场方向工作。

因为地小人多，杨蕾和曹静亦并没有单独的办公室，跟手下混坐在两排背对背的工位上。

运营部一二组分工明确，但还是有大量工作需要互相协作，可惜两位副总监气场相冲，理念不合，争执在所难免。

"那里是整个运营部的顶头上司纪京武总监，他可是公司第一黄金帅哥。"许念指向一处半透明办公室。

林欣然本能多看了两眼，但没瞄见人影。

"现在看不到的，今天大 BOSS 卞嘉德卞总来公司，老大们都在开会。"许念把探头探脑的林欣然给拽回来，带她了解了下其他部门。

男青年扎堆的技术部，偶见几个女生的策划部，有很多妹子的创意美工部，再加上人事、财务、客服、前台，全公司的人数大概 60 个，但仍有四分之一的工位空着，肯定还需要继续招兵买马。

情声的人才必须尽快跟得上发展速度，这样才能撑得起百万的下载量。

"公司基本情况就是这样，EXCEL 用得熟练吗？"
"还可以。"
"那你接下来做这个月的活跃用户趋势图吧，模板我传你，不懂就自己多想想，别什么鸡毛蒜皮的都来问我。"

"明白。"林欣然应下，其实心里非常忐忑，对于如何做用户趋势图完全没概念。

很快，许念加她好友，然后发来几个文档，其他就留给林欣然摸索了。

社会上，非亲非故，不帮你是本分，帮你是情分。许念那种冷漠的态度，和她也多说无益，林欣然无奈叹了口气，决心自立自强。

第一个文档是后台下载的注册用户基础数据，第二个文档是许念前几个月做的活跃用户趋势分析 PPT，林欣然开始研究这二者之间的转化，尽可能地模仿。

时间已过了 12：00，大家开始三三两两约着叫外卖，或一起下楼吃饭。

林欣然反应过来的时候，身边已经只剩那个同组实习的妹子郭颖颖。

"嗨，亲，你中午去吃什么？"林欣然主动问了一句，想找个伴。

"我自己带了饭。"郭颖颖拿出一个饭盒，走向微波炉。

那个时候还没有外卖软件，林欣然只好耸耸肩，找公司其他同事要了附近饭店的外卖电话，默默地要了份炒面。

这一年，安卓刚刚登陆智能机市场，饿了么刚获得第一笔投资在上海高校深耕，美团还在打着"千团大战"，网约车还没有出现，但移动互联网改变生活的小火苗已然越烧越旺。

虽然入职仪式和林欣然想象中的不太一样，没有欢迎会，没有迎新聚餐，没有上岗培训，每个人都在自己的位置上忙碌运转，但可以预见情声是一条宽阔的跑道。

未来，可期。

林欣然快速吃了个战斗午餐，下午忙到 4：00。不管许念怎么阴阳怪气，林欣然还是主动请教了许念一些细节问题，总算磕磕绊绊地把趋势 PPT 做了出来。

再次检查三遍，确认没有疏漏，她给许念发了过去。

许念秒收，然后发给了杨蕾，留言自己辅助林欣然做好了趋势分析。

其实杨蕾对事情的真相心知肚明，但看破不说破，只要每个手下都能为己所用，有适用于岗位的优点，其他的毛病都没那么重要。许念刻薄不容人，但业务这块暂时也无人可替。如果新来的林欣然真的心性和能力可靠，是金子总会发光，冒头后再好好栽培，先就放任许念给林欣然点考验。

林欣然不怕辛苦，就怕没事可做，询问许念下一步工作安排。

许念眼睛一转，说道："你留过学，英语好，去维护歌词库吧，我们要做到主流英文歌都有中英对照的歌词。"

林欣然不知深浅地就应下来。

许念给了林欣然后台入口的网址、账号密码，可以看到情声 APP 上各歌曲的热度，还有歌词上传入口。

这些对内页面乍一看土得掉渣，但摸索一会就会发现稳定而好用，情声不愧是有大神坐镇的技术驱动型公司。

情声的创始人卞嘉德，据说早年当过黑客，不过真正名扬圈内是因为 PC 时代做过很多小而美的精品软件，其中就有一款王者级别的主流音乐播放器——酷乐，早年是他独自开发，酷乐播放器的装机量在国内电脑软件中排名前三。

不过自从酷乐被一家上市公司收购之后，卞嘉德与总公司空降的领导发展理念不合，又被曾经的合作伙伴暗算，无奈之下带着一批心腹独立出来创业，也就有了后来的情声播放器。

从定位上，情声要做的是一款有品质的音乐播放 APP，美术设计、文字、歌曲推荐调性上都走文艺和小清新路线，吸引到的用户品质高，相对地，播放外文歌曲的比例非常高。

当下国内的音乐播放软件基本都有自己的歌词服务器，以网友上传为主，质量参差不齐，尤其是外文歌更是糟糕，所以运营二组需要长期进行歌词库维护。

外文歌曲不仅要做到都有正确的歌词，还要匹配上英语、日语、汉语等主流语种的信达雅的翻译对照，以凸显自己的文化底蕴。

按照卞嘉德的理想，当用户觉得"情声的歌词中外对照很有味道"，并因此产生习惯时，情声就又多了一个口碑宣传点。

第 5 章

家有悍妈，爹尽如狗

理想丰满，现实骨感，卞嘉德的精品歌词库还在起步阶段，现在情声要完善的地方很多，还没有轮到歌词库，林欣然发现自己是孤军奋战。

野蛮生长的中国互联网创业公司节奏快得飞起，领导希望每个人都要拥有即战力，来了就能干活，做好擅长的事情，不擅长摸索期要短，倒逼着擅长了，所以她就算没做过，也咬牙像小陀螺般忙了起来。

歌词编辑方面，林欣然遇上不会的就自己看帮助文档，再不行就百度，再不行请教同事，反正她不想给别人拖后腿。经过几次试用，她学会了操作情声内部专用的 LRC 歌词编辑器。

LRC 就是各大播放器通用的数字歌词文件，时间轴 + 歌词内容的格式，电脑手机 MP3 播放器都能用，只需要文件名前缀一致就能自动识别，当然情声曲库可以自动搜索并且匹配，尤其是自建曲库的歌曲。

情声曲库技术上有一点很刁钻，歌词经过一定简单的加密，前缀名不是歌名而是一个专属的数字编号，后缀名也不是 LRC，并且每首歌一个独立的专门的文件夹，以保护自家高品质的歌词不那么轻易地被盗用到其他播放软件，增强自己的独特性。

对于一个在国外生活多年，且汉语功底较好的人，林欣然听歌翻译，毫无压力，越做越快。

下午 6:20，已经是下班时间，但只有一小部分策划、美工离开，大多数人都还在自己位子上奋斗。

林欣然环顾四周一眼，运营部更是整整齐齐地都在，杨蕾、许念、郭颖颖没一个离开。

别无选择，只能继续加班。

作为一个新人，她自然不敢走在领导前面，只能继续打开下一首歌翻译。

头大，这又是一首说唱歌曲，好多敏感词！

"欣然，今天都忙什么了？"杨蕾不知道何时站在她身后。

林欣然小心翼翼地汇报。

"你上传的歌词，虽然效率很高，一下午做了几十首……但是都撤销吧。"

"啊？"林欣然措手不及，难道自己吭哧吭哧地做了无用功。

杨蕾眉头蹙着："我们要做的是精品软件，要把双语对照的歌词当成业界标杆，不求你全部押韵对仗，但美感总要有一些，你不能光图快，用机器翻译的质量凑数。"

林欣然脸腾的一下涨得通红，她就算是雅思八分，辞藻不够艺术美丽也然并卵。

"我回去好好修改。"林欣然心里郁闷，可也知道领导的要求得务必达到，乖乖点头。

"别着急，这个任务很长期，在推广前慢慢做，今天先下班吧。"杨蕾嘴角几乎是微不可察地勾了下，算是对她认可，自己提着包离开了。

很快运营部人就走得差不多了，只剩下技术部和美工部，那都是属猫头鹰的午夜生物，最近忙安卓版本，双方相爱相杀地互相折磨。

林欣然打开电脑继续调整歌词，虽然领导说不急，但是她有强迫症，不把手头工作做好做完，干什么都没滋味。

林欣然出地铁的时候天已经黑透，街边餐馆随便点了一份素净的套餐，便回到依然陌生的房间，疲惫地躺在沙发上，静谧中，没有父母的唠叨，孤独和漂泊感渐生。

于是她用手机打开自家软件情声，播放音乐，让美好的声音充满整个屋子，心情也跟着旋律飞扬起来。

微信消息振动，她发现有个叫做"握石有痕"的微信号加她，备注是"你爸"。

"这是什么鬼名字？"林欣然翻了个白眼，点了拒绝。

不到半分钟，那个"握石有痕"又加了她一遍。

"没完了？"林欣然果断拉黑。

紧接着手机响了。

林毕腾压低的声音传来："喂，然然，我真是你爸，微信通过一下。"

"额，好的爹。"

智能手机尚未普及到人手一部，微信还没有成为中老年人分享公众号、抢红包、斗图的神兵利器。

林毕腾完全是因为去年年会抽奖得了一部新手机，女儿不要，才自己拿着用。

"我躲厕所呢，别让你妈知道……快挂了，我们微信说。"林毕腾快速挂了电话。

家有悍妈，爹怂如狗。

她出国之前曾经给家里二老注册过 QQ 号，方便他们语音和视频，但那个号老妈也知道，所以老爹换了一个不会被老妈发现的联系途径。

林欣然哭笑不得，找到那个握石有痕的号码，通过了他，然后两个人聊了起来。

林毕腾的消息发送得很慢，林欣然耐心地等着。

她能想象林毕腾在家像地下工作者一般，只能打字，用笔画输入法，粗粗的手指头很吃力地在屏幕上戳来戳去……甚至他可能都搞不懂注册、登陆这些流程，一个在外面非常要强的老科长，要问手下小年轻这些高科技的东西怎么操作，只为了能有一个随时联系女儿的秘密渠道。

林欣然内心风起云涌，老妈虽然还生自己气，但老爸永远是世界上最爱自己的人。

"爸我已经搞定住处，并且已经成功入职工作。"林欣然报喜不报忧，生怕他更加担心。

握石有痕："女儿真是太棒了！爸爸为你骄傲！有事记得找爸！此地不宜久留！我得出去了！"

林欣然："……好的，您慢点。"

老爸你是找不到逗号和句号吗？这一堆感叹号，读起来特像一个狂躁症患者。

她趴在床上对手机傻笑，心里暖暖的。

姜承东之前送来的东西里面，有一个小床桌，她支起来，继续工作。

晚上10:30，笔记本屏幕上开着十几个网页，有情声上已经做好的双语对照歌词，有各贴吧论坛上大神翻译的成品，还有其他已有的媒体译制歌词。

林欣然认真研究了一圈，确实是自己把翻译这个活想得太简单了，歌词风格不统一，没有表达出足够的意境。专业的翻译和网友的歌词翻译常让人眼前一亮。

她的优点就在于百折不挠，能静下心总结分析，寻找特征，探索可复制化的模式。

这是新手入门最快速的捷径，先看大家都说好的是什么水准，再按照公司的定位需求，自己再模仿几首，像不像，三分样。

在这个过程中，她顺手整理了一批网络上发布的精品翻译，把情声歌词库里还没有收录的歌词添加了时间轴，用心地做成了双语版歌词文件。

这份工作之前没有同事系统地做过，她做好了，应该也能算作一份贡献。

最后，她开始翻译新的歌曲，把以前用来拿作文高分的功力全使出来，以雅致秀丽的词汇来表意。

这还真是一个很费脑细胞的过程，尤其她毕业多年，一时半会又摸不准领导杨蕾推崇的辞藻雕饰程度，中文韵脚也让人头大。

而她有一股肯钻研的劲，转眼就午夜了，想着明天还要养足精神上班，就暂时作罢，顺手发了一条朋友圈表扬第一天工作就这么用功的自己。

当然，她可没忘记把领导、公司同事屏蔽掉。

洗漱完，林欣然优哉游哉地躺在床上，回复朋友圈里小姐妹们的鼓励和安慰，忽就瞅见一条特别碍眼的评论。

"翻译歌词是你现在的工作？"姜承东那厮还另配了好几个"惊呆"的表情。

林欣然心想着你是小黑屋没待够啊，恶狠狠地打字："这也是很有技术含量的事情，好么？没那么简单。"

没多会，姜承东给她私信了一个 word 文档："我翻译的，技术含量很高喔。"

林欣然赌气地打开，却被惊到了。

歌曲叫《Somebody That I Used To Know》，Billboard 榜上的热歌，一口气拿下美国、英国、加拿大、法国、澳大利亚、波兰等 21 个国家的音乐排行榜单冠军。

但姜承东发过来的歌词，却不是网络上泛滥的版本，别有一番雅致。

Now and then I think of when we were together

时已消逝，同心永记

Like when you said you felt so happy you could die

相守之喜，朝拥夕死

Told myself that you were right for me

吾爱已定，盟约铭石

But felt so lonely in your company

眉间心上，思君如寂

But that was love and it's an ache I still remember

痛甚心脾，吾爱难替

林欣然完全没有想到，一首英文歌翻成中文，方块字工整地排下来，意境、美感都比原曲更有深度。

同样的歌词，她是这么翻译的：

"我时不时想起我们在一起的日子，想你说开心得能去死了，我告诉自己你就是我的挚爱，但你的陪伴还是让我孤单，但那就是始终记得的爱……"

对比一下，林欣然脸红着继续看下去：

But you didn't have to cut me off

君忘昔辞心如铁

Make out like it never happened

旧日云烟花飞谢

And that we were nothing

千情万念俱如灰

And I don't even need your love

手斩情丝丹书裂……

"tie、xie、lie……这小子真对得起语文老师,还给押上韵了!"

林欣然把自己脑袋重重砸在床头上,以防自己一气之下真嫉妒地拉黑了他。

姜承东这个版本肯定达到了情声追求的品质,缺点是文艺过头,受众偏小,不能收录进去做范本。

但是她看清了一点,姜承东在遣词造句方面,蛮有才华。

"然然,睡了吗?"

姜承东那边执着地等回复,自己哈欠连天,困得不行了。

"还没有,你的词写得比我优秀。"

"是不是觉得我也很帅!有点崇拜我?"

"我好崇拜你哦!那帮我个忙吧,这三首歌词的中文翻译,你帮我润色下,我跟你学习学习。"

林欣然把自己今晚加班加点做好的三篇翻译以非常诚恳的态度发了过去。

"没有问题。"姜承东的回复很简短,然后就半天没下文。

这一天太累了,林欣然抱着手机睡了过去。

第6章

职场是个技术活

姜家，凌晨2:00，起夜的沈萍习惯性地看向儿子房间，却发现灯还亮着。

"这臭小子，睡觉又忘了关灯。"

在她眼里，儿子做的一切像孩子似的都是可爱的，忘关灯、踢被子、不自己洗衣服，生活上的马虎反而是对她需要的一种证明。

等推开门，她却愣了，姜承东正对着电脑屏幕，看着文档念念有词，根本没意识到她进来。

好不容易林欣然有事主动找他帮忙，他瞬间进入鸡血状态，必须要做好做精，奋战得浑然忘我。

"这么晚了，怎么还不睡！"

"妈！你怎么神不知鬼不觉的！"姜承东回过神来，眼睛熬得有些红，但却干劲十足，没有一点困意，面不改色道，"领导晚上传了个稿子，明天要用，我帮忙润色下。"

在战斗之前，他早就想好了应付老妈的理由。

沈萍果然不疑有他："有这股劲头就好，不管以后在不在这单位，领导都是一个系统的，留个好印象。"

"我也是这么想的，妈你去睡吧，我快弄好了。"姜承东摆摆手。

沈萍揉了揉儿子的头发，露出欣慰的笑容。

过了五分钟，门又开了，沈萍端着一杯热好的牛奶，还有削皮切块的苹果摆在了电脑桌前。

姜承东极其自然地用牙签插起一块送入口中，目光都没移开屏幕，含糊不清地说了句："谢谢妈。"

"要不要煮点小馄饨给你？"

"你别管我了，让我赶紧忙完，成吗！"姜承东语气有些不耐烦起来。

沈萍连声说好，退出房间。

儿子知道努力上进，她做什么都心甘情愿，闹点小脾气也完全可以容忍。

清晨，林欣然被尽忠职守的闹钟叫醒，才发现自己就这么歪歪斜斜地躺了一夜，脖子有些落枕。

万幸是夏天，就算没盖凉被，也没有什么不舒服，起身要去洗漱时，还是先拿起手机看下。

果然有姜承东的未读消息，时间是凌晨 2:30，姜承东传来了他修改好的歌词。

还没看内容，她心里已有淡淡暖流，姜承东对自己是真的上心，把她的事情当自己的事去做。

键入了"辛苦你了，谢谢"，却又觉得生疏删掉，一直到出门，都没有想好措辞。

最后，她只是找了个超级大笑脸的表情发了过去，"感谢，感恩，给大才子点赞。"

不知不觉中，她更多感念的是姜承东的好，想起他时总是内心温暖。

姜承东收到消息，开心得像满世界的花儿都开了，毕竟林欣然开始正面表扬他了！

林欣然 9:40 到了公司，整个运营部还空着，只有财务和人事来了几个年轻人，打个招呼之后，彼此都没有深入了解的兴趣。

中小型公司人员流动性大，除了真正投缘的小伙伴，只是同事的话，或许来不及熟悉就离职了，往往都是萍水相逢。

林欣然坐在工位上，复习归纳着昨天做过的工作，细细品味姜承东传给她的三首歌词，她还没有被分配固定负责的内容，暂时全凭自觉。

10:00 之后，大家进入忙碌的状态，高效而稳定地处理着短期或长期的任务，整个公司运转了起来。

貌似也只有林欣然和郭颖颖在闲着，而郭颖颖表面上在用电脑看一些音乐相关的网页，实际上常常用手机浏览明星八卦打发时间。

昨天许念分配给郭颖颖一些任务，似乎是因为之前被要求反复修改，所以郭颖颖一直在准备，不敢随便提交，总是要被催才肯提交。

这种对工作出现的畏惧且抗拒心理，势必会让她愈发地拖沓没成效。

林欣然不想和郭颖颖一样自欺欺人，她早就摆正了职场的态度，做错做不好挨批评都正常，做到自己当前水平的极限就好，只有不断交流沟通，不断学习，才能有更多的进步，她已经有充分的心理准备。

见杨蕾也准备开工了，而许念还没有到，林欣然和杨蕾汇报："蕾姐，我昨天整理了一些网络上有的精品中文翻译歌词，还有三首我找朋友翻译的畅销曲，不知道为什么在家用电脑不能上传到后台，刚刚在公司才传上去。"

我不是妈宝

"后台的问题你得带着你的笔记本电脑去找技术，毕竟里面有很多公司内部的机密数据，有限制访问的IP，得他们给你装专门的软件再开通权限才行。"

杨蕾顿了一下："我给你服务器的地址，你先去看歌曲推荐选题的策划案，还有就是跟美工那边沟通的任务单，看完了有兴趣的话，也了解下我们运营部的其他内容。等我给你歌词的反馈，再给你安排其他工作。"

林欣然点点头，这才明白公司服务器其实就是电脑里面多了一个所有人都能访问的盘符，各部门都有公共文件存在上面，既方便沟通，也方便新人浏览学习。

林欣然觉得仿佛找到了组织，不用自己百度了。

许念姗姗来迟，大家也习以为常。

一个充满成熟魅力的帅气男士停在办公区，开心地说道："许念，你今天传的歌词特别好，翻译是全网最佳水平，很用心，并且动脑子了。"

许念眼里闪过一秒不明所以，随即甜笑道："这是应该的，毕竟是运营部早晚都要做的工作嘛。"

她反应过来，这应该是林欣然拿她账号上传，然后被老大误以为是自己做的贡献，但她认定一个实习生这时肯定不敢多说话，就应下来给自己增加印象分。

毕竟情声的发展势头一片大好，她其实也来了没多久，算不上老员工，但需要机会出头。

"老大，那些歌词是我熬夜找了上传的。"林欣然却是毫不犹豫地站了起来，不卑不亢地对上许念震惊的眼神。

情声是一个新的公司，但背后的团队核心都是跟随卞嘉德的老人。

当年，酷乐历经多轮融资，加上合伙人里应外合，卞嘉德被排挤出管理层，不得不出售股份套现。他振臂一呼要做"情声"，一批老团队的精英义无反顾地跟了出来。

情声运营部总监纪京武是卞嘉德的老部下之一，营销推广能力国内领先，35岁的他，看上去比同龄人要年轻不少，天生一张有点像华仔的帅脸，潇洒非凡，天然吸引异性的目光。

先前在酷乐，他已经把公司扩张、员工内斗、空降高管等职场斗争经历了一遍，眼睛扫个来回，他自然知道林欣然和许念这些小九九。

纪京武冷声道："具体谁传的不重要，你们同属一个部门，我只关心任务的完成情况。"

他这话一出，林欣然心里凉凉，自己实在是经验浅薄，才来公司第二天，不仅把许念得罪了，还给纪京武留下一个自私自利的印象。

可她也不后悔，许念凭什么颠倒黑白，她林欣然没必要受这委屈。

情声的工作再好，对于她来说也不是唯一的选项。

很多事情上如果她肯将就，她未必混得比现在差。

然而许念脸上庆幸的微笑还没绽放，纪京武话锋一转："情声的文化最重要的就是真诚，绝不允许弄虚作假。杨蕾，你到我办公室来一下。"

"好的，老大。"杨蕾有些愤愤地指了指许念和林欣然两个人。

许念哼了一声，慢悠悠道："新人，要有新人的态度。"

"无论新人老人，先得做个人，再讲究态度吧。"林欣然立刻反唇相讥。

两个人都没再说话，但气氛也僵住了，仅剩的郭颖颖是个内向性子，不会乱参与到别人的事情上，运营二组一时沉默得只剩下敲击鼠标和键盘的声音。

纪京武的办公室，正面贴着一张大幅的AC米兰红黑军团照片，正是AC米兰打败同城死敌国际米兰，拿下第18座意甲冠军奖杯的场景。

私下场合里，他没有那么严肃，给杨蕾倒了杯水，盯着她的黑眼圈道："我先得批评批评你，昨天回家又加班到几点？"

"凌晨1:00。"杨蕾心想早上明明拿遮瑕膏盖了黑眼圈，难道还那么明显吗，看来再好的化妆品也比不上真实的好状态。

"你呀，别光想着任何困难都自己顶，多分给手下些，一次做不好，两次做不好，多来几次总能做好，别放不开手。以后公司越来越大，你要处理的事情越来越多，就算是铁打的也忙不过来。"

杨蕾微笑着点点头，纪京武的宽慰让她觉得再苦再累都值了。

纪京武一副过来人的口吻，勾起唇角笑起来，"刚刚那个小新人挺有闯劲，我觉得是个好苗子。但是心气太高，需要压一压，懂吗？"

杨蕾看着他的笑容有些出神，这正是他最迷人的时候。他身上总有股肆意的江湖草莽气息，看好的新人也会像考验小弟一样磨炼。她回忆起自己四年前刚进职场，在他手里的倒霉日子。

大概也是那个时候，心里便有他的影子，其他人都进不到她的心里，两个人的关系却一直停摆在老同事和朋友的身份。

"你还真没变，当年你就是这么美其名曰地收拾我的吧……"

她即便熬了个通宵也不会走神，只是见了他，便总会乱想。最近随着年龄增大，似乎还有愈演愈烈的趋势。有可能也是在家庭和社会风气的双重影响下，女性不得不把对象和结婚升为头等大事。

倒是纪京武这么多年始终不着急，那股要搞出一个大事业的冲劲，从来没有磨灭过。

"你是天降大任于斯人，必先苦其心志劳其体肤，绝不是我主动甩锅！"

纪京武递过来一颗巧克力，杨蕾佯装没好气地收了。

"别只对自己铁血，不着调的属下也得铁腕管教。"

杨蕾点点头，"明白，我最近会好好整顿下。"

"你从来没让我失望过，相信你。"纪京武又露出了招牌的迷人浅笑。

第7章

风里雨里，闺蜜陪你

杨蕾从纪京武办公室出来时，谁也无法从她的表情判断发生了什么。她没对刚才的事情发表意见，只是回到了自己的工位上，健指如飞地打字。

说实话，她不是天生的领导者性格，一直在后天学习调整，慢慢改变自己的思路。

许念昨天交给杨蕾的分析 PPT，明明 95% 都是林欣然所作，但许念却说是自己独立做完，还指责林欣然表现一般。

杨蕾一看风格和话术就知道并非许念说的那样，尤其刚刚要到林欣然的 PPT 后，稍一比照，铁证如山。

许念为人心思不正，难堪大任。但为今之计，只有继续先用着，等有合适的人取代，再让许念走人。

林欣然收到杨蕾的指示，要求她在两周内补全热度前一千的中文对照的歌词，林欣然心里知道这是一个不轻松的工作量，或许这就是对她年少轻狂的惩罚，没有怨言地接下来。

一千首歌虽然大热，但至少有三分之一没有中文歌词，两周十个工作日平均下来，一天要四五十首的翻译或者整理。

偷看了一眼旁边的人，许念和郭颖颖都在忙碌，林欣然也端正起态度，既然任务艰巨，就更要拿出十足的干劲来。

对比林欣然的繁忙，姜承东的工作要清闲很多，甚至很多时候都到了无聊的程度：比如此刻，他因为昨天熬到了比较晚，转了一下显示器挡住自己，偷偷补觉。

他大学时读的是五年制的预防医学，对口工作之一便是卫生监督所，参公管理的事业单位。本来也算是卫生系统重要的职能部门，可惜这些年政策变来变去，卫生监督所的业务被分走许多，导致原本的配置对应现在的工作量轻轻松松，结果就是大家的日子越来越清闲，两个小时能干完一周的任务量。

按说姜承东也是倒霉，毕业时统招本考上了卫生局，不过被关系更给力的人顶了名额，后被派遣到这里。

姜承东按照母亲沈萍的计划，先工作着，等着来年看哪里有空缺再考一个正式的编制，便算有了长辈们最看好的铁饭碗，工作轻松，赚得不多不少，足以完成整个家庭对他事业上的期待。

他是一个没有太大野心的孩子，从小聪明，爱看闲书，家里人就觉得他乖，上学后成绩也不用操心，便更是受宠，加上又是小辈里最先出生的男孩子，想要什么不用哭闹，只要稍稍露出渴望的眼神，便有长辈会替他想办法得到。

长到这么大，他的一切都可以说是顺顺利利，有人帮扶，唯独情之一字陷入了魔障。在求而不得与痛苦中，倒是认真去看了很多哲学书籍，感悟了些道理，隐约觉得自己的生活态度不对。自己在从事的工作没有意义，连带着自己的人生可能此后都毫无光彩。

这让他惶恐，可是跳出这安稳生活寻求刺激改变？想一想就更加惶恐，还不如缩在安全的壳里得过且过。

他现在唯一能做的，就是抓住林欣然的心，这个女孩不光是他心底惦念的人，某种意义上，也代表了他对母亲安排的抗争，是他掌握自己命运的印证。

被办公室闲聊的同事吵得始终睡不着，姜承东索性找起餐厅，在网上挑选着最近有什么火起来的小馆子，准备周末约林欣然吃个饭。

林欣然入职情声是周三，转眼就在忙碌中到了周五，她工作的首周在磕磕绊绊中结束。

为了防止新人压力太大，周五下班时间，杨蕾说什么也不让她加班，要求她好好过个周末放松下。

既要尽快培养出一名得力的手下，也怕揠苗助长，这个度杨蕾还在摸索着掌握，也怕一不小心就把好苗子给逼走了。

林欣然没有那种要在领导面前表现一下的心理，她现在的进度在自己的规划内，尽职尽责，也没有推辞，就起身下班了。

本来姜承东约她吃饭，但因为有更想见到的人，刚刚回到北京，爱情和友情，她选择友情。

街角一家咖啡店，名字非常皮，就直接叫做"街角"，和诸多小说中的大大旌旗上挂的"有间客栈"可能是同一个老板。

林欣然坐在一个靠窗的位子，品着咖啡的苦涩，有些困倦。

新居她还是住不惯，加上工作压力大，学生时代的高压多是自己给的，和职场那种来自领导、同事、合作伙伴多方面的压力不一样，对体力是成倍的消耗，很容易让人感到倦怠。

幸好，在她等得睡着之前，一辆宝马小红跑车停在门口，车门打开，一位双腿修长，长发披肩的妖娆美女摘下墨镜，眉眼间风情万种，打量着面前的小咖啡店。

林欣然立时来了精神，特配合地趴在窗边，做出流口水的痴汉表情，顿时把赵琳逗得破功，脸上的神秘矜持融化成拿你没辙的无奈笑意，隔着玻璃虚掐了林欣然的小脸几下。

"琳姐，这位是……"跑车司机是个小年轻，从没见过高冷的赵琳如此温柔，无比羡慕嫉妒恨。

"还能是谁，我铁磁，电灯泡自动闪人吧？"赵琳直接下了逐客令，施施然走进咖啡厅。

林欣然戏谑道："可以呀，摩托换跑车，你这追求者档次蹭蹭往上窜，什么时候坐飞机？"

赵琳切了一声，佯作高端大气道："我的目标一直是宇宙飞船，好吧！"

"社会我琳姐，人狠套路多，小妹以咖啡代酒敬你一杯，以后就靠你罩着了！"林欣然道。

"好说好说！"

似乎是心有灵犀的一句，同时开口，不由相视一笑，皆找回到了当年的默契。

此去经年，各有际遇，能如少年时肆意玩笑，不羡飞黄腾达，不嫌虎落平阳，唯彼此尔。

足矣！

赵琳和林欣然同岁，两人是从小玩大的朋友，后来还考上了同一所大学的不同专业。

因为一些意外，赵琳中途辍学，但她性格豁达，谋生能力强，儿时父母离异，她自立得早。因为颜值高，她上学时就在给一些淘宝店当模特赚外快，认识了不少朋友，大学肄业并没有太过影响她的生活收入。

至少在外人看来，她过着潇洒自在的日子，帮忙出个境，就抵应届实习生的半个月工资。

模特圈里的勾心斗角不少，赵琳这样一个没背景的女孩子，背地里要经历多少艰难，才能守住自己的尊严和底线，象牙塔里的孩子们无法想象。

林欣然归国后，约了赵琳好几次，她都在上海为漫展站台，今天凌晨才回来。

无酒无肴，但得一知己，林欣然和赵琳有说不完的话，一些不方便在线上交流的内容，终于找到机会可以彻底倾吐。

赵琳这些年在名利场混迹，知道成名是和魔鬼做交易，年少时进军演艺圈争当大明星的梦想早已破灭。

按照她最新的想法，趁着青春年少，有点小钱就享受生活，国外懒得去，起码先得把祖国的名山大川都游玩一遍。要是能遇到合适的人就嫁了，没有遇上，就买套小公寓，做做义工，也足够吃喝。

曾经为爱痴狂到世界倾覆的少女，时光荏苒，如今活得很随缘，很佛系。

林欣然讲了自己在国外发生的趣事，还有从回国遇上姜承东开始的各种倒霉事。

"别看你说的都是姜承东的不好，我怎么感觉是因为你心里在乎他，才说半天都说的是他！"

"哼，我话多不行吗！我现在最重要的是工作，每天都要面对各种挑战，太难混了。"林欣然死不承认，另起话题。

"你可不是混的人，想混的话回家相亲，找个门当户对的人嫁了去，当然那样也不是万无一失。关键是你自己要挑战父母的权威换专业，现在又选择在职场拼杀，哭着跪着，也请走出个人样，好吗？"

"我就是稍微软弱一分钟嘛，该怎么做我门儿清！"

赵琳拍拍林欣然的脸，"走，去你的猪窝看看，晚上给你露一手，没有比美食更治愈的东西了。"

"哎哟，你会做饭了？"林欣然一听到吃眼里冒光。

赵琳满脸得瑟道："同学，注意你的措辞，不是简简单单做饭，是奢侈地养生好吗！我这张如花似玉的脸，多亏了我研究的药膳，下的工夫可不比你考雅思时少。"

两个人又聊了一会，正准备结账。

赵琳拿包正要起身，却发现对面的林欣然突然蹲下，整个人藏到了桌子下面，对她连打手势。

"想不到除了那个妈宝，你还有其他的孽缘没断哦？"赵琳回头，眼前一亮，不由嘴角含笑。

店里走进一位英俊的男子，气质不俗，发型衣着都是十足的精英范，在国内大多数同龄人 freestyle 的衬托下，自带聚光灯追光，立马吸引众人的注意力。

要说美中不足的一点，就是表情欠奉，清冷的眸子难觅笑意。

"开什么国际玩笑，那是我表哥！"林欣然冒了下头，连忙辩解。

033

第8章

誓要一雪前耻

赵琳给了好友一个大白眼，婆娑着沙发扶手，若有所思："孟涵，以前倒是总听你提到，可你怎么没和我说过他长这么帅，太不仗义了！这是绝对的绩优股！"

这时孟涵已经拿着咖啡走出店门，林欣然才伸直身子："别这么肤浅好吧，请不要被他的外表欺骗。你忘了我和你说过，他就是我大姨的提线木偶，精英机器人，可没劲了。"

"但他完全是我的菜，我就喜欢这样的禁欲系。"

"喂，你不是佛系了吗？"

"我上一秒动了凡心，决定还俗。"赵琳笑吟吟道，"这不还有你这个内应么！"

"您呼叫的内应不在服务区。说实话，我们俩小时候倒有一块玩，长大了玩不到一起去。"林欣然吐吐舌头。

赵琳不以为然，还是一脸兴趣满满。

"孟涵的搞定难度堪比蜀道之难，就算你和他和谐共处了，还有我大姨呢，她的心气可是高于青天！"

"我就喜欢挑战，继续和多我讲讲！"赵琳越来越有兴趣，一副铁了心的样子。

赵琳也不着急走了，缠着林欣然，挖出了不少情报：孟涵从小接受严苛的精英教育，注重生活品质，做事情严肃认真，一丝不苟，活脱脱就是林欣然大姨陶瑜的翻版。

尽管只是提到名字，林欣然也禁不住打了一哆嗦："大姨是我的大学系主任，我上大学以前，只是逢年过节一起吃个饭还好，真落到她手里，那才是噩梦，别怪我没提醒你，我大姨就是现实版穿 Prada 的女魔头。"

"总之，这个男人我要定了。到时候就兵来将挡水来土掩。"赵琳一撩头发，眼含秋水地望着林欣然，"怎么，对姐姐没信心吗？"

她本就极美，摆出这妖孽般的姿态，饶是同为女生的林欣然也被迷晕了。

"你们超能力者打架，我等凡人退避三舍，不掺和！"

赵琳是千年的狐狸精，自己大姨则是不世出的剑仙，棋逢对手，将遇良才，彗星撞地球，不相伯仲，孟涵"鹿死谁手"真不好说。

仅看外表和气质，赵琳绝对会被误认为是不食人间烟火的冰山公主，但实际上，因为家庭破碎而过早自立，她比任何同龄人都早熟，做事麻利，头脑清楚，一个能顶三个林欣然。

人都有双面性，被磨没了太多的天真和幻想，内心仅剩的热度，只有面对最亲近的朋友时才显露出来。

"床垫要换一个新的了，下水道也得找人重安装，不然反味儿有你受的。算了，我直接给之前帮我装修的师傅打电话好了。"赵琳小转了一圈，就找出来不少问题。

再精装布置的出租房，也不如自己家舒服。

"姐姐，你的想法都是好的，就是我，穷呐！"林欣然连忙拉住了她的手。

"我就当扶贫了，你多帮我搞定孟涵和你大姨，好处少不了你的。"赵琳一副霸道女总裁的嚣张样子。

"你这是逼我上梁山，我不从也得从了。"

两个人忙里忙外，又去超市进行了一轮大采购，带着炊具调料食材奔向电梯。

才进电梯，林欣然便看见贺小秋靠在一角，好像被抽光了所有的精气神，萎靡不振，和之前活力四射的样子简直判若两人。

那张可爱的小脸团起来，莫名就让人心疼。

"小秋，发生什么事了？"林欣然在她脸前晃了晃手。

"我所有的面试都被拒了，现在是彻彻底底的无业游民了！"贺小秋被问起伤心事，眼圈秒红。

"情声的也没过吗？我听说还是很缺美工岗。"林欣然颇有些意外。

"别提了，那天我衣服好不容易洗好，可偏偏碰上了个扁带鱼男，怼了半天，面试时竟然是那个男人做面试官，结果我大脑一片空白，都不记得自己说了什么，当场就把我给 pass 了。"贺小秋想起那时的场景，愤愤不平。

"扁带鱼男是什么生物？"赵琳黑人问号脸。

"不是真鱼，是一个瘦得像带鱼的臭家伙，扭起来这样，这样……像不像扁带鱼？"

赵琳被贺小秋的动作逗得笑起来。

贺小秋可笑不出来。

出了电梯两个人还在安慰贺小秋，知道她还和母亲吵架了，显然面试失败的锅想甩给老妈，但被拒绝了。

得知林欣然和赵琳要进行闺蜜聚会，贺小秋的眼睛呲溜溜放光，林欣然和赵琳相视一笑，主动邀请了她加入。

喜欢热闹的贺小秋自然不会拒绝，她从不知见外为何物，非常自来熟，十分自然地融入了林欣然和赵琳的聊天，烦恼郁闷忘得快，倒是个极为乐观的人。

她和林欣然一样非常喜欢《海贼王》等日本动漫，也聊得来赵琳的美妆时尚，女生们聊八卦吃零食，倒是所有人都自得其乐，放松下来忘掉了门外俗世的纷纷扰扰。

说起贺小秋，今年25岁，美院毕业在家赋闲已两年。她出生在一个小康往上不少，富二代不足的中产家庭，有对又宠她又开明又会赚钱的猫妈猫爸，从小用老爸胡子做画笔，拿老妈的圣罗兰口红填色，后来不喜欢念书去画画，毕业后不上班，和一群朋友成天瞎混，任何胡闹的举动都得到了宠溺地许可。

按照她爸贺新成的说法，老子拼命地工作，就算不能让咱闺女想干吗就干吗，但不想干时还真就能不干！

买房是万年不变的保值方法，贺家夫妻在楼市低位时就入局，后来逐年上涨，他们手头资本越来越丰富，给贺小秋折腾出好几套住宅和公寓，就算贺小秋以后一直宅下去，也可以成为一个逍遥的"包租婆"。

所幸贺小秋在美术方面是真有天赋，考上了国内一流的美术学院，交往的朋友层次都不差，没被带歪，除了天真一点，娇气一点，懒惰一点，之外倒也是个好女孩。

平日贺小秋和朋友小聚也只唱歌喝点小酒，然后看球赛，没有乱七八糟的东西。刚毕业时，也有雄心壮志要成为内地顶级原画师，靠着之前在网络上发布作品积累的一点人气，还真有杂志和网站跟她约稿，她画得特别起劲。

但没过多久，没有生活的压力之剑悬在头上，光靠意志力和自觉靠不住，她的日子就变成了先看剧玩游戏，快截稿了才开始赶工，再往后甚至演变成截稿日期都没有杀伤力，越拖越久……

最终，几个看好她天赋的编辑也放弃她了，她成了粉丝们眼中的失踪人口，兴之所至发布一张画稿，然后又消失，做成天胡闹的小仙女去了。

直到最近的高中同学聚会，贺小秋发现上学时非常讨厌的女同学祁静秋，多年不见，竟然摇身一变成职场精英，气场强大，受同学们的追捧，各种请教成功经验。

反观贺小秋，看剧追星，长腿欧巴，她只认识这些追星族的偶像，和已经工作或者成家生娃的同学们没什么共同话题，聊不到一起。

偏偏死对头祁静秋若有所指地说："人呐，只有在激烈的竞争中才能成为更好的人，好吃懒做，在家当米虫只会退化成虫！"

贺小秋永远忘不了当时围观群众投递过来看好戏的眼神，混杂着嫉妒和瞧不起。

人都有惰性，可不是每个人都有资本当米虫。而贺小秋自认才华不输祁静秋，她不甘于再做米虫。

然后就是后来的连续面试滑铁卢。

林欣然了解完贺小秋现在的状况，安慰道："你就一边收房租一边找工作，遇到合适的工作再做，多少人羡慕不来。"

　　"对啊，比如然然就很羡慕，她没工作就没钱，没钱就要被你赶出去……到时候你下手可千万别留情。"赵琳补刀。

　　林欣然郁闷得不行："别对比了，全是伤害，我也想当包租婆！"

　　贺小秋开心了一点，立下决心："对，海洋再宽阔，我们也能找到 One Piece（海贼王中的最终宝藏）！"

　　两个《海贼王》粉丝举起橙汁，在半空中一撞。

　　"第一次见喝橙汁喝大了开始吹牛的……"赵琳无语掩面，吐槽之。

　　偏偏，那两个货还突然回头："赵琳同学，请说出你的梦想！"

　　赵琳："不好意思，本人工作无忧，只缺帅气的男人。"

　　热闹总能让人忘掉很多不好的情绪，尤其是贺小秋，忧伤来得快去得更快。

　　临走时，贺小秋已经恢复了笑容，连老妈都不埋怨了："谢谢你们啦，我决定今晚回家，拿些补给，还得把家里的衣服多带几箱来，最近又觉得没衣服穿了。"

　　林欣然内心 OS：这理直气壮的语气，你比我还大上几个月啊，自理能力呢！

　　赵琳沉吟一下，拉着贺小秋道："我刚搜微博，找到了情声公司创始人的微博，你要是真的想找工作，可以把自己作品发给他，多发表一些见解，如果对方赏识你的才华，说不定会对求职有一定帮助。"

　　贺小秋似懂非懂地点头："还可以这样？"

　　赵琳一笑："条条大路通罗马，不尝试一下怎么知道结果呢？你有兴趣去其他公司，要是面试不过，其实也可以尝试类似的方法，总比在家抱怨强。"

　　林欣然在旁默默听着赵琳指点贺小秋，心里感慨，相比自己只会灌硬鸡汤，赵琳给出的不失为解决问题的实际方法，这就是道行差距。

　　"在职场历练后，我也可以进化成这样吧？"林欣然若有所思，对接下来的挑战，不由多了几分期待。

第9章

他想要为爱变身

周末,林欣然给自己制定了计划,准备自学一些运营、音乐方面的知识,自我充电,以更好地完成接下来的工作。

只有不断进步升级的人,才能在这个激荡发展的时代占据先机。

周末一早起来,沏了一杯咖啡提神,可才刚找到一点看书的感觉,电钻声就震耳欲聋地响起来,因为整个房间都在共振,连是楼上楼下装修都分不清楚。

20多分钟后,她实在忍不了了,出去转了一圈,找到是斜上方一对小夫妻买了婚房装修,短期内绝对消停不了。投诉也不管用,租户可大不过业主。

她本想效仿伟人在闹市中读《资治通鉴》,可惜显然没有那个定力,魔音入耳,她忍不住给姜承东发消息抱怨。

没多久,姜承东回复:"正好,我也要复习公考,一起去市图书馆吧,安静又有气氛,下午我来接你。"

林欣然死盯着安静两个字,只感觉在电钻的挠心声不断放大,占据了她整个脑海,还有车接车送的服务,立即回复:"没问题。"

快到和姜承东约定的时间,她提前了一会儿下楼,准备在快餐店解决午餐。

她身上绝对是有宅女潜质的,为了少下一趟楼宁可饿着。

"别吃这些垃圾食品了,我给你带了饭,就知道你一个人会糊弄自己的胃。"

姜承东拿着保温饭盒,一荤一素两道小菜和米饭。

林欣然被他说得有些不好意思,心里又甜滋滋,岔开话题问道:"阿姨的手艺?"

"嗯,她今天出门,提前给我留了菜,但估计是按猪的饭量准备的,就给你留了一半。"姜承东笑着解释道。

"哈,那你还不顶上半只猪!"林欣然拿他打趣,吃了一大口饭,突然表情一僵郁闷道,"完了完了,我这也吃了,岂不是成了另半只?"

姜承东倒想得开:"只要吃得香,做猪也无妨。"

不像姜承东这种文艺青年,林欣然除了考试前凑热闹复习去过学校的图书馆,这还是第一次专门跑图书馆,而且是亚洲最大、世界第三规模的国家图书馆。

这里有全中国最有特色的阅览室,就像天神的火炬,从底到顶逐层扩大,中间留出天井，每层都能将楼上楼下一览无遗，透明玻璃天花板洒下金色的阳光。

最炎热浮躁的7月，这里也近乎座无虚席，几千人低头做自己的事情，安逸而静谧，都市生活中难得的慢节奏感。

瞬间，林欣然脑海中浮现博尔赫斯的名句：我心里一直都在暗暗设想，天堂应该是图书馆的模样。

姜承东带着她直奔顶层，找到了透明围栏边的两个空位，抬眼就可以俯瞰全楼，风景一级棒。

"很有气氛吧？"他笑问好奇张望的林欣然。

"你选的地方不错。"

也许是被环境感染，她不自觉地就放低了音量。

这里不让带自己的书进来，但可以带复印品，姜承东开始刷题，林欣然则打开电脑，按照年代听歌做记录，效率奇高。

中午两人去了附近一家湘菜馆，姜承东乖巧地把菜单丢给了林欣然，然后某人点了一桌子的辣菜，把他辣得五官挪位，连喝了三瓶北冰洋汽水。

结账的时候，林欣然抢着把账结了，说是感谢他帮忙找房子和当免费司机，姜承东拗不过她。

昔日情侣像寻常同学一样，泡了两天图书馆，交谈很少，各忙各的，但和大学时那种以自习为名，实际是约会的状况一天一地。

国内千军万马过高考，大部分都是同龄人。但在国外，她遇到了很多工作后又回来读书的"大龄"同学。他们虽然过了传统读书年纪，过往成绩也并非学霸，但目的性强，韧性十足，沟通和学习效率比无目的读书的学生高太多。

离开图书馆回程的路上，林欣然和姜承东提起了自己对于求学的感慨，姜承东竟然痛心疾首地讲了一大段时事见解：

"国内院校一味扩招，宽松的毕业条件，导致了高中太紧，大学太松。这种强烈反差，除了自觉性强的那一小拨儿人拼搏向上，不少人是在大学四五年中荒废了时间，消磨了意志，虚胖了体重，直到毕业才发现自己除了睡懒觉、爱迟到、不收拾屋子之外什么也没有学到。"

他越讲越激动，林欣然越听越反感，在他结束之后反问："所以都是体制的错了？"

姜承东的慷慨激昂冷不防被这么一刺，热血瞬间熄了大半，讷讷地道："当然个人因素很重要，哲学上也讲主观能动性决定办事的效果。"

"在环境一时半会改变不了的情况下，有问题还是多从自身找原因。要成为理想中卓越的人,自己要目标明确,学会在享乐和奋斗间平衡和取舍。"林欣然不愧熟读卡耐基,总结鸡汤能力杠杠的。

姜承东张着嘴发不出声音,有些挫败,有些郁闷,有些不满地瞪着林欣然。

曾经她是自己的半个小迷妹,听他谈古论今、针砭时弊,总会眨着一双漂亮的大眼睛,充满崇拜之情,现在却成了见血封喉的刺客,把他满肚子的牢骚给堵死在喉咙里。

林欣然保持着不失礼貌的微笑,玩味地欣赏着他表情的变化,似乎觉得很有意思。

凉爽的晚风送来她身上的香气,姜承东看着那张近在眼前,却始终抓不到的美丽容颜,前所未有地丧气,艰难地,非常委屈地说:"所以,你是不是觉得我很幼稚很失败,才不接受我?"

"怎么转到这上了?刚刚只是就事论事。"林欣然忍不住笑了,"你很好啊,温柔体贴,没有不良嗜好,虽然不是特别努力,但你看过很多书,有这些思考,已经比空洞迷茫的同龄人强上太多啦,但我们还是不同步而已。"

"那该怎么同步呢?"姜承东意外地看着她,似懂非懂,希望她继续说下去。

"李嘉诚不是说过吗,年轻人该走的弯路,一米都少不了。靠别人告诉你没用,你得自己想,我们之间现在最大的差别是什么。我累了,先上楼了。"林欣然做了个鬼脸,打开车门跳了下去。

姜承东连忙也追了下去想送她上楼,却见她早料到似的突然转身,修长白皙的手指伸直:"葵花点穴手,定住,不许送!"

男生本能地听从指挥。

林欣然吹了一下指尖并不存在的硝烟,像牛仔收枪似的放下,巧笑倩兮:"晚安,早点回家,别让你妈担心。"

姜承东就这么呆呆地看着那道身影消失在楼道,心脏剧烈跳动,好久才平息下来。

他再迟钝,也有些感觉。

自己喜欢的人终究不是铁石心肠,他还是抓住了激烈动荡的适应期,在她心头抢下一片滩头阵地。

他站立良久,突然泛笑,想起《呻吟语》中的一句:

撼大摧坚,要徐徐下手,久久见功,默默留意,攘臂极力,一犯手自家先败。

不过,欣然让自己想的那个问题,姜承东自己在路灯下琢磨半天,接到老妈电话的那一瞬间,他恍然大悟。只要自己一日还是妈宝,那欣然就还是有心结。

同一时间,林欣然藏在窗帘后凝视着楼下那辆桑塔纳,一直到它慢慢开走,才松口气似的坐到沙发上。

"林欣然,你清醒一点,要以事业为重,教小男生成长多累啊!"

自言自语之外，林欣然幻想在自己的脑袋里面画上一条疆界，她的心不想第二次冒险。

姜承东身上有吸引少女的暖萌特质，曾经的她笃定地认为两个人会天长地久。

再相逢，青年没有被社会染缸污浊掉那份灵气，更添了一份处处能感觉到的用情至深和体贴稳重。

现在的姜承东不是现在的她的理想类型，可凑近时，她还是贪恋那种简单的温暖，忍不住动心。

"如果他可以真正独立有担当，也许可以尝试一下。"

林欣然死活睡不着，拿着手机想给姜承东发信息，几次打上好几行的字，删删减减，最后又都一个字不剩了。

索性，她翻出了老爸那个"握石有痕"的小号，发了一条：

"爸，和老妈在一起前，你是什么样子？"

直到临睡前，她才收到一条姗姗来迟的回复："爸不在江湖，但江湖有爸的传说。"

"……原来我的中二病就是你遗传的。"

林欣然摸索着屏幕，想着老爸年轻时，剃着平头、穿着喇叭裤，晃着膀子和人约架平事，"噗嗤"笑了出来。

再看他如今在老妈面前，谨言慎行，有的男人会为深爱的女人完全变成另一个人。

第 10 章

妈宝女驾到

姜家住在一套 60 多平方米的两室一厅，虽然是 20 世纪 90 年代建的老房子，可按照翻着番往上涨的房价算，市值抵得上夫妻两人 100 年的工资。

三口人在这里住了 20 多年，那年头也没有什么装修风格，就是白墙打了石膏线，简单朴素，家具电器是一点一点添置出来的，都是国货。

家人的衣服鞋子、旅游带回来的纪念品、姜承东做的手工和得的奖状、老妈种在阳台上的花花草草、老爸收藏的好茶好酒，姜妈妈把每一寸空间都塞得满满当当，有种温馨舒适的充实。

因为有一个贤惠能干的女主人，无论外面风大雨大，回到家无比心安。

姜承东蹑手蹑脚地拧开门，远远就能听见老爸姜国胜的呼噜声，而老妈沈萍斜靠在客厅的沙发上，开着电视睡着了。

他不由暗松一口气，像穿越火线般紧贴着墙边，溜向自己的卧室。

"外面疯一天了，洗了澡再回屋。"沈萍不知何时醒过来，不容置疑地说道。

小兵终究躲不过老炮的法眼。

"放了东西就去，妈你先歇着，别因为我耽误你睡美容觉哈！"姜承东连忙对老妈露出一个讨好的笑容。

沈萍已经把洗干净的睡衣放在浴室门口，哼了一声："别来这套，老实交代周末两天一大早就出门，上哪玩去了？"

"没去玩，在家没气氛，跟您讲了去图书馆看书。"姜承东似装委屈地炫耀，"我做了四套行测，两篇申论，还整理了错题。"

"真的？"沈萍有些惊喜，自己养大的儿子，什么学习态度心里自然有数，但该敲打的还是要敲打。

"不信你查？"姜承东把书包往前一推。

"懒得查你，反正是你一辈子的事情，你要考虑清楚，我和你爸能托的关系都打点好了，就看你的考场发挥。"

沈萍开启苦口婆心的说教模式，从公考一路说到买房结婚，赶快添一个孙子，要不要最近就开始相亲之类的话题。

姜承东哭笑不得："知道了，老妈你就别催了，生活又不是赛跑，等我把工作搞定，再考虑结婚，你就等着我给您找个举世无双的媳妇吧。"

他说着已闪身进了浴室，洗浴用品小架子上，用完的洗面奶被换上了新的，手巾也有阳光晒过的清新味道。

老妈每天都会替他把生活所需归置得井井有条，能做的家务也都做了，想想既舒服，又有点抱歉。

"那是，我可只有你一个儿子。就你爹那么不着调，我以后指不定还得和你待一块，儿媳妇肯定得找个顺心的，要是你们都不听话，我这一辈子可太冤了……"沈萍依然在絮絮叨叨，诉起苦来。

姜承东听着心疼也有点烦躁，可还肯定地应着。

母亲沈萍高中毕业，在当年已经算是高学历。父亲姜国胜则小学没毕业。两人一个在城市长大，一个在农村长大，沈萍昏了头，死活要嫁姜国胜，婚后才发现根本没有共同语言，两人动不动就吵架摔东西。后来年岁渐大，彼此脾气都磨得差不多了，倒不吵闹了，但夫妻基本没有交流。

父亲开重型货车跑运输，工作时间不定，经常昼夜颠倒，每天回家累得倒头就睡。母亲的单位工作清闲，在家就围着儿子转。

儿子被母亲从头管到脚，眼高手低，优柔寡断。

看似幸福美满的小家庭，实际上，每个人的心中都有个深深的空洞，里面都是对生活的不满和抱怨。

沈萍不知想到什么，突然一拍脑门，推开门，露出一缝隙："对了，你这两天在外面，就自己学吗？"

"妈，等我出去再说，我正准备洗澡呢！"

姜承东在自家洗澡上厕所自然是只关门不上锁的，被吓了一跳，心里对老妈不尊重隐私的行为不爽，可不敢表现得太计较。

沈萍还不高兴了："我刚刚和你说话，门隔音，水声这么大，你一直没回我，我才推开了小缝！你是一个人学吗？"

"就我自己行了吧！"姜承东"腾"的一声关门，拧上内锁。

妈宝关系，细微处的体现就是母子之间性别羞耻心并不分明。

年龄因素并没有在母亲心理上呈现，而是坚持将儿子当作婴儿般无微不至的照顾，亦在追求着无所不及的掌控。

姜承东再次想到林欣然今天没说透的话，或许就是觉得自己还是个小男孩，不愿和老妈共同分享监护他的责任。可他已经是男人了，要真正长大，不能再做妈宝。

很快一周时间就过去了，林欣然在适应着情声的工作节奏，同时不忘自我充电，

| 043 |

和姜承东继续跑了北京市内好几个图书馆去读书，顺便吃了不少新开的餐厅。离家在外的生活，越来越步入正轨。

新的一周开始，林欣然正在工位上忙碌，突然手机响起，是贺小秋。

她不习惯在办公场合接私人电话，起身出外面接听。

"我拿到情声的OFFER了，要我明天入职，哦耶！"

林欣然不得不把手机再往送出3厘米，避免被电话那头激动的高声影响听力。

贺小秋自顾自说起她是怎么按照赵琳的提点，找到了卞嘉德的微博，积极和他互动，讲出了自己对情声的看法，并且画了两套适合女性的粉色和红色UI概念图，展现了自己出色的美术功力。

这种互联网元老的微博虽然有认证，但毕竟不是明星，粉丝寥寥无几，和个人号的性质没有太大差别，偶尔朋友下属会回复几条，贺小秋的"诚意"很快就被感知到。

目前，情声确实缺人手，就把她补招进来，只不过试用期要比普通人的三个月长一倍，会有六个月。

挂了电话往回走的时候，门口的技术部小哥好奇地问："美女，你有朋友要来公司？颜值高吗？"

林欣然扶额："颜值和嗓门一样高。"

贺小秋翻滚了一夜，根本没睡好，早上起来美美地打扮了一番，挥别了满脸担忧的爸妈，气势汹汹地杀向了情声公司。

这是她赋闲两年后的第一份工作，为了改变已经要宅废掉的状态，她需要积极努力工作，找回生活的节奏感。

"美女，影楼在对面，我们这边是公司。"情声前台看见她，微笑提示。

贺小秋确认了下招牌，一脸真诚地道："我就是来你们公司入职的新员工。"

为了留下一个好印象，她找出了自己最喜欢的浅紫色套裙，荷叶边的大翻领，拼接的喇叭袖，蓬松裙摆，将她衬托得愈发甜美可爱，少女气息满满，但更适合去漫展，和职场风格有些远。

情声所在这层对面正好刚入驻了一家有名的摄影机构，每天都能看见和贺小秋相似打扮的日系女生或者COSER进进出出。

不过互联网公司的服装要求一向宽松，长时间加班的程序员，穿拖鞋都没人管。像贺小秋这样赏心悦目的萝莉风格，虽然夸张，但无人反对。

在同事的低调围观下，贺小秋非常顺利地办好了入职手续，然后她去找创意部的总监报道，一番交流之后，就被当成烫手山芋，外派到了技术部支援。

情声先上线的是ios版本，在收到市场反馈和得到更多投资之后，扩招人才，由

我不是妈宝

团队核心分组去钻研安卓、塞班、WM 版本三端。

毕竟这个时候，安卓才刚刚靠着低端机的出货量占据手机操作系统的第一，塞班百足之虫死而不僵，WM 借着微软的大力支持，好像随时会逆袭。有野心有钱的 APP 开发者必须要全面兼顾，研发和测试压力非常大。

结果技术员们没倒下，反而是辅助 UI 设计的美工助理被虐病倒了，挂了两天水之后再不肯回来了，所以说贺小秋之前给卞嘉德投的设计稿直接被转交给技术部，在不知名的情况下，被高票通过。

"外援竟然是美女！太需要你了！你要坐哪边？ Mac 版本顺手吗？手绘板有要求吗？"

当创意部总监介绍完人离开后，技术部一群小哥激动地把贺小秋团团围住。

没办法，天天对着枯燥的数据，太久没见真正的美女了，尤其是日系风格的美少女，卡哇伊！

"很高兴认识大家，你们不用太照顾我，我都 OK 的。谁是这里的负责人呀？"贺小秋从幼儿园漂亮到现在，早就习惯小男生们的热情，淡然笑纳。

"腾飞哥一会儿就回来了。"霍明蓝，也是这边资历第二老的技术骨干积极答道。

"行，那我先等他的安排。"贺小秋隐约觉得这两个字有点耳熟。

霍明蓝笑道："不用，我们这里最大的规矩就是没有规矩，大家干好活就行。"

言毕，他压过一群后辈，独揽下了带贺小秋熟悉公司的重任。在最短时间帮她配置好了电脑，讲了各种规章制度，秘授了自己认可的用餐地点，竭尽有限的情商，努力让贺小秋感到舒服。

妹子好看是一方面，创作水平也很好，绝对的团宠地位。

"飞哥，你怎么去那么久卫生间！咱的贵客早到了！"霍明蓝高喊了一句。

"你小子越来越像个大喇叭了！欢迎新同事，欢迎！"

张腾飞知道今天要有美工外援入职，想不到是这么漂亮的妹子，咦，有点面熟，好像在哪儿见过。

不要指望直男的辨识力，否则动漫里就不会用发色区分女性角色了。贺小秋那天撞见他的狼狈样子和今天的光芒四射完全是两种状态。

"扁带鱼？"贺小秋却是一眼就认出了他，近乎绝望地惊呼出声。

张腾飞的脸瞬间黑成了一条变了质的带鱼。

第 11 章

嘿，我们复合吧

午餐后，街角咖啡店。

林欣然、贺小秋坐在角落的位置，终于等到赵琳换班休息，坐到了她们对面，把杯子里的橙汁一口气喝掉了大半。

林欣然不可思议地看着她那一身咖啡店员服："你真要在这里长做下去？"

赵琳美艳不可方物，哪怕简单的店员制服也非常清新美貌，之所以领着三千的起薪售卖咖啡，为的就是等孟涵来光顾，送上一杯"帅哥特调"，留下印象。

"谁叫你不能提供准确情报，我只好守株待兔了。"赵琳白了她一眼。

"姐姐你是认真的？潇洒自在的模特不当，来当服务员……你是不是电视剧看多了，自己上演一出《沥川往事》。"

"遇上心动的人，和撞鬼一样难，我这叫把握爱情的机会。"赵琳眼睛亮亮的，闪耀得让人心动。

贺小秋给赵琳加油打气，林欣然却还是无法认同。

赵琳没有再接林欣然的话茬儿，反而问她："要说你从家里出来也有一段时间了，气也消了，你和阿姨还是得缓和一下关系吧？"

"不是我不想，我妈不给我机会。这次换专业，前景和就业只是小部分原因，作为家里说一不二的女主人失去了应有的地位，这才是她暴怒的根源。"

和妈妈陶珍的关系是林欣然一直在回避的问题，身为小辈主动示好了几次，都被母亲冷处理了，老妈这次是真生气了，而林欣然不撞南墙不回头。

陶珍一直比着姐姐陶瑜的育儿经验，想把林欣然培养成大家闺秀，偏偏林欣然性子特有主见，从小母女关系不像旁人家的那么亲密，大小争吵不断。

两个不同年龄的女人，骨子里骄傲好面子的程度却是相似的，外人说什么都听不进去，估计还要僵持一阵子。

贺小秋倒也依稀听林欣然提过一些，颇为好奇地问："所以你先学了经济学，然后又换专业学国际关系，最后来情声做运营？这全都不搭边啊！"

"孟涵出国读的经济学，所以我妈要求我也得去念经济学，纯属被迫。之后大三，我努力争取到了公费补助的交换生项目，才换到了我感兴趣的学科。但专业和工作未必要对口，知识不一定全都得实用，它是潜移默化的智慧给养。我做运营是因为我喜欢新潮有挑战的工作，并且具备职位的学习基础和能力。"

贺小秋不由点赞，吃完别人的瓜，被问起今天新入职的感受，却怎么也不说话，被逼急了，才把今天上午发生的事情坦白了。

跟着卞嘉德从酷乐走出来的技术团队中，张腾飞给人的最初印象只是一个追随着自己顶头上司，稀里糊涂过来的新人。毕竟他先前在酷乐一直都扎扎实实地做版本迭代维护，得到的是踏实肯干、执行力强的评价，没有更多大放异彩的空间。

随着情声飞速发展，人手捉襟见肘，这个清秀瘦弱青年的钻研能力迅速凸显出来，他一点也不排斥从做电脑软件转到手机软件，悟性高，适应力强，能加班能抗压，很快就脱颖而出。

在ios版本成功上线之后，他主动担当起了安卓端的开发工作，被委任为开发组长，和一群同样年轻的程序员们试图复制之前的成功。

张腾飞是一个工作严谨的人，生活上可以开玩笑，但工作上的事情就要绝对认真负责，难以容忍瑕疵和疏忽，霍明蓝这些手下看上去和他嬉皮笑脸，心底下其实都有一点怕他。

所以即使被那一声"扁带鱼"勾起了某些不好的回忆，他的表情也很平淡，只是抬起头，目光冰冷的盯住站在自己面前的贺小秋，欣赏着她忐忑不安的鹌鹑样子。

"腾、腾飞哥你好，我是贺小秋，新来的美工，以后接受你的领导。"贺小秋越说声音越小。

千辛万苦拿到了OFFER，竟然遇上了之前面试时的"仇人"。

"你好，我听姚总监说了，你的技术水平不错，希望能充分发挥，通过考核。"张腾飞嘴角浮现了一丝笑意，"就是我们开发压力很大，工作安排紧凑，可能上班没时间给你去洗衣服……能接受吗？"

"之前那是特殊情况！"贺小秋气得跺脚。

因为性格长相，贺小秋在男生面前一向是被捧着宠着，还是第一次被人这么带着轻蔑地询问。

"我信了，开工，大蓝你也别趁机偷懒闲逛了，拿出点战斗实力，别让人当成了女篮。"张腾飞低下头就在电脑前忙碌起来。

贺小秋一肚子火，他那明明就是不信的表情和语气，可惜领导不理她，她也不好继续挑衅，跟着霍明蓝熟悉自己的工作岗位。

"别怕，他就是面上凶，其实人很好的。"霍明蓝受了被杀鸡儆猴的委屈，却还不忘安慰贺小秋。

贺小秋张牙舞爪，翘起大拇指划过自己脖子："但我很凶的。"

"然后张腾飞就把他们那组积压的美工任务单发了过来，当时我QQ都卡住了，要画好多的，崩溃……他怎么一点也不照顾一下女生？"贺小秋大概是回想起了当时聊天框疯狂闪烁的场景，都不由自主地哆嗦起来。

林欣然深表同情："你不是不怕他吗？"

"可我怕他不要脸，欺负新人！"

"情声各部门都在超负荷运转，谈不上什么欺负不欺负。反正你可以当包租婆，还是史上最美的那个，受不了就不干呗，大不了下次找个轻松的。"林欣然用起了激将法。

贺小秋当时就毛了："不行，这样不正是应了那条扁带鱼的判断？我可不能被他看扁了！"

"有志气！咱们一起为了小目标加油！"赵琳举起了咖啡杯，三人碰杯明志。

下午林欣然一直在搜索、翻译歌词，然后生成专用的格式上传，越做越熟练，偶尔请教姜承东这个外援一些需要斟酌的字句，效率让她很满意。

6：30，运营组的同事开始陆续离开。7：30，实习生郭颖颖也起身离开，林欣然这才收拾东西，感觉保持这个进度是可以在期限内完成的，不想在前期就透支太多体力。

技术部那边都还在忙，贺小秋坐在和张腾飞最远的一个角落位置，举着手绘板但是手没动，脑袋像招财猫的手臂一摇一摇，犯着困。

林欣然轻敲了一下玻璃板。

贺小秋一个激灵抬起头，看见是她，连忙起身跑出来，羡慕道："你现在能下班了呀？"

"我们部门都走完了，我是最后一个。"林欣然叹道，"你得熬到几点？"

"呜呜，我还不知道呢，那条扁带鱼简直是个大魔王，一个按钮图标能让我改十遍，还偏偏道理又多，说不过他，我眼睛都快瞎了！"贺小秋一脸委屈。

"我相信你能用才华征服他！"林欣然给她加油。

"唉，那是必须的，不过先送你下楼，然后我溜达溜达，放松下心情！"贺小秋眼睛溜溜一转，有了主意。

间歇性壮志凌云，习惯性混吃等死才是她的人生常态，与幸福生活相比，一个小小咸鱼王的情绪也并没有那么重要啦！

嗯，咸鱼+扁带鱼+大魔王升级，简称咸鱼王。

吃腻了外卖，林欣然在地铁旁边的超市买了些菜，还有各种调料，这才上楼，到家已经九:00多，肚子饿得开始喊着口号示威。

从公司到公寓要50分钟，这还是公司和地铁站近，她住的公寓又正好在地铁站上面，已经算非常便利。

从2006年起，北京的平均单程通勤时间已经达到了43分钟，在随后五年中又增加了约10分钟，平均单程19.2公里，她还算在平均线以下的，相比住在通州和房山的一些同事，林欣然现在住的公寓对于新人来说很"奢侈"，但她宁愿住得好点，少买些衣服就ＯＫ了。

公寓没有燃气，只能用电磁炉，拿出手机播放她整理的一个欧美精品歌单，她开始洗菜切菜，然后不小心失手打破了唯一的碗。

所以她只能做好后，端着锅吃。

从窗户望出去，有些阴郁的天，积着厚重的黑云，遮住星月，送来和白天闷热截然相反的彻骨凉风。

对于一个人来说有些冷清的大开间里，正好切换到一首哀婉的歌，林欣然突然就没有了半点的食欲，自己鼓捣的菜最多也只能算是熟食而已，味道欠佳。

辛苦一整天回到这里，却感觉不到家的滋味，干净整洁的同时，也意味着空无一物，缺少生活的气息，一切都是孤零零的，这里只有她一个人。

孤单感，总会在夜深人静的时刻，格外清晰。

第 12 章

虎妈的铁血教育

突然，敲门声响起。

此时已经晚上 10:00，林欣然警惕地走到门边，本能地抄起了棒球棍，顺着猫眼看过去。

"放下武器，是友军。"外面传来了姜承东的声音。

"哎呀，你什么时候晚上还有自由，被你妈放出来了？"

"怎么说得和狗遛弯似的，我妈她出差了。"姜承东说着揭开手里保温盒的盖子，"闻闻，香吗？"

"哇！炸酱面！"林欣然眼神都直了，摸了摸空空如也的肚子，赶忙开门接过来。

"味道还行，就是这黄瓜切得太丑了点。"

"好吃就行，哪这么多要求，毕竟我是第一次做。"姜承东的语气充满了小炫耀。

林欣然的筷子停了下来，认真地看着他："那你真的好有做饭的天赋，什么时候开始学的，有空教教我。"

"差不多就从你住这边起开始练，我还学了八珍豆腐、清炒蘑菇、酱香茄子……都是你爱吃的菜，不过今天太热，吃凉拌炸酱面最解暑。"

"冒充养生专家！"林欣然嘴里吐槽，心上却给姜承东狂加了 20 分。

炸得透亮的肉酱，莫名好甜。

为了不辜负姜承东的一片心意，林欣然打着嗝消灭了所有面条。

"我来收拾，你坐着消消食。"姜承东主动承担了饭后家务。

林欣然忍不住多看了他两眼，这小子转性了？

或许就像老爸说的，当男人遇到真正喜欢的人，会慢慢变成完全陌生的样子？

看着他在水池前忙碌的背影，林欣然心里感觉特别安定。虽然妈宝、优柔寡断、有点懒，但姜承东愿意改变，而且正在改变。最重要的是，他总能在自己最需要的时候出现。

林欣然不想自己活得那么世俗，爱情有千百种姿态，不是非得最登对，而是要最舒服，在一起心里欢喜。成年人的世界从不简单，她同时也想清楚地决定了今后的行动，再勇敢一次，和姜承东一起去解决妈宝问题，而不是像当年那样赌气分开，撒手不管。

我不是妈宝

"喂，姜承东，你为什么对我这么好？"

洗碗的人手僵了一下，讷讷道："你……是知道的啊。"

"哼，你不说我怎么知道。"林欣然气得想翻白眼。

男生转过身，坚定地说："因为，我一直，非常，只，喜欢你。"

林欣然得意地翘起嘴角，过了两分钟，很轻地道："好巧，姜先生，我也重新喜欢你了。"

姜承东手一松，刚刚洗好的保温杯掉到地上。

"怎么又打碎一个，我家本来就没碗了……"林欣然心痛地道。

刚刚的粉红泡泡腾空消失，又回到地面生活的柴米油盐。

"碎碎平安！放心吧，有我在，有饭票，更有饭碗。"姜承东及时救场，屋里的两个人傻笑起来。

此时，孟涵家，林欣然的妈妈陶珍又开启了新一轮麻将。

她，姐姐陶瑜，姐夫孟宏光，还有因为林毕腾累了不想玩，被抓来凑手的孟涵，正好四个人鏖战正酣。

姐妹两个的父母都不在了，就把姐姐这里当娘家，定期都要聚上一聚。

陶珍这辈子都在基层打滚，林毕腾也只是一个小厂的采购科长，都只能称得上普通人。但姐姐陶瑜不同，她是恢复高考后的第一批大学生，从小就聪明而要强，毕业后就留在了学校，现在已经坐到了大学经济学院副院长的位子，每年发表学术文章，还给很多企业当顾问，可以说是名利双收，之前林欣然就是在她手底下"饱受摧残"。

陶瑜对陶珍颇多照顾，当年也是她把妹妹从老家带到的北京，又是安排工作又是介绍对象的，这些年也颇多照顾。

陶珍念姐姐的好，可面对趾高气扬的姐姐，心底却也有说不清道不明的嫉妒。

"胡了，连庄哈哈哈！"陶珍兴奋地一推牌，乐呵呵地笑到眼睛都没有了，余光正扫见孟涵疲惫却还在母亲命令下强撑困意陪战，想到自己家那不听话的女儿，心下就有点酸。

"涵涵，你今天胜率可不如以前了。"

"都是小姨手太壮，今天就该您发财。"孟涵笑道。

即使疲惫，但每当开口时，他依然会露出那副温良恭俭让的样子，脸上维持着恰到好处又会显得有些疏远的微笑，一切都是从小严苛训练出来的。

陶瑜讲，这是对一种贵族气质的追求，她的儿子必须时刻备战，方方面面都完美。

"我这是技术进步。"陶珍自我感觉良好。

"就你那59分的数学，技术难以进步。"陶瑜插了句嘴。

"得得得，你们都数学好，都是学霸，但我赢钱了。"陶珍自有一套理论，原本就看孟涵累了，她借此就提议休息了。

时间还有些早,大家吃着点心水果聊天。

姐夫孟宏光是高中老师,厚道心细,感觉到了陶珍似乎有心思:"要不然让孟涵去劝劝欣然,都是年轻人,也好交流。"

陶珍余怒未消,又气又担心:"她本事大着呢,谁都别管她,到社会上撞得头破血流了,自然就回来了。"

孟涵宽慰道:"小姨,然然读的那个专业在布大比经济学还好,她的选择没错。"

这件事情,大家其实也不是第一次和陶珍沟通过,她也表示理解,但似乎没什么用,还是非常生气。

陶瑜一听,面色不快地对儿子说:"错不在选专业,而是不尊重父母。我们这代人家里只有一个孩子,几乎把所有的精力和财力都奉献给子女,难道最后就落得被骗得团团转吗?"

孟涵欲言又止,他知道和母亲多说无益,她比小姨更加专制,更重要的是,母亲一直因为生子耽误事业发展,错失良机,而耿耿于怀。

陶珍赌气道:"为她铺好的路她不走,我就当我这么多年养了个白眼狼!"

大家不好再劝,又聊了些家常话,也就兴致缺缺地散了。

妹妹妹夫一家离开后,陶瑜把孟涵单独叫到书房,一脸严肃:"最近你状态可不太好,要合理规划工作,否则会越来越累。"

孟涵点头表示明白:"公司连续投资了几个案子,还有几个考察中的创业团队,要核算的太多。"

"给我详细讲讲老邢都投了什么。"

"环保、蓄电池、音乐播放软件情声科技……"孟涵强撑精神做起了汇报,又连续回答陶瑜的提问,足足有半个多小时。

"就这些?你们要投资团队的背景调查,发展前景,行业规划你都了解得不深入,太让我失望了。"陶瑜面沉如水。

孟涵连忙解释:"妈,我最近在赶好几个项目的财报,接下来我肯定会抽时间出来做好这块的知识补充。"

陶瑜一巴掌拍在书桌上,大声道:"我跟你说了多少次,低头做事,也要抬头看路!我把你送进青柳资本,是希望你多学、多想、多结交人才,而不是真的要你在那里做一颗兢兢业业的螺丝钉。你要做的是完成手头业务的同时,多多思考老邢为什么投资,分析每一个投资人的优缺点,你要想的是有一天,你会站在和他一样的高度,甚至更高,要如何操作你手里的每一分钱!"

一直到快 12:00,孟涵才被陶瑜放了回来,脸上的表情像犯错学生一般沮丧,却不得回屋休息,而是要抓紧时间补习他"欠下的功课"。

052 | 我不是妈宝

孟涵疲惫得要死，大脑僵掉了，却知道这个时候母亲也没有睡，而是和他在准备同样的调查材料，明天晚上母子两个人要进行对比，然后点评他的收集效率。

就像小时候上补习班，母亲会和他一起做每一张卷子，重拾放下多年的知识，回答他从老师那里没有听懂的问题。

活这么大，他始终觉得母亲如一座只能仰望的高山，比他聪明，比他精力更加旺盛，他必须拿出常人的十倍努力，才能跨过母亲划的那条目标线，却始终没有任何成就感——因为陶瑜站在一条更远的线旁边，催促着他快点跟上。

只亮着台灯的屋中，孟涵对着电脑屏幕，阅读着公司那几百兆调研报告中与他工作无关的部分，一点点的整理着自己的思路，写下总结分析，再运用最先进的数学工具建立模型，对不同的投资项目发展前景进行预估——站在一个远高于他现在职位的角度去思考问题，这是成为精英的必修课。

又一个夜晚，技术部日常加班，作为外援美工贺小秋自然也得陪着，随时商量和修改技术部给出的意见，去适配不同机型的显示分辨率。

他们办公区的第一印象会让人觉得是手机柜台，各种型号、成色的手机胡乱摆着，不时有员工在上面操作，屏幕上滚动的都是一般人看不懂的奇怪代码。

张腾飞是力求完美的性格，虽然大部分系统都有模拟器，但他还是觉得模拟出来的东西和实际手机操作环境有差异，所以每一个版本每一个功能他都要求测试员在不同机型测试，导致他们这里手机成堆，经过各种方法测试折腾，一个个都是伊拉克战损成色。

"难吃死了。"贺小秋吃了一个外卖的饺子，便下不去嘴了。

根本就是面片裹树叶，混进饺子界的奸细！

"腾飞，先别忙了，吃点东西。"

一个温柔的女声传来，贺小秋好奇地抬起脑袋。

竟然会有女人来找咸鱼王？

第 13 章

原来他竟是隐藏妈宝

贺小秋望过去，却是位清瘦的阿姨，有一头黑亮柔顺得让人羡慕的及腰长发，五官清秀，虽然穿着打扮不算时髦，身材却是一点没有走样，年轻时定是极出色的美人。

她走到张腾飞身边放下餐盒，本能地就顺手替他归置有些混乱的办公桌。

"妈，我说过了不用送饭，饿了我自己会点外卖。"张腾飞连忙拉着母亲坐下，有些羞赧。

"你的肠胃不好，总吃外卖回头又闹肚子。"

"不会的，你快回去，记得打车。"

张腾飞连忙把阿姨往外送，阿姨却是一步三回头，依依不舍地看着儿子，被一直送到电梯关门。

"我们腾飞哥，原来是个妈宝啊？"贺小秋意外又八卦，戳了戳旁边的霍明蓝。

"不算吧，阿姨也就平时送送饭，人可好了。以后我老婆能有她一半就谢天谢地了。"

"那你加油，任重而道远。"

贺小秋心想，张腾飞这家伙还敢吐槽自己不会洗衣服？多大个人还让家长送饭，连我都不用，啧啧啧！

那边张腾飞已经回来了，打开饭盒，却是热气腾腾的饺子，大口吃了两三个，突然发现自己调试的程序报错，立刻就继续去处理了。

贺小秋看着口水四溢，小鼻子一吸，韭菜三鲜！

咦，要不以后也让老爸给我送饭，外卖实在太难吃了……

在食物面前，她完全没有立场，顾不得刚刚心下还吐槽人家，一路小跑过去，发现满满一大饭盒饺子，一个个包的秀气可爱，面皮煮得晶莹剔透，隐约可以看见里面绿绿的韭菜叶子和虾仁的形状。

这种有馅的食材，永远是自己家的比饭店好吃太多。

她犹豫了两秒钟，最终还是开口道："腾飞哥，我可以尝一个吗？你妈妈的手艺看起来超级棒啊！"

张腾飞似乎遇到了什么麻烦，拧眉盯着屏幕，头也不抬地道："随便。"

贺小秋嗯了一声，背后那只手藏着早就预备好的筷子，夹了一个放进嘴里。

哇！

一口喷香的汤汁在嘴里散开，热乎乎的肉馅虾仁混合出鲜美的口感，简直太好吃了。

"我可以再吃几个吗？"她用非常小的声音问道。

空旷的办公室，张腾飞忙于工作，完全没有听到她说什么，也没有任何反应，但贺小秋已经自顾自地点头："我就当你默认了，好好吃！"

贺小秋连吃了好几个，这才心满意足地坐回了座位，再看自己点的外卖……简直不堪入目。

她生气地把那个餐盒推到了窗台上，眼不见心不烦，继续画图。

相对一天的高强度脑力工作来说，方才的饺子，还是没补充够能量。

看了一眼旁边，张腾飞一直努力工作到废寝忘食。

"热腾腾的饺子最好吃了，这个工作狂可真浪费，我替他处理一部分吧。"

她装作活动肩颈手腕，溜达过去，吃了好几个。

一会去打水，又吃了好几个。

借口和林欣然说话，路过又吃了好几个。

简直是妥妥的吃货一枚。

一饭盒饺子说多，其实也禁不起这般偷吃，几轮下来之后，只剩一半了。

贺小秋再转过去偷吃的时候，也发现了这个问题，眼珠儿一转，颠颠地跑过去把自己的外卖饺子倒进了张腾飞的饭盒。

20 分钟后，张腾飞处理好了问题，心满意足地缓解了自己的强迫症，拿过饭盒，也不管冷透了，大口开吃。

"可惜，凉了就好难吃。"他眉头微皱，却也是真饿了，所以没多计较。没过多久，他突然肚子一阵难受，冲向厕所。

贺小秋不免有些愧疚，觉得是自己给张腾飞挖了个大坑，他被坑得很惨。她默默下楼买了肠胃药，放到张腾飞的桌子上。

地铁上，张腾飞的母亲罗芳根本不用拉扶手，结束一天繁忙工作的北漂们摩肩接踵，拥挤着她返回住的地方。

她终究舍不得打车，省下那些钱，足可以给张腾飞张罗一桌子好菜。

母子两个住在北五环外的天通苑，城市规划的第一批卫星城。起先这里房源充足，房价低廉，但无产业、无优质学区，大家觉得没有人会在这里置业。天通苑一期建成时开盘价每平方米 2650 元，到了 2012 年已经涨到了 17000 元，汇聚了 70 万天南海北的人。

大家都觉得不可思议，房价怎么可能高到这程度，媒体上专家一次次预言，巨大的房产泡沫明天就会破碎，持币观望的人也在等待着那一天的到来，自己口袋里面的钱可以在大城市变成一席立锥之地。

然而大部分人都无法预料的是，接下来几年，这个东亚最大社区的房价还能再涨上一倍，北京其他城区的房价更是飞速地一次又一次击穿人们的心理极限，直到大家都习以为常，以一句"这就是北京"解释一切在过去看来不合常理的事情。

罗芳是河北农村人，在她眼中没有什么合理不合理，这世道本来就是疯狂的——从老天爷在她儿子四岁那年夺去丈夫生命起，她便只剩下一个想法：照顾张腾飞长大成人，不让他受委屈。

她的长相气质在老家算是极出色的，脾气更是好，所以一直有人给她介绍再嫁，甚至有些鳏夫条件非常不错，父母亲戚都在劝她从了。身边的一切社会关系都在向她宣传一个女人单独生活的不正确性，而她只是抱着儿子瘦小的身体艰难地抵抗着。

罗芳不理解，为什么女人非要活成别人眼中的样子，才不会被指指点点。

她不说，不吵，不闹，一直熬到了张腾飞争气地考上了北京的大学，悄无声息地卖掉老家祖屋，就在张腾飞大学边租了一个单间打零工，再照顾儿子。

原本胆小怕事的她很孤单很害怕，再难听到乡音，但少了亲戚们的吵嚷，面对更多的工作机会，到手以前不敢想的收入，生活似乎还变得好了些。

很快张腾飞毕业、工作，收入远远超过她，然后母子两个整租了一套房，强迫她不要再出去工作，每个月带她去医院治疗之前操劳留下的病根子。

算下来她到北京已经八年了，儿子告诉他，等做成了整个项目，也许能在北京买房，让她不用再和房东争吵明年的租金少涨一点，水管坏了钱要怎么分摊的烦心事情。

生活挺好，如果儿子可以不用那么拼命工作就更好了。

算着时间，罗芳在打车差不多到家的时间给张腾飞发了一条短信，继续在车上晃悠着，遐想着，他们会在这里扎根。

转眼一周的时间过去了，林欣然每天都在翻译歌词，加班时间越来越晚，有时候明明没有多少动力去干这枯燥的工作了，也时常会在工位上磨蹭一会儿，翻翻网页，或者等到贺小秋叫她来一起走。

不是多么热爱工作，就是觉得回到只有自己的空荡荡房间，除了睡上一觉也没有多少意义。

这期间她整理了一份孟涵的资料给赵琳，毕竟两个人一起长大，还是自己老妈最常提到的"别人家孩子"，有很多独门八卦能帮助赵琳。

虽然不看好最好闺蜜的一见钟情，但她知道劝不住赵琳，便给她更多支持。

贺小秋的日子自然也不好过，从一个毕业设计都是卖萌让导师配合自己选题的人生赢家，变成了随时都得听张腾飞的小跟班，这种落差极其难受。

早上10:00到公司，然后加班到晚上10:00多已经成了常态，开始她还是开老爸给配的小车来上班，后来累到完全不敢开，打车或者是爸爸在楼下接她。

不过，她还是没好意思让爸妈给自己送饭，反而是张腾飞的母亲不时来探班，带着食物和水果，还会分一些给她们，真的是非常温柔的一位长辈。

即使她一个脑回路错位的人，都能感觉到张腾飞和母亲之间感情非常亲密，张腾飞妈妈似乎把儿子当成了全部的天。

贺爸爸是设计院的工程师，努力了半辈子，但是在贺小秋出生时感觉自己重新恋爱了，一切辛苦都是让女儿可以自由选择自己人生。见到女儿如今加班比自己还累，竟然眼圈红了，痛斥这里是血汗工厂，劝她不要再干。

"爸，不争馒头争口气，我不能让别人看我笑话，尤其是那个扁带鱼和祁静秋！"贺小秋意外地坚定。

当年，996的制度还没有随着35岁裁员事件火上新闻，但已经是互联网行业的默认常态，着急赶版本的时候，甚至会有程序员吃住都在公司，连续一个月没见过太阳。

这是一个前浪不断死在沙滩上，后浪挣扎着想要留下痕迹，日新月异，烧钱疯狂推广，大家都不得不拼命往前的大时代。

产品经理似乎永远拿不准市场想要的极致产品，下面的人疲于奔命，每天都在补交试错学费。赢家通吃，资本狂欢的背后，是一个又一个从业者健康透支，身心俱疲。

放眼同行业，情声10:00下班的情况其实还算好，加班费实发，餐补和调休到位，最重要的是士气，大家都相信自己在做的是一款能改变时代的软件。

卞嘉德作为开发者富有理想主义，他对主控的项目充满了梦想。用户反馈的好评日渐增多，自然反击了水军的诋毁。

用户满意，提案变成了确实可行的功能，足够让这些年轻人燃烧起热血，去期待一场足够大的胜利。

# 第 14 章

没有机会就创造机会

半个月时间,技术部的开发进度狂飙般突进,之前很多只在会议记录里面的功能已经实现上线,进行测试,向着一款更完美的产品迈进。

林欣然越战越勇,动力十足地做完一千首歌的翻译维护,而且质量超高。

她把歌词库打包,截图,写了总结报告,给杨蕾发了过去。她相信完成这个任务之后,应该能接触到更核心的工作,深入参与音乐新时代的开创。

"进步很大,现在你要进一步扩大维护范围,公司日语、韩语歌曲的翻译已经外包给工作室完成,英文这边你也要跟上进度。"杨蕾并没有派给她新任务。

林欣然看着 QQ 上闪烁的消息,眼中流露着失望,心绪难言。

为什么还是翻译?

旁边许念、郭颖颖每天忙碌地对接,每天都有新的挑战,偏偏她似乎已经变成了一个专职的翻译机器人,每天最多帮忙复印点文件,填些表格之类的杂活,游离于公司核心业务之外,这样下去根本毫无前途。

对于一个想创造非凡的人来说,混日子或者重复的生活,反而比辛苦更难捱。

林欣然胸中压着一口气,想找杨蕾沟通清楚,却发现杨蕾外出接洽商务合作了。

骨子里面那些自命不凡的棱角,无处发泄,只能气闷地继续推进翻译进度,心有不甘。

重新复合后,姜承东一直想和林欣然像正常情侣那样约会,可林欣然觉得那些事大学都已经做够了,她现在满心扑到工作上,只为尽快建立自己的事业。

公司的另一边,技术部。

"来来来,尝尝本小姐泡的咖啡,我不会告诉你们,这都是和专业人士学的哦。"

贺小秋吆喝完,被大家集体夸赞一番,在男生们迫不及待的目光中给他们派发。

如今,她已慢慢适应了工作的节奏,包括被张腾飞百般需求虐待,逐渐能游刃有余地把握他好恶,返工次数大幅降低。

同时,在赵琳的指点下,贺小秋经常送零食给同组的小伙伴们,本身她的颜值和性格对于这些单纯大男生们就是撒手锏,还摆足了后辈的姿态,立刻好感度飞涨。

就这样,她被师兄们私下传授了好几套"应付处女座飞哥"独门绝技,明面上替她说话撑场,竟然使她在严酷的压力下顽强地撑了下来,而且有越来越滋润的趋势。

直到很久之后回首,贺小秋深深地佩服自己,竟然如此勤劳机智可栽培。

在组里转完一圈,最后才慢悠悠的转到了张腾飞跟前,递过了一杯。

盯着屏幕忙碌的咸鱼王其实很口渴,一直分神留意贺小秋的动向,"谢谢"两个字本能地说出口,伸出手却接了一个空。

贺小秋缩回了手,好像突然想起了什么似的说:"对了,飞哥肠胃不好,就别喝咖啡了,这杯给我自己好了。"

张腾飞表情僵硬,几个没大没小的男生都没憋住笑。

"你可真是难得的体贴!"张腾飞横了贺小秋一眼。

"哎呦呦,这就生气啦,小孩子一样,自然有你的,纯牛奶一杯,养胃!"贺小秋调皮地眨眨眼睛。

张腾飞见她一脸促狭,才明白自己被戏耍了,却也和她发不了脾气,只能接过来恶狠狠地啜了一口。

香醇的乳香在唇齿间扩散,甜甜的,暖暖的,正好缓解了连续工作后的倦怠,顿时心里的怨念也散了几分。

无以为报,继续敲键盘。

贺小秋笑嘻嘻地坐回工位,暂时还没有新的需求派给她,在那里晃悠着两条腿,优哉游哉地欣赏窗外的夕阳余晖。

"哎哟!"

她突然蹲了下去捂着脚丫,脚好像踢到了什么东西,疼得要命。

"怎么回事,又跳闸了吗?"

张腾飞腾的一下站起来,电脑屏幕黑掉,还没有保存的工作进度瞬间丢失,返工至少需要两个小时。

"没有啊,我们这边好好的,飞哥你电脑死机了吧?"霍明蓝几个人一脸茫然。

张腾飞接连按了几下开机键,没有反应,再看连接线板的灯都不亮。

他低头顺着电源线看过去,发现墙边的插头掉了下来。而贺小秋正埋身桌子下面。

张腾飞立刻火气上来了,大步流星地走过去把她电脑椅往后一拉,自己安上插头,大声数落道:"贺小秋!你恶作剧也要有个分寸!"

"你干吗吼我?我怎么恶作剧了?"贺小秋被他突然的动作一带,脑袋重重砸在椅背上,满脸的莫名其妙。

"你故意拨我插头，还装傻？"。

"谁拨你插头了……我闲的啊！哦，不过现在的确是挺闲的。"

"你猫腰在桌子下面鼓捣什么呢？"

"脚趾疼不行吗……等等，我刚刚踢到的不会是你的插头吧？"

"你可真行。"

张腾飞无语凝噎。

"飞哥对不起，我发誓不是故意的。一排插座，就你的踢掉了，要不周末我陪你去雍和宫上个香，为人品充值。"

贺小秋试图抖机灵让这件事翻篇。

"上班就老老实实坐着，你要是有多动症就早治！"张腾飞甩下一句，怒气不减地走了。

"就会凶人的扁带鱼！"贺小秋看着他的背影吐吐舌头，庆幸自己逃过一劫。

7:00，这还是林欣然上班后最早回到住处的一次，钻出地铁还能看见夏天悠长的日照，不得不说是份难得的惊喜。

早上出门时平铺在床上的被子，依然暖烘烘的感觉。

然而她并没有很开心，从激情满满地自愿加班的状态，变成正常时间上班，只能说明她工作的积极性消沉了。

杨蕾一直到下班时间也没有回来，拖了半天，她的小怨气也消散了不少，开始分析自己资历浅，进公司没多久之类的原因，慢慢就想开了一些，后来又觉得既然日常工作效率高，那就提前下班吧。

吃完泡面，她一直窝在沙发上玩手机，看着大小明星的八卦，其实脑子里面根本没有读进去那些文字。

她在想，自己漂洋过海的归来，就是为了每天坐近一个小时的地铁去翻译歌词吗？

明明连郭颖颖那样的工作效率都能每天应对不同的任务，偏偏她一直耗在并没有那么高优先度的歌词库上。

这到底是杨蕾的意思，还是因为之前她贸然插嘴，得罪了纪京武，才导致了现在的困境。

遇到挫折时，难免就会想一万种悲观的可能，她甚至都有了离职的冲动。

在这个想法冒出来后，她突然坐起来，拍拍自己脑壳，露出一丝自嘲的苦笑。

喂，世间不如意十之八九，这才一点不如自己所期，怎么就退缩了呢？

其实这一瞬间她也豁然开朗了，连爱情都难从一而终，更何况一份工作。她和情声都还在互相适应的过程，她在质疑上司对自己的安排，上司恐怕也还没完全信任她

我不是妈宝

的能力和人品。

所以完全可以再尝试一下，最坏的后果不过是辞职，但辞职也需要在工作三个月以后转正再走，这样勉强还算一份可以看的工作经验，而不是继续以应届生的名义去撞大运。

现在运营二组的人手仍然是紧张，许念人品一般，郭颖颖完全做不了复杂的事情，大部分工作是杨蕾和自己顶着，只要她稳定一段时间，总能展现自己实力。

"或许没有机会，也要创造机会？"林欣然想透了困扰自己一天的难题，她打开电脑开始记录运营二组每天的工作内容。

虽然没有上手做过，但是有公司内网上的资料可以浏览，她还是很快整理出一份完整而清晰的框架。

但从哪着手证明自己的闪光点，还不会被当做多此一举，这是个头大的问题。

即便思路再明晰，生活还是常常不如人意，成年人能做的只有平衡心态，尽力处理得当，成熟地做人做事，逃避和怨天尤人都没有用。

当然林欣然想要的不只是"还过得去"而已，死磕着运营二组的全部需求表，她在自我折磨。一个人的进步往往也是发生在这痛苦的时刻。

第 15 章

知难而进，方是英雄本色

90%的网民上网时都属于漫无目的，有时间花不完的学生群体、有逃避现实的青年、有完成了一天繁忙工作的白领。无论是在网上聊天、打游戏、看视频还是听歌，都只是一种打发时间的方式。

具体用网络做什么并没有特定的需求，只要恰当地引导，甚至可以让网友做一些本意并不想做的事情，比如付费，比如追更，比如想看一个演员的电影，却在搜索一番后，点开了他演的电视剧，用户习惯可以慢慢养成。

情声公司运营二组的工作核心就是提升现有用户的活跃度和忠诚度。

林欣然负责的歌曲翻译精品化项目，根本目的是满足情声用户的品质需求，以提高留存率。从根本目的出发，能将一个用户捆绑住的不是得到，而是付出。

用一款软件和恋爱也没有什么区别，付出时间、金钱、情感。人留恋的有时候不是那个东西有多好，而是不想把之前付出的成本彻底沉没，所以死死拽住。

林欣然得到姜承东翻译歌曲的启发，决心充分调动网友们的参与性，她希望做一个完整的体系，引导用户自发地去维护情声的歌词库，上传、修正已有的歌词文件，把自己从枯燥无聊的重复性工作中解放出来，给用户一个通过付出来得到荣耀感的渠道，提高其忠诚度。

这个体系有很多 APP 可供参考，简而言之就是上传歌词获得积分，提升用户等级，兑换虚拟物品或者实体奖品，高积分用户有一些特殊的身份标识可以在好友中间显示，贡献排行榜等功能。

初步调研，林欣然认为首先是社交网络公司非常成熟的体系，其次是各大游戏中的等级表、任务系统可以用来借鉴。

"然后就是数值规划，细化……"

林欣然看着大纲中的大片空白，没有畏惧，而是充满将之征服的热血，这让她暂时忘掉了工作一天的疲惫，手指在键盘上轻舞，将自己的思路想法梳理成一份非常有说服力的企划案。

做完方案已是深夜，她匆匆洗漱睡下，睡眠质量竟然格外的高，第二天也看不出一点倦怠，心情舒畅。果然工作让人快乐……

中午趁着吃饭，林欣然和贺小秋交流了自己的想法，让小秋打听一下技术部那边对于类似功能实现的把握有多高。

"已经有类似的开发计划呀，还让我做过一些会员图标呢！不过，貌似一直在等你们运营那边的数值规划，所以没有实装。你这是要自己搞一套出来？"贺小秋吃惊地瞪大眼睛。

"俄罗斯有句谚语：试试不是错，不试一试怎么知道呢！"林欣然双眼闪烁着贺小秋不理解的坚定光芒。

贺小秋想帮朋友出把力，回部门后就找张腾飞说了林欣然的想法，让他们俩赶紧一块好好研究。

原本以为张腾飞会因为找到同好而激动万分，谁知，他严肃认真地教导了贺小秋一顿："林欣然并没有知会她的领导杨蕾，我贸然去找一个运营部新人合作，这让运营的老大怎么做人？"

贺小秋后知后觉，小鸡啄米似的点点头："那你说怎么办好？"

张腾飞还是职场经验丰富："我建议让林欣然先做好用户群体画像，然后提请杨蕾，由杨蕾汇报纪京武后，再从运营部和技术部层面上展开合作。"

"飞哥，想不到，你还挺贼的！"

"嗯？怎么说话呢！"

贺小秋敬了个礼："口误口误，是挺机智的！"

张腾飞佯装高傲地扭头继续工作，嘴角却翘起了开心的角度。

张腾飞一直支持引入会员体系，但是老总卞嘉德却觉得可有可无。

"卞总还是老程序员的理想主义，他们认为一款软件好用就足以留住客户，任何增加软件体积的非核心功能都是在耍流氓。"

张腾飞无奈地挠着头皮，有些无可奈何，"所以我们这边提出的需求，到了你们那里就一直拖着，我这边要提供技术支持的项目也多，就排在后面了。"

林欣然点点头："我也了解卞总独立编写的酷乐初代，在 pc 上是老网虫们口中的神器，体积小巧，资源占有率极低，该有的功能全都有，打开电脑就在后台安安静静地播放歌曲，所以在商业运作之前，就已经迅速发酵到极高的占用率……但现在时代不同了。"

聪明人说话不用费力，简单的沟通，林欣然和张腾飞认清彼此理念接近，因为现在不论手机和电脑都属于性能过剩，体积小、不占资源已经不是竞争力了。

相反，用户年龄不断向下渗透，各家软件都有酷炫的附加功能，自从情声口碑大爆，模仿它们的播放软件如雨后春笋般冒出来一大片，这都是以后要拼杀的潜在敌人。

在这个时代，传统的口碑发酵已经太慢了，会员体系的设计和社交功能的引入，借助运营推动，玩好了说不定就是一个话题爆点，可以大量引流。

"可惜你来公司太晚了，要是一个月之内能做完，还能弄到下一个内测版本里面，赶不上就要下下个月才升级大版本。"张腾飞叹了口气，对于这个新人有种相见恨晚的感觉。

"我一定能赶上这次内测。"林欣然斩钉截铁地回答。

"这可不能马虎，要说服上面的领导。"张腾飞皱眉。

一个月时间，从无到有的设计一套会员体系，要有可执行性，要说服杨蕾、纪京武甚至是卞嘉德这位固执的老总，他都没有这个自信。

"那你尽力，我们部门会支持。"张腾飞欣赏她的拼劲和决心。

"扁带鱼你问题不大，我有问题……我不想加班！"贺小秋在旁边狠狠吐槽。

这两个家伙聊了好半天 MAU、DAU、DNU，她完全听不懂，唯一能跟上的只有这个话题——扁带鱼又计划加班了！

"不会亏待你的小秋，我准备多点零食投喂你！"林欣然干脆利落地告辞，她清楚职场上也一样是唯快不破，赶不上这个版本的话，继续翻译歌词两个月，她整个实习期可能都要荒废了。

杨蕾很忙，当下对林欣然是一种放养状态，歌词库维护的进度也没有硬性规定，所以林欣然即使是上班时间也能做数值规划，反正她也没在做自己的私活，新人自主熟悉公司后台被发现也值得鼓励。

接收到贺小秋的反馈，林欣然后怕之余，再次提醒自己不止闷头做事，还要多注意职场规矩。

林欣然把下班之后的个人时间几乎都投入了进去，几次姜承东想找她聊聊天、一起打游戏，都被时隔半小时才回复的"不，我在工作！"挡在门外。

姜承东抱怨道："你不是当白领，而是被旧社会财主抓去挖煤了，一天要做 25 小时工作才能啃上一块窝窝头。"

林欣然觉得自己是被上进心绑架了，在这个都是聪明人的地方，想要冒头，这种程度的努力只是敲门砖的程度。

有明确目标的奋斗总是加倍高效。

林欣然投入的时间没有白费，因为在海外也做过类似的分析项目，她对统计、分析人群心理有一些经验，对比其他软件的逆推分析，在此基础上抽丝剥茧地画出情声用户群体画像，一套激励方法十分清晰地浮出水面。

杨蕾似乎对林欣然的有备而来并不意外，她仔细听完林欣然的阐述，并没有立刻回复。

林欣然忐忑地补充道："蕾姐，我上班时间有按时完成您交代的任务，这些都是利用下班时间做的用户体系报表和画像"

"你有这样的主动性很棒！我本来也打算安排你参与用户运营，没想到你提前自学了。"杨蕾露出满意的微笑。

"谢谢蕾姐肯定。"林欣然悬着的心终于放下。

"你大胆地去做，纪总那边我会推进，你先和技术部的张腾飞对接可操作性。记得，做运营，要永远秉持对用户的尊重爱护之心。"

林欣然有些热泪盈眶，但她还是努力忍住："蕾姐，我记住了。"

随后林欣然和张腾飞一起，开始细化分层，设计成长需求，每一个阶段提供的福利待遇，需要的美术技术资源，上线后的测试、调整空间，把整个会员体系的大厦逐步搭建出来

最后，他们规划了会员体系向着社交平台的转变方法，从传统的通讯录好友、社交账号好友，到在二级页面有一些"资深乐评"、"突出贡献"类的用户排行榜，还有随机用户推荐、同好用户挖掘等扩充方法。

因为时间关系没有做细化分析，很多都属于展望探讨，但足以说明这套会员体系极为丰富的可扩展性。

林欣然、张腾飞、贺小秋将共同整理好的 PPT 方案呈交给杨蕾和纪京武，足有五十多页。

纪京武在认真审阅后，就从详实的数据分析和漂亮的图标中嗅出专业性，从他的角度看整个会员体系很有实践一下的价值。

他极为兴奋地带着属下们找卞嘉德开会商议，最终说服大老板通过。

张腾飞很快进行划分转包，在工作群中颇为激动地道："大家提起精神，有一个期待已久的功能可以实装了！"

然而，大家内心非常平静，以加班为快乐的只有你好么！

贺小秋则在看完分配给自己成吨的美术需求后，给林欣然发了一个鄙视的表情："这个月的宵夜你请定了！"

第 16 章

再续孽缘也是种缘分

晚上，技术部的小伙伴们还在挑灯夜战，林欣然也坐在贺小秋的旁边，根据张腾飞的反馈进行具体数值的调整，还得一起商讨种种设想如何在软件逻辑上，能够更好地实现。

林欣然连续熬了好几夜，大脑自我分泌的兴奋激素已不够用了，现在她完全是靠高浓度的咖啡在顶着，但看着自己的想法能在情声 APP 中变成可以点击的按钮，成就感让她一点不觉得苦。

只有真正实际做项目，才能明白理论和实践的差距，找到重点和规避雷区，增强自己的能力。

这种收获，翻译十万首歌也不会有。

张腾飞要求虽然严格，却也懂得体谅同事们的身体。晚上 10:30 半闹钟响起，开始催促没完成工作的小伙伴们收拾东西，明天再继续。

最后只剩下林欣然陪着贺小秋赶完最后一个图，关灯锁门，这时才发现几部电梯全都停运了。

"咸鱼王你看你！让我们加班加到电梯都罢工了！"贺小秋皱起小鼻子生气。

林欣然打开手机闪光灯，苦叹道："总得回家，走楼梯吧。"

贺小秋撇撇嘴，不情愿地跟上。

26 楼，即使是下楼，也得走上一阵子。走到一半，林欣然见贺小秋越来越颓，想帮她打起精神，把闪光灯开开关关。

楼道一下子忽明忽暗，林欣然故作阴恻恻地道："好久没吃新鲜的人肉了，嗷呜！"

"不要吃我！"贺小秋本能地就往前跑，却被眼前突然闪过的一道强光晃到了眼睛。

"鬼啊！"她捂着眼睛，脚下踩空摔了一跤。

林欣然完全没有预料到贺小秋反应这么大，连忙扶起她，同时楼下也有手电光照过来，却是折返回来的张腾飞。

贺小秋气得要命，交叉着手臂，噘着嘴坐在楼梯上："你们联合起来耍我！"

张腾飞一脸懵圈，林欣然万分抱歉地哄了半天。

张腾飞折返回来，是想传些资料到手机上。关于会员体系的实现逻辑，他有些东西想等回家继续琢磨下，结果发现电梯坏了只能爬楼梯，不成想碰上了冤家贺小秋。

她的脚可能扭伤了，勉强撑着扶手站起来，但下不了楼。

"疼死了！你们要对我负责！"贺小秋哭丧着脸道。

她从小走路就不老实，经常性的自己摔跤崴脚，长大了也还是一个跳脱的性子，这次属于难得有人可以背锅。

"要不再等半小时，物业承诺那会儿电梯肯定能修好。"林欣然心疼闺蜜，眼下也没有别的更合适的选择。

贺小秋委屈巴巴："可我好想早点到家休息……"

张腾飞转过身，走下两级台阶，拍拍肩膀，沉声道："上来。"

"干吗？"贺小秋有些害怕是她想的那样。

"背你下去。"

"我要等电梯！你不是要回公司吗，先忙你的好了。"

"我是你上司，你加班回家路上发生的人身伤害算工伤，我自然有责任送你下楼。"张腾飞回头看了她一眼："你磨磨唧唧的，是不是怕暴露自己的真实体重？"

"纳尼，本小姐我身轻如燕好伐！"贺小秋咬咬嘴唇，还是趴在了张腾飞的背上。

张腾飞从小在单亲家庭中长大，母亲文化水平不高性格又柔弱，很多大事其实都是他自己在拿主意。从学校到工作，时常是小领导的位置，更是强化了他的责任感。

林欣然举着手机闪光灯照路，听着张腾飞和贺小秋继续拌嘴，真心觉得自己可能是和闪光灯同类的存在……一枚锃亮锃亮的电灯泡。

张腾飞一路稳稳当当地背着贺小秋，林欣然在旁边扶着，三个人下到了一楼。张腾飞又开始爬楼准备回去公司找资料，两个女生坐上了回家的出租车。

"你明天要不就休息一天吧？"林欣然小声问她。

"我才不会让那只咸鱼王看轻！赶项目的时候，轻伤不下火线！"贺小秋握紧了小拳头，用力挥了下。

林欣然悠悠地说了句："我看你和张腾飞一日不吵如隔三秋，自己待家里哪有和人斗嘴好玩？"

贺小秋傻乎乎地点头赞同："我和他真是上辈子有仇！"

"怕不是这辈子要再续前缘吧……"林欣然摇头晃脑地打趣道。

"对，孽缘！"

街角咖啡店里，赵琳在守最后的夜班岗。

长得漂亮的人有天然优势，再加上出色的交际能力和工作能力，她非常受顾客好评。

为了能制造和孟涵的单独约会，她和店主好一通谈判，主动调换为下午4:00到11:00的夜班档。

这样一来，其实倒和她以前自由的作息相差无多了。

晚上9:00后就没多少客人了，赵琳独自一人守着不大的店面，看着外面灯光流离的街景，倒别有一种闹市避风港的错觉。

自从受林欣然鼓吹，用上了情声APP，赵琳自己做了一些轻音乐、爵士乐的歌单，每天在店里以合适的音量播放，放松着客人的神经，竟然有不少音乐同好的回头客。

孟涵也越来越喜欢来这里小憩，而不是像以前那样，买上一杯味道在附近店里还算不错的咖啡，带回办公室喝了提神。

他现在供职的青柳资本是一家老牌基金，赶上了互联网大潮，领导层眼光犀利，提前布局。青柳资本华丽蜕变为国内第一批天使投资公司，孵化出众多独角兽级别的巨头。

然而利润逐年增长，青柳投资的口碑却呈下降趋势。因为对于创业者来说，青柳资本追求高效的利润暴增，紧盯数据，稍有意外立刻变现离场，很多缓慢经营的项目就此半途而废，使无数人梦碎。

但无法否认，从自身经营角度来说，青柳投资做得没错。多年来，公司已经培养出多支能打能拼的顶尖金融团队，靠着雄厚财力，依然有无数小微公司、创业团队排着队渴望融资。

青柳资本最早的操盘手，时任合伙人级别的执行总裁邢耀峰，乃是陶瑜多年的朋友。孟涵能进这家公司，也有些许人情关系在，但更多还是靠实力。

孟涵从很小就被陶瑜全方位精英训练，非常投邢耀峰脾气，闪耀的履历和实践经验，即使放在国际投行都极具竞争力。

孟涵对钱的绝对敏感，大抵源于四岁时，陶瑜取出一大笔现金让他数清楚，即便他爸一再强调纸钞细菌太多，对孩子不好，也无法阻止陶瑜的疯狂举动，从小就让自己儿子和金钱建立起密不可分的联系。

只是孟涵实际上的天资只是中等偏上，距离团队中那些真正天才级别的同事有明显差距。他所能依靠的只是儿时先人一步的起跑，和现在高于常人数倍的努力，才勉勉强强在青柳资本站稳脚跟。

赵琳欣赏着那个专注的背影，即便附近没有旁人，他依旧坐得笔直，没有丝毫松懈，只不过缺少表情变化的脸，像是流水线上生产出的英俊模具。

很多女生可能会觉得可惜了张帅脸，但赵琳却能敏锐地捕捉到一种强大和脆弱交织的矛盾吸引力，诱惑着她靠近这个男人。

因为从林欣然那里套出了不少情报，她对于孟涵的家庭、童年、成长轨迹都有足够的了解，欠缺的是他的近况，但主修心理学的她，对于一个人的基本性格判断有足够的底气。

孟涵买咖啡时，目光并未多在赵琳的美貌上停留过一秒。赵琳并不恃靓行凶，她做的是咖啡店的细微改变。

音乐、配饰、餐具摆放的角度，墙上广告的配色，晚上灯光的色调和亮度，她都精心设计后建议店长调整，每一次改变的服务目标都是孟涵。

成果非常显著，孟涵留在店里的时间从5分钟都待不住，到现在已经43分钟了，依然没有离开。他越来越把这里当成安全舒适的环境了。

"帅哥，送你的加班特调。"赵琳轻轻敲了下孟涵的桌子，吸引他的注意力，然后把一杯咖啡轻放在孟涵面前。

"不好意思，我没有点过……"孟涵本能地想拒绝，却突然怔住了。

咖啡表面用奶泡拉出了一个男生的背影，结合此时店内的环境，就是他本人无疑了，无论再怎么强装镇定，孟涵的心弦还是被撩了一下。

"是的亲，顺便提醒一下，本店晚上11:00关门。"赵琳指了下手腕。

"抱歉，是我没留意时间，我很快就会离开……这杯多少钱？"

"免费，我请你。"赵琳给出了平生最真心灿烂的笑容。

孟涵眉头皱了起来，他一向是很注意界限的人，不喜欢平白收别人东西，也无意接受陌生人的表白。

以往这种时候，依他原本的性格，已经要断然拒绝，然后结账离开。

但也许是这里的灯光太舒适，音乐舒心，还有服务员的美丽真诚，实在让他无法拒人于千里之外。

些许犹豫，就错过了斩钉截铁的机会，孟涵也有些意外自己的反应，第一次抬起头，认真地望向赵琳。

她就那么自自然然地斜倚在宽大的沙发座椅上，身体放松，眉目柔和。即使是普通的店员制服，她的气质也像穿出了高级时装的感觉。

"谢谢，下次我请。"

赵琳嫣然一笑转身。

"等等。"孟涵突然叫住了她。

赵琳安静等待，垂着的手心莫名有些出汗。

再是千年修行的妖怪，也逃不掉身上有块逆鳞，掉落凡尘变成了眼前棱角冷峻的青年，令她期待下一步的发展。

"咖啡我很喜欢，不过这次味道有些过于清淡了。"孟涵终于舍得打散搅匀奶泡，然后尝了一口。

"很晚了，不宜摄入过多的咖啡因，能让你清醒地开车回家就够了。"

虽然计策失误，但赵琳小姐姐就算信口胡扯的理由也一样站得住脚。

第 17 章

热血造梦的感觉真好

隔天，当贺小秋准时出现在办公室里，张腾飞惊讶了好几秒。

在他的印象中，这是一个天之娇女，每天能在压力下改图就已经是最大的退让了。昨天她脚崴了后，张腾飞其实一直都在等她的请假消息，甚至担心她可能会干脆就借这个机会辞职不干了。

贺小秋不顾爸妈的劝阻来上班，等的就是咸鱼王露出这副吃惊的表情，得意地一挑眉。可等坐回到工位，用屏幕挡住了自己，她这才露出痛苦的表情，虚着一只受伤的脚，碰也不敢碰。

其实，开始喜欢一个人，会不想被那个人看不起，然后假装强大，努力做更优秀的自己。

今天中午，新的版本已经打包封装，张腾飞提交了测试开始的申请，同时也上传一个安装包到了内部体验群里。

这里都是论坛、贴吧招募的高活跃度用户，性别、年龄层、行业分布非常有代表性，尽量覆盖更广大的用户群体。

众多安卓用户，对于情声这款暂时只有 ios 端的优质音乐播放软件羡慕得很，一直希望在自己的安卓手机上能用到，所以翘首企盼版本更新。

下班前，技术部和运营部都已经收到用户们的初步反馈，其中讨论最多的，就是更新的会员体系。相比其他性能功能上的进步，会员体系对界面上的改变，更加直观。

群里讨论极其热烈，都是关于会员体系附加的福利、体验特权，如何快速升级，还有互相比拼、升级效率的引战内容。

卞嘉德在体会了一番之后，保留了支持的态度："目前会员体系对软件流畅度和资源占用不大，如果负面反馈较少，就继续深挖，做大做精。"

纪京武脸上倍儿有面："底下执行的孩子们辛苦了，这次发点奖金鼓励一下吧。"

其他部门的领导也给出了不错的评价。

杨蕾对着死敌曹静亦淡然一笑，这回合她赢了。曹静亦脸色低沉，回头叫自己部门立马开会。

在整套会员体系中，还有着"上传高质量歌词增加积分"和"积分悬赏翻译歌词"的小功能。虽然貌似不起眼，但杨蕾不会忽略这是林欣然做出整个规划的思考出发点。

对于杨蕾和纪京武来说，大有一种谷歌总裁想买个摩托罗拉手机，属下直接把摩托罗拉整个手机事业部都买下来的惊喜感。

紧锣密鼓的设计研发，再加上前期调研，这个新人几乎把自己的私人时间全部投入到工作中，还能让心高气傲的张腾飞认同，一起打配合，实属不易。

纪京武看着有些紧张又充满小期待的林欣然，再次亮出那招牌式的痞笑。

"维护歌词库，我本来就想考验一下你的耐力和责任心，你是不是有些不满，觉得公司委屈你了，才搞出个大事情？"

林欣然也不掩饰，很坦诚地点头："的确不服气。"

纪京武一笑："这就对了，有才的人就得有脾气，不服气就拿出真本事让别人闭嘴，这点像我，有前途。"

杨蕾轻轻别过脸，夸人就夸人，你强行吹一波自己算什么啊？

林欣然尴尬地回了一句："强将手下无弱兵"，等着纪京武的下文。

纪京武是一个赏罚分明的人，林欣然超额完成他的考验，结果是提前转正，并且在转正薪资的基础上涨薪两千。

杨蕾和林欣然在分享了彼此的一些想法，她希望林欣然以后负责每周的歌曲推荐主题选定，以此为切入点会让她逐渐上手情声 APP 对内的歌曲推荐机制，最后把这个杨蕾一直自己在抓的重要任务全盘接过去。

"蕾姐，我一定全力以赴，有不懂的就多麻烦你了！"林欣然连忙点头，心里仿佛蝴蝶在飞。之前的辛苦付出，总算看见了回报，林欣然的世界一下子充满了光。

下午的时候，杨蕾召集二组的全体成员开会，只有林欣然和许念到会。杨蕾告知了大家，郭颖颖被转到创意部做文案撰写实习生。

"我们不欢迎像郭颖颖这种随便应付工作的人，即便是有点才华，但工作态度和觉悟不够。二组会继续招人，日常的工作暂时由我们三个配合完成，希望大家都加把力，团结一致，高效地完成我们本职工作，做运营部的金牌团队！"

潜台词就是干掉运营一组，杨蕾透露出自己的小野心。

在她说话时，许念偷偷瞄了林欣然半天，知道这个直爽不让步的姑娘，成功秀了一波存在感。林欣然现在负责的工作，重要性一点也不比早半年进公司的自己差。

对于她的职业发展，这个小新人从潜在威胁，已经成长为重大威胁。

而林欣然目不斜视，装作没有感觉到许念的打量。经历了一番蛰伏和飞扬，她相比过去成熟不少。

职场不需要装傻白甜，不用把每一个同事都当朋友，但也没必要当敌人。

世界很宽广，自己只需要在做好本职工作的基础上展现能力，让直属领导满意并获得信任，替她分忧，就可以保证在这里生存下来，然后变得更加优秀，迎接更强大的挑战。

像许念那种自己平庸，就想让别人显得更平庸的想法，天然就落了下乘，眼界格局窄，注定了低的天花板。

技术部在短暂的半天休假之后，又开始新一轮的赶工。

这一个版本的完成，代表着基本功能已经确定，现在他们要进行最后的疯狂测试和修改，预计半个月后发布公测的正式版，必须要避免一切BUG和不稳定的情况。

届时，配合运营一组的宣传，争取一举成名，成为移动端举足轻重的音乐播放软件。

贺小秋更忙了，作为安卓版本专职对接的美工，她不断进行细节上的细微调整，把她原本大大咧咧的性子打磨得耐性十足。

幸好她美术功底扎实，荒废了两年后，功力仍在。现在不时能出些让张腾飞眼前一亮的稿子，表面上咸鱼王没有表扬，但嘴角总算不那么绷着了。

楼道里，霍明蓝跟了上来，把一个黑塑料袋递到贺小秋手里，眼睛望天，语速飞快："你脚有伤，我老家特产的膏药，非常好用。"

说完，没等贺小秋有所表示，迅速跑开，还差点滑倒。

"哎，你慢点……谢谢啊！"贺小秋拿着袋子，哭笑不得。

像她这样又萌又有才的妹子，性格外向，天天朝夕相处，难免会有一些小男生心生爱恋。虽然她有娇娇女的毛病，但在有爱的心态来看，却反而更萌了。

霍明蓝在她眼里是关系要好的同事，膏药她没有拒绝，试了一下确实非常管用，就是味道有些刺鼻，让她回头率激增，隔天就不敢在公司贴了。

反正她赶工用的也是手，脚下少走两步路，她心态倒也平和不着急，只是烦心张腾飞进度要求催得太紧。

越临近公测时间，越有一种要上战场似的压力弥漫在大家中间。

这个问题下嘉德还找张腾飞特意聊过，但张腾飞一旦进入工作状态就控制不住焦虑感，把完美主义的强迫症分摊到每一个小伙伴身上，弄得心大如贺小秋都不敢怠慢，赶紧忙完，然后再检查完善。

张腾飞叫来贺小秋聊美术要求，谈完突然发现，贺小秋这几天的穿衣风格越来越二次元。

"你的裙子也太夸张了吧……"他忍不住道。

贺小秋打了个哈欠，心累地回："只有这样，我才能在加班时记得我是一个女生。"

困倦的贺小秋忙中出错，在发送一个图标文件时不小心按错了键，不知道怎么就传到了后台，把系统内一部分用户的头像全都改成了那个图标。

当时她吓了一跳,但刷新了一下网页就又回到了正常页面,就没有及时上报这个问题。结果导致四个小时之后,问题由客服部反馈过来,大面积用户反映自己的头像莫名被改变,连卞嘉德都从办公室出来盯着张腾飞他们找原因。

因为涉及的用户太多了,而情声APP自上线开始就没有出现过这么大的技术故障,虽然头像看起来只是一个小事,但对用户使用体验的影响无法估量。

用户体验是一个太微妙的东西,多少功能运营都非常完善的软件游戏,却因为一两个波及范围广的BUG导致突然死亡。这次的头像被改也是一个大范围事件,卞嘉德极为重视。

运营部和创意部的人,也都暂时停下手里的活,帮忙排查原因所在。

张腾飞仔细翻阅数据库,终于找到是因为贺小秋的违规操作。

"我……我真没有想到会这样,当时以为只是网页出问题了。"贺小秋吓坏了,看到卞嘉德铁青的脸,张腾飞一直眉头紧蹙,意识到自己闯了大祸。

工作以来,她对情声这款软件投入了巨大的心血和感情,只希望情声越来越好,谁成想眼下自己失误导致情声受损。如果在大规模推广前夕出现什么严重问题,她会愧疚一辈子。

卞嘉德厉声道:"你这是自以为是!你到底知不知道你操作的是后台,有任何问题都要及时和技术说明,不得隐瞒,这么简单的道理你不都懂吗?"

平日里,卞嘉德是一个温和好说话的中年大叔形象,可情声是众人的心血,由不得被人不专业地对待。

贺小秋委屈地扁扁嘴,也不知道如何应对,只是眼泪不由自主地流了下来。

"别哭了,哭有什么用,我要的是解决方案!"卞嘉德怒火更胜。

张腾飞挡在了贺小秋的身前,沉声道:"老板,这件事情主要是我的疏忽,我是贺小秋的直属领导,但工作不够细心,没有和贺小秋讲清楚后台使用的注意事项,我该负主要责任,接受公司对我的一切处分。我想了个办法可以试试解决。"

卞嘉德脸色转好了些:"卖什么关子,快说!"

第 18 章

有福同享，有难同当

张腾飞道："我马上起草个简明操作流程，让同事们帮忙一起操作，先手工将部分用户的头像都换回来，我们技术部尽快弄出自动化程序，相信今晚前就能修复完毕。"

曹静亦顺势接话，从宣传公关的方向解决问题："老板，我建议立马出一份道歉说明，承诺修复时间，并赠予受影响用户部分积分特权，尽量挽回大众的口碑。"

杨蕾不甘人后："老板如果需要的话，我们都可以加班帮忙修改，争取用最快速度解决。"

创意部的总监姚亨也表示愿意全力协助。

卞嘉德见手下们众志成城，齐心协力，火气灭了大半，欣慰道："辛苦大家！忙完我请全公司吃饭！"

他不方便继续在这里给大家添加压力，回了办公室。

"谢谢你，飞哥。"贺小秋走到了张腾飞的面前，郑重地道。

张腾飞抬起头，目光难得的柔和："应该的，你是我手下。再哭可就变丑了！"

一旁的林欣然握住贺小秋的手，眼神坚定："有福同享，有难同当，一起加油干活！"

贺小秋感动地用力点头，努力把眼泪收回去。

大家在几个部门总监的联合统筹下忙碌起来，所有人都留在公司，加班加点地帮忙修改数据库。

有一个最快速的解决方法是全面回档，但因为发现问题已经隔了比较久的时间，很多活跃的用户都已经自行修改了新头像，如果再给他们改回去，只会造成更大的麻烦。

毕竟这一个数据库太大了，现在已经近百万注册用户，而贺小秋一个操作影响的用户超过了十万。

所以大家只能导出被修改的用户名单，看他还是不是那个图标作头像，如果是的话给他手动替换一下图片文件。

张腾飞在尝试着做自动化处理的识图修改程序，希望能解放人力，更快地解决问题。

贺小秋目不转睛地替换着需要还原的用户头像，比谁都努力认真。

整个公司都被发动了起来，面对着突如其来的危机，情声的这些年轻人，依然留守在阵地，即使超过了下班时间，即使这并不是自己分内的工作。

就像一场守卫疆土的战役。

凌晨1:00，张腾飞终于完成了可以自动识图的程序，通过内网同步到所有同事的电脑，大家一起批量操作，以百倍的效率修正了剩下三分之二的待恢复头像。

卞嘉德监督技术部调整了后台，回收了一部分权限，以保证此类问题不会再发生，未来部分功能的更新维护，需要走申请手续。

随着数据库的扩大，情声也在积累经验，从一个小作坊逐渐建立起大型企业的管理规则，但想要成长，就逃不过交学费的命运。

纪京武得到张腾飞最后的反馈结果，兴奋地站起来："我宣布，这次危机圆满解决，准备准备，吃大餐！"

少数几个谩骂带节奏的黑子用户被永久封号，大部分用户粉丝对这个小意外表示包容理解。舆论对情声的肯定和支持占多数，负面影响已经降到了最低。

贺小秋在大家收拾东西的时候，瘸着腿走到了公司正中央，郑重地一鞠躬："对不起，我给公司惹了麻烦，各位同事辛苦了，真的谢谢你们！"

见到她那双真挚的眼睛，本来有些对贺小秋有怨言的人，也心里舒坦了很多。

纪京武笑着说："今天卞总说好要请客，小秋你请大家喝饮料吧。"

贺小秋懂事地应下，比了OK的手势。

这个年轻的团队大都是北漂，一个个都是加班狂魔，回家早晚不重要，关键好久都没热闹了。

林欣然和贺小秋两个吃货最活跃，跟大家叽叽喳喳地商量了小十分钟，定了聚餐地点，三五成群地出发。

贺小秋从人群中单腿跳到了张腾飞的面前，拽着他的衣袖："飞哥你怎么还不起身，要走了。"

张腾飞刚好放下手机："我给我妈打个电话报平安，不说一声她又得等我。"

"飞哥你真孝顺！那个……月底我零花钱快没有了，一会饮料钱你先帮我垫上，下个月我收了房租就还你。"

"我现在说肚子疼不去还来得及吗？"

"来不及了，带钱包！"

烧烤店，林欣然挨着贺小秋和几个女生，男生们气氛热烈，姑娘们也不甘示弱，

我不是妈宝

聊嗨了。

卞嘉德明早还要赶飞机开会,也不想底下人太约束,嘱咐属下们敞开吃喝,自己先撤了。

一杯一杯的扎啤被消耗,技术宅们都有些舌头发直,唯独纪京武眼睛越来越亮,即兴还来了一篇鼓舞士气的演讲:

"忍着万般辛苦留在这城市的,哪个不是怀揣着梦想?大家以后都得拿出跟今天一样的劲头,就是干!我们来创造新的时代,我们来书写新的神话!"

"纪总霸气外露,好帅啊!"林欣然凑到了杨蕾耳边小声说道。

也许是几杯啤酒下肚,杨蕾的两腮微红,表情也没有那么严肃了,终于不掩饰地深情望了一眼纪京武,浅笑着点点头。

街角咖啡厅,赵琳今天值夜班,只剩三三两两的客人,安静闲适。

她在想,等自己再存多点钱,开这样的一个咖啡店,或者是和书店融合在一起的小店,闹中取静,点一屋灯火,供外面的行人停步小憩。

关于自己,关于未来,关于自己到底会去往何方,是赵琳自己也无法确定的问题。

在她五岁的时候,正逢国企改革,一大批员工被裁员下岗,使很多原本还能温饱的家庭遭遇经济危机。

为了避免落入穷困的深渊,她的母亲选择了一条保全自己的捷径。然而结果很悲剧,车间主任只是骗色而已,根本没有权利决定职工的去留,她的父母双双下岗。

母亲气愤之下竟然去车间主任家门前去闹,把事情弄到人尽皆知,父亲崩溃失去理智,把车间主任砍成重伤,自己入狱,两个家庭全都被毁了。而母亲无法承受周围人的指指点点,南下打工,把赵琳托付给姥姥照顾。

开始几年,母亲每个月还会给家里打上几百块生活费,后来据说是再嫁了一个男人,就没了音讯,只剩赵琳和姥姥相依为命。

赵琳从小就顶着"潘金莲之女"的外号,受尽冷眼奚落,没人能给她遮风挡雨,只好靠自己坚强。

正因为缺少父母关爱,所以她格外羡慕别人的家庭完整,当林欣然和父母争吵离家出走时,她比林欣然都着急,希望欣然可以早一点消除误会,回到父母身边。

独自闯荡的苦,她不想自己最好的朋友也面对。

与此同时,赵琳挑选另一半的标准也格外注重对方家庭健全。凡是那些父亲发迹后,和糟糠之妻离异的家庭,多有钱的公子哥她都不考虑。

听到孟涵有一个强势而精明的母亲时,抛开其他元素,她好奇羡慕这样强悍的母亲,可以把自己和家庭内外都管理得如此优秀,而不是像自己母亲那样不负责任地离开。

连续两周，孟涵工作日都会在街角咖啡厅小坐，赵琳默契地送上一杯不容拒绝的免费特调咖啡，和他在打烊前聊了几句。

一点点用颜值和魅力优势带来的任性权力，试探能在他面前胡闹的程度。

但孟涵显然不是束手就擒的温良食草系。

今晚，他不是一个人来，还带着位漂亮有气质的美女，从言行举止可以看出，是真正良好家教熏陶出来的白富美。

赵琳假装在忙地路过好几次，但孟涵一次都没有看她。

两小时后，孟涵送女伴出门，没一会儿，他又回到了店里。

赵琳微笑地款款走向他，坐在对面。

孟涵头仰在沙发背上，揉着太阳穴，很疲惫的样子。

"同情你，该配合的演出不能视而不见，这么得体地约会妈妈介绍的相亲对象。"

"你怎么知道？"

赵琳邪魅一笑："你妈妈告诉我的。"

孟涵猛地坐直了，一脸难以置信。

"开玩笑，别介意。我读过两年心理学专业，自己瞎猜的。"

他不由长舒一口气，"我的咖啡呢？"孟涵想起今晚少了点什么。

"心情不好，没有了。"赵琳收起笑意，似乎有些生气，起身回到吧台。

一丝失落荡漾在孟涵心口，他差一点脱口而出问她为什么不开心。但他只是注视着她的背影，最终颓丧地摇摇头。

既然给不了彼此想要的感情，就还是别轻易开始，至少不用收场。

而他，只是风筝，线在精英枷锁和严母手中。

孟涵回到家，看到鞋架旁斜放的行李箱时微微愕然，没料到母亲提前回来了。

上周起陶瑜去香港参加学术交流会议，本来预计还要留上一段时间见见老朋友，却不想学校安排有变，就提前就回来了，此刻正优雅地坐在餐厅桌边，浏览一份刚打印的材料。

陶瑜招呼孟涵陪坐在一边，先问了他工作上的事情，话锋突然一转："两个月了，你才约了祁家那小姑娘见过三面，追女生这种事情，也要我手把手教吗？"

"我和她，总觉得差点感觉。"

"感觉，终究是来得快去得也快的东西，你和那服务员就有感觉了，但她能帮你鲤鱼跃龙门更上一层楼吗？婚姻是关系一辈子的投资，怎么能感情用事？"

孟涵瞬间手脚冰凉，心底刚发芽的爱情幼苗，没经过春风化雨，便被骤降的数九寒冬冰封。

他忍不住推断，母亲从万里之外赶回来，和赵琳是不是有几分的关系，竟然把自己在做什么摸得清清楚楚。

"涵涵，妈当年选择留校，没有去商场厮杀，一是性别，二是少了家庭方面的助力，走到今天几乎就是天花板。但你不一样。"陶瑜疲惫地揉着太阳穴，期待的目光望过来，"我如果不是为了生你养你，就不会错失国外锻炼的机会，相信你不会让我失望。"

"您放心，放心。"孟涵喃喃重复。

恍惚间，他想起年少时，去上那些并不喜欢的补习班、特长班，累到不行想要放弃时，想的也是不要让母亲失望，几乎失去了所有的童年乐趣。

而今，他依然被父母的期待绑架着，不知道自己的方向。

第 19 章

妈宝可没有间谍天分

老桑塔纳划破夜色向前疾驰，林欣然虽然克制，但身边都是同龄人，外加贺小秋这个人来疯，终究还是陪着喝了不少酒，车子这一晃，有些发晕。

她把脸贴在前座背靠上，闭着眼睛道："幸好有你，否则不知道猴年马月才能打到车。"

姜承东又忍不住嘚瑟道："这是一个守护骑士应该做的。"

"我可不是公主，我要当……女王！"林欣然敲了他脑袋一下。

两人确定关系后，林欣然工作繁忙，导致两个人见面的频率反而低了下来。姜承东相思成疾，听说她大半夜还在外面，自告奋勇来接她回家。

到了林欣然住的公寓下面，两个人又腻歪了一会。

"你要是回去被老妈骂，我可救不了你。"林欣然从姜承东的怀里抬起头，有些不舍得他走。

"我说是单位突发情况，工作上的事情，她一向支持。"

"你现在骗她，和我之前欺骗我妈有什么区别，谎言总会被拆穿，到那时怎么办？"

"我心里有数。"姜承东其实心里想的是能躲一日就多一日。

林欣然离开怀抱，才发觉一个人被夜风吹着可真冷，不由看向姜承东的目光愈发怨念，反而把那家伙弄得莫名其妙。

"别担心，我应付老妈 20 多年了，战斗经验丰富。"姜承东挥手，要目送她先上楼。

林欣然摇头苦笑，难道要我直说想要你多陪陪我？臭呆子！她加快脚步，身影没入电梯。

姜承东回到车里，先认真地从后座上捡起几根长发扔到外面，又喷了空气清新剂，里里外外打量了三遍，确认不会被沈萍从车内细节上发现自己偷跑出来接女生，这才上路。

回到家，客厅电视机的灯光还在闪烁着，沈萍坐在沙发上，双手抱胸，瞪圆双眼，简直是要用怒火把电视点着的架势。

电视光打在脸上绿油油的，生生照出几分恐怖片的氛围，把姜承东吓出一后背的冷汗，走过去小心翼翼地问："老妈，怎么还不睡？"

得到的却是一声冷哼，直接把手机拿给他。

一群年轻人在烧烤店的聚餐照片，放大，他看到了林欣然和贺小秋两个人笑容灿烂。

"妈，你又和贺姨聊天了？小秋这照片照得真好看。"姜承东试图装傻。

"继续装，这大晚上的出去做什么了？"

"不是和您说了嘛，突发办有个食物中毒的举报，得出现场……"

"行了，我问你单位值班的了，根本没有举报！"沈萍没耐烦地打断他，手在空中夸张地挥舞狂点自己太阳穴，"你妈没有老年痴呆，你大学时谈的那个女朋友长什么样，我记得清清楚楚！我问清你贺姨了，那房子就是通过你租给了那林欣然，老实说，你今晚是不是就去见她了？"

"我、我其实……"姜承东不擅长说谎，准备好的说辞被戳穿，一下子就慌了。

沈萍声音更大了："前些日子，你早出晚归，还周末一块学习，肯定也是跟她！"

姜承东以为母亲全知道了，只得点头。

沈萍倒吸一口凉气，无力地靠在沙发上。

她只是一诈，却不想姜承东全招了。她想到两个人瞒着自己频繁见面，脸色越来越难看，痛心疾首道："我的傻儿子，当初林欣然才确定出国就甩了你，现在回国了要租房就立刻缠上你了，这种女孩你可得看清楚啊！"

姜承东有些不悦："妈，你别这么说欣然，我们当初不是因为出国分的手，现在也是我重新追的她，然然是好女孩……"

"你个傻小子知道什么好坏，反正我绝不同意你们在一起。你和小秋才合适，等你明年工作落定，筹备婚礼，后年抱孙子，一切都顺顺利利的，多好啊！"沈萍指点儿子。

姜承东苦笑，知道今晚算是搬起石头砸自己的脚。

之前他答应了贺小秋在父母面前当假情侣互相打掩护，两个人耳根清净了许多，却不防沈萍和贺小秋的母亲田晓雯却关系愈发亲密。两个在机关单位闲坐的阿姨紧跟潮流，平时没事就手机聊天，发发图片、聊聊日常，了解即将开盘的新房，那是真心往秦晋之好做着准备。

结果田晓雯传来的一张照片让沈萍发现了林欣然的存在，随口一问竟是贺小秋最近才签的租户，再一细问，马上引到了姜承东的身上。

姜承东心里兜兜转转地想着，也就没把沈萍那些苦口婆心的劝说听进去，只听见他母亲挥斥方遒的最后一句："总之，你要和她断绝关系，以后再不来往！"

"不可能！妈，我这辈子就认定林欣然了。"姜承东梗脖子道。

"你真是翅膀硬了，连亲妈的话都不听。"沈萍瞪眼。

"妈，我早就不是小孩子了，是你一直觉得我长不大。您不用事事都教我，我自己有脑子，我的选择也一定不会把日子过得差了。"姜承东直愣愣地顶了回去。

沈萍见一向乖顺的儿子如此忤逆，简直气炸了肺，手都抬起了，最终又放下，好不容易拉扯大的亲生骨肉终究没舍得打。

心里却又恼火又失望，只能大声嚷嚷着老公来教育这不听话的小子。

夜深人静，姜国胜其实早就被二人吵醒，但他不想添乱就装睡，这时不得不从卧室走出来，他用最简单粗暴的方法来平息争执："大晚上的吵什么，左邻右舍听见了，成什么样子？都给我睡觉去！"

"睡什么觉，都这个时候你还有心思睡觉！"沈萍彻底炸了，一脚踹在茶几上，上面的杯子盘子稀里哗啦地摔碎了一地。

"20多年来，养儿子的事情你拿不出半点主意，出了什么事情都是我自己解决，到了这关头，你在乎的还是给外人的脸面，咱儿子都要被狐狸精骗走了！你个当爹的什么时候能管点用？"

"咱家是小子，能吃什么亏……"姜国胜被老婆少见的脾气吓了一跳，小声嘀咕。

"呵呵……行，合着里外就我自己瞎着急，你们爷俩儿自己过吧，我不管了！"

说完她气冲冲走向卧室，一路走一路把见到的东西全掀翻在地，最后通的一声关上卧室门，反锁。

门外隐约传来邻里的低沉骂声，曾经温馨整洁的小家更像是遭了敌军袭炸，兵荒马乱地简直无处下脚。

姜承东父子俩对视一眼，甚少交流的父子俩想要说些什么，却不知如何开口。

"这么大人了，不让人省心，明天好好哄你妈。"姜国胜甩了儿子一眼，对乱糟糟的客厅视而不见，钻进了姜承东的房间去睡觉。

累了一天，明天一早还得出门，让他们娘俩闹吧，吵完了一样过日子，不费那心。他心大，很快就呼噜声震天。

姜承东怔怔地呆愣在原地，只是想这个家为什么说散就散，怎么就把老妈气成这样了？怎么老爸还能睡着？

情声自救成功的聚会林欣然是提前撤离，贺小秋则本性尽现，拉着大家一直玩到1:00多。

结账时，啤酒瓶子在桌子边叠了好几箱，大家互相搀扶着到外面打车回家。

晚上车少，各处喝酒吃饭散场的人又多，出租车都抢手得好似三环内的小户型。纪京武属于越喝越精神的主儿，问清了大家要去的方向，按东南西北方位凑出好几组顺路的，用最少的车尽快把这群人安全撤离。

贺小秋被塞进了车，才发现只有张腾飞和自己同车，有些疑惑，但没敢问。

她平日虽然也自己开车，但全靠导航，自己是记不得路的，更不知道张腾飞住在哪个方向,也就逆来顺受,窝在后座闭目养神。

张腾飞甚少出来玩闹,酒量平平,今天作为贡献重大的功臣之一,被灌了不少酒,在平地还好,上车之后就有些反胃,把车窗摇下来使劲吹着,试图能缓解一点。

中途接了一个电话,母亲罗芳一直挂念着他始终没睡,报平安后,劝慰那边早些休息,苦口婆心讲了半天,放下电话之后不由愈发地难受了。

"嚼一嚼,会好些。"

贺小秋从包包里拿出一个小罐,摇得哗哗作响,示意他张嘴,把两粒口香糖扔进他嘴里。

唇齿间草莓甜味,还有女孩护手霜的香味,神奇地分散了他的注意力,张腾飞觉得好了不少。

车子先到了张腾飞小区外面,贺小秋不放心,让司机等会儿她,也跟着下了车。

"不用的……哎呀。"张腾飞本想撑一撑男子汉的面子,奈何腿软得打摆,下车时脑袋直接撞车门上了。

贺小秋笑得不行:"你个扁带鱼变了酒糟鱼,本公主都把你送到这了,也不怕多走两步送你到家。"

说着她扶住张腾飞的胳膊,弄得这个自诩男子汉的家伙有些羞涩气闷,却也不好再说什么拂她好意的硬话来。

一直到他家楼栋下,路灯坏了道有点黑,阴影中突然传来一声幽幽的埋怨:"你是加班到这么晚吗?"

"何方妖孽……我这玉佩可是白云寺开了光的!"贺小秋被吓得后跳一步,握紧了胸口的项坠。

但很快一个曼妙高挑的女生走到了月光能照亮的地方,眼圈红红,哀怨地看向张腾飞,似乎酝酿着千言万语要开口。

她有影子,贺小秋松了口气,却发现张腾飞把半边身子贴到了她身上,暗推了一把都推不动。

第20章

再见，前任

"袁雨桐，我和你早就没关系了，你还找到我家来做什么？"张腾飞用一种贺小秋没听到过的生硬语气说道。

那女生委屈地开口："等你啊……你电话不接，微信不回，我就在这里等着你，有些话想和你说清楚。"

张腾飞扭过头避开袁雨桐含情脉脉的眼神，生硬地打断她的话："咱们之间没什么好说的，我现在已经有女朋友了。"

说着他拉了一下正吃瓜看八卦的某人，贺小秋这才反应过来此处还有自己的戏份，眨巴眨巴眼睛后，便会了意，戏精上身，腰也直了，嗓门也大了："不好意思，这位姑娘让一让，不要耽误了我们休息。"

"你们……你们已经住在了一起？"那女生露出不可置信的表情。

张腾飞不知道怎么接贺小秋这有点尬的台词，生生憋出"不关你事"四个字，绕过震惊得失了反应的袁雨桐开始上楼。

楼道口，贺小秋回头扫了一眼，从张腾飞臂弯里把手抽了出来："喂，你还真要拉我上楼啊？"

"哦，对哈，那你……"张腾飞有些反应迟钝。

"戏演得你自己都当真了？这黑咕隆咚的她也看不到我们，我从前面楼转一圈出去就是了，就不陪你爬楼梯了。"

"注意安全，刚刚谢谢你了。"

"嘿嘿，举手之劳，回头你和我讲一讲情史八卦就行了。"

"没有八卦。"

"爱讲不讲，我还不稀罕呢，明天请我喝奶茶做感谢吧。"

贺小秋回头瞄了眼张腾飞，突然觉得他还是挺成熟，起码当断就断，不纠缠。过去的事情就让它过去，对彼此都好。

房间很乱，姜承东的脑袋更乱。

凌晨 1:00，平日里他早就睡了，但这一晚窝沙发上，耳边万籁俱寂，只有父亲雷鸣般的呼噜，他没有半点困意。

姜承东不明白，他只是喜欢一个女孩而已，又不是做了伤天害理的事情。以前无论发生什么事，都无条件向着自己的母亲，怎么这次母亲就会发这么大的脾气。

记忆中，沈萍这样发脾气只有一次，是他要上小学前，顶着公公婆婆不解和愤怒的质问，一定要把儿子户口迁到市区的姥姥家，要他在市区念书。事后证明，两个叔叔家女儿就在郊区念书，连本科都没有考上。妈妈，总是会为自己好的吧？

可他的爱情只有他自己的感受最真最浓，旁人终究不懂。

沈萍今天的表现，更像是在维护家里说一不二的威严。

原来，不光是女朋友会问，当妈的也想问一句"我和你媳妇掉河里先救谁"，在用这种方式逼迫儿子做两难的选择。

姜承东心里堵着一口气，越来越精神了，干脆起来收拾房间，先把碎掉的玻璃碴儿收拾起来，再把凌乱的桌子、柜子摆好，地拖了一遍，都忙完了又洗了把脸，简直筋疲力尽。

原来母亲日复一日，每天都要这么辛苦地操持这个家。

姜承东迷迷糊糊也没有睡多深，感觉有人在注视着自己，却困得不行没有睁眼。

再醒过来时，天已经大亮，身上盖着一席薄薄的被子。

不用想，也只有沈萍了，姜承东一夜的委屈和怒火，忽然淡了不少。

他不再埋怨母亲，而是在想一直欺瞒母亲关于林欣然的事情。

他从小到大，任何事情都是和沈萍商量着来办，可能正是欺瞒才让母亲大发脾气吧？思及此处，姜承东认为自己应该诚恳地给沈萍道个歉，然后把这段时间的事情都讲清楚。

但是当面掰扯这些，他又有些不好意思，于是找出纸笔，发挥自己的文采给母亲写了一封信，坦诚了自己和林欣然的感情，一些追求的小细节，她那么多的优点。像以前那样，他把想法都向母亲汇报了，最后说自己会带着林欣然一起上门，请沈萍认可他们。

写完看了眼时间，他下楼给父母买了早点和一枝还带着晨露的康乃馨，连信一起放在茶几最醒目的位置。

姜承东开车一路开到了林欣然住的公寓楼下，也不管几点，直接打电话叫醒了她。

"姜承东，你不想活了，这才 7:00！"果然，那边的声音带着杀气。

姜承东赔礼道歉，好说歹说总算把那边的起床气哄得散了些。

5分钟后，林欣然开门把姜承东放了进来，姜承东把凌晨和母亲的争吵说了。

"所以你这次要干吗，听你妈妈的话，来和我分手吗？"林欣然心下一沉。

果然是妈宝，分手都是这么上赶着来的。

姜承东语塞，随即拉过了她冰冷的手："你想岔了，我坚定地要和你站在统一战线。"

"可你妈反对，你妈说的在你那都对。"林欣然想抽手，却抽不动。

"我敬重母亲，但也有自己的想法，不能孝顺得没有自我，而是要具体问题具体分析，偶尔孝而不顺。"姜承东老脸一红，连忙解释。

"所以你的想法就是吵我睡觉？别拉着我，我要去准备上班了。"林欣然埋怨地白了他一眼，女孩子出门可比男孩子麻烦多了，早上时间超紧张。

姜承东嘿嘿一笑，挺不好意思地道："这不是心里有事就睡不着嘛，想和你商量下，什么时候来我家一趟，我们一起好好表现，我妈也就不生气了。"

"你说谎惹出来的麻烦，干吗要害我一起去哄，你妈妈现在对我肯定有成见。"林欣然有些不乐意。

"然然，你就帮我忙……毕竟我们要过一辈子，这面早晚都得见。"

"一辈子"三个字的杀伤力像咒语，林欣然犹豫着，同意考虑下。

送走了男朋友，林欣然冲向地铁，大夏天一路小跑到了公司。纪京武就找上她："杨蕾急性肠胃炎，今天请假了，五分钟后你跟我一起到大会议室，代你们组长做会议记录。"

林欣然应声时，纪京武已经风风火火走出好远了，她只能有些忐忑地赶忙准备。

情声周五晚8:00要上线安卓端的APP，投资方、渠道都会派人来开个会，杨蕾不在，她第一次参与这样的会议，感到不小的压力。

一旁的许念毫不掩饰妒忌的目光，瞥着林欣然，心里有几分不平：明明是她在运营方面更资深，现在却被林欣然跑到前面。

会议即将开始，他们这些下属在会议室坐定，等了好半天，卞嘉德才陪着几个西装革履的生面孔谈笑风生地走进来。

林欣然眼皮直跳，这行人最后那个彬彬有礼至极的帅哥，分明就是自己的表哥孟涵。

感觉到一道目光注视自己，孟涵不由侧头，随即和林欣然对上眼，颇有几分意外，想不到转来转去，离家出走的表妹竟然在自己合作的公司。

因为情声新版测试各项数据的反馈都极好，所以会议气氛非常热烈，卞嘉德提出一些需要配合的要求，青柳投资没有过多讨价还价就答应下来，可以说是大开绿灯了。

散会后，林欣然第一个就想冲出去，却不料孟涵对纪京武道："你们新上线的那个会员系统挺新颖的，我想具体了解一下。"

"欣然你留一下，给孟经理耐心点介绍。"纪京武顺其自然地叫住林欣然。

卑鄙啊卑鄙！

林欣然瞪了孟涵一眼，却也只得乖乖服从。

正面对上了不想撞见的人，林欣然倒也坦然了，例行公事地补充了孟涵想知道的细节。孟涵也在认真记录，显然这都是青柳投资评估情声潜力的项目之一。

抛去两个人的关系，单看孟涵的工作态度和提问角度，就知道他是一个懂行的人，下过工夫钻研。

等都问得差不多了，她想结束话题赶紧溜走："孟经理，没别的事我就先出去了！"

"表妹，士别三日，你就失忆了吗？连我都不认识了。"孟涵笑眯眯地放下笔。

林欣然嘿嘿一笑："哪能不认识，我的金领表哥，和你站一起，就是我相形见绌的前半生。"

"别这么说，你现在在情声工作，能得到领导的信任，已经算表现不错了，踏实干下去，会很有前途。"

林欣然努努嘴，心里飘过一丝丝得意："借你吉言，为了不负乡亲们的期待，我忙去也！"

孟涵伸出手拦住她："等等，你离家出走这么久，到底什么时候回家？小姨和姨夫一直担心你。"

林欣然吐槽道："我那是被驱逐出家门！"

"别在这儿跟我逗贫，我给你半个月时限，你自己去找小姨和姨夫和解，不然我就告诉家里人。"孟涵收拾好文件，拍了拍林欣然的肩膀，离开会议室。

想到母亲当初那一巴掌，关系破裂后试图和解的心理斗争，林欣然抬头叹了口气，压力山大。

第 21 章

丘比特之箭

并不是所有的开诚布公都能获得谅解，在某些时刻，谎言反而是最大的善良。

就如这个社会上形形色色的虚伪面具，无数人为了过得去的面子消耗着时间精力，如果有人将一切都揭开，反而会发现那并不是捷径，而是办不成任何事的死路。

姜承东此时就很后悔坦诚和林欣然的关系，把母亲气走，他和父亲姜国胜各自端着一大碗泡面，沉默地吃，假想着沈萍烹制的那些家常却美味的菜肴，试图让自己吃得更有味道些。

早半个小时，姜承东回家，沈萍正在择菜准备烧饭，他进厨房帮母亲打下手，询问母亲是否看过自己的信。

"哦，看了，含辛茹苦 20 多年把你养这么大，几句话就让小姑娘拐走了！在公司上班，看起来钱多一点，但那是多不稳定的工作，有一天公司倒闭、老板跑路怎么办？儿子，别天真得跟个孩子似的，我们给你选的路才是最安稳最不受罪的。"

沈萍的态度无比坚定，并没有姜承东想象中的谅解。

姜承东控制不住自己脾气反驳了几句。

这更坏了，沈萍讲起世俗的道理来，自有一套逻辑，更可怕的是情绪激动下，完全不听姜承东在讲什么，只片面截取自己想要的信息加以利用。

姜承东终于忍受不了，猛地吼了起来："我重点大学毕业，每天见的想的不比你少，你那些老传统早过时了！"

沈萍被儿子吼得面无血色，用力地一丢锅铲，脱下围裙就出了厨房。

"妈，我……我不是故意这么大声的。"姜承东回过神来，连忙去追。

沈萍穿上鞋就要出门："别人都说娶了媳妇忘了娘，我还说我儿子不会，结果呢？你爱怎么样怎么样，以后我不伺候了！"

说着万般嫌弃地甩脱姜承东，就这么推开了门。

楼道，正撞上回家的姜国胜。

"干嘛去？还嫌昨天晚上折腾得不够吗？"他阴着脸数落老婆儿子。

"闭嘴吧你！成天万事不管，家里家外的都我一个人操持，出了事情除了发脾气，你还会干什么，你还有一点男人的担当么？"

沈萍对着姜国胜也是一通邪火，在他惊诧难明的眼神中，仿佛轻松了许多似的下楼。

姜国胜站在楼道，大声喊："你去哪儿啊，别闹了！"可惜只有余音在楼道回绕，沈萍继续走自己的，而他压根没有更多的行动。

姜国胜气呼呼地进屋，摔上门就怒斥姜承东："你又怎么气你妈了？都这么大人了，有点谱行么！"

姜承东心里也委屈，自己预想的计划没有结果，事情更糟了，他怼父亲道："就我气她了？爸，你想想我妈说的话，是你没有担当，出了事情装聋作哑，遇到问题视而不见，一味地要求和平，却不站在我们一方的角度思考，只想着你那点尊严面子，这才让我妈寒心，你凭什么说我？"

姜国胜还是第一次被儿子顶撞，扬手就给姜承东后脑袋一巴掌。但姜承东梗着脖子躲也不躲。父子僵持不下，姜国胜苦笑地摇摇头。

"唉，等下你妈消了气，我再打电话。"姜国胜也不想动手打孩子，叹一口气，步履沉重地走向厨房。

他是重货司机，经常一跑就是一天，驾驭着大车，随时紧盯路面，很耗费精力，还经常要深夜凌晨出车，此时留给儿子的背影写满了疲惫。

姜承东揉了揉脖子，把老爸按在了椅子上，自己去厨房煮面。

两个人吃完，姜国胜接到了田晓雯的电话，才知道沈萍约她出来逛街看电影，还说晚上不回去了要在她家借住。田晓雯觉察沈萍情绪不太对，找机会给姜国胜报个信。

姜国胜含含糊糊地应着，他是那种传统的中国男人，笃信着家丑不可外扬，只说是拌了嘴，没说具体原因。

电话的内容姜承东也听见了，见父亲又要回房去休息，连忙道："爸，既然知道老妈在哪了，我们赶在电影散场之前，把她接回来吧。"

姜国胜没耐烦道："她爱闹脾气就闹去，回自己家还得八抬大轿请吗？"

姜承东却想着，这个时候决不能让母亲和他们父子两个越走越远，耐心劝着，好说歹说，总算把姜国胜大驾请动，父子两个开车去田晓雯提到的商场。

姜国胜已经很多年没进过城区繁华地带逛街，尤其是这种新建的装修时尚、空间感开阔的综合商业广场，精美的商品使人眼花缭乱，但商品的价格让他望洋兴叹。

同一座城，隔开的却是百种生活水平。

似乎是环境感染，一些被生活逼得粗糙的表皮蜕掉，他多驻足看了几秒一条女士围巾，老婆戴上肯定会很好看。

"先生您真有眼光，这是我们店的新款，最近搞活动，七折后只要二千六。"

"什么？抢钱吗？"姜国胜两只眼睛瞪得像铜铃。

"爸，这是名牌，价格就是这样的。"姜承东拉了父亲一下，周围人的注目让他不好意思。

姜国胜垂下头，打算离开。

姜承东心下不忍，平时游戏充钱没少花，给最亲的亲人买东西不该为难，自己少花点没用的钱就能省出来！他突然掏出了钱包，对服务员说："这条围巾我们买了，麻烦包起来。"

姜国胜想拦着他，却也咬咬牙接受了，他坚持自己付钱。想来，上一次送老婆礼物，不知道是多少年前的事了，或许，他真的应该更多方面地关心下老婆。

情声公司又是一个集体加班的夜晚，今晚安卓端就要上线，ios端同步更新大版本，大部分员工都留下来，以防有突发事件。

比如贺小秋，从下午到现在，一直在按照渠道的意见重新调试一套皮肤的整体色调，现在终于搞定提交，起身活动已经僵硬的身体。

结果没走两步，正扫见张腾飞电脑屏幕上一个长腿美女的图片。

她莫名就很不爽，拍了拍他："飞哥，你今天这么闲啊？"

张腾飞被她吓了一跳，本能地关掉网页："没，我在忙内测用户反馈呢。"

"我们的用户还要调查平均颜值嘛？"贺小秋立刻怼回去。

张腾飞一脸委屈："点开头一条就这个……我真没多看！"

"哼，我不管，你别忘了之前答应我的事情，下楼给我买奶茶去。"

"自己没腿吗？"

贺小秋眼珠一转，拍拍旁边同事肩膀："明蓝，你知道我昨天送飞哥回去，碰见谁了吗？"

张腾飞连忙打断了她："正好我坐久了，想下楼溜达。"

"那就谢谢了！"贺小秋笑嘻嘻地答应，心里却道，让你看美女图片，我非得好好折腾你一顿！

10分钟之后,张腾飞拿着一杯原味奶茶回来了。贺小秋接过摇晃一下,立刻皱眉道:"你怎么还加冰啊?女孩子可喝不了这么凉的。"

"呃,这个……"张腾飞确实没有想到这一层。

"只能麻烦飞哥你再跑一趟了,我自己出钱再买一杯。"

"好吧。"张腾飞也是强迫症,既然要办事,那就一定要办好才行,风风火火地又下楼了。

他一走,旁边霍明蓝的爪子已经伸过来了:"小秋,你不喝的话给我吧?"

贺小秋一巴掌拍飞:"休想!"

好不容易使唤咸鱼王买来的奶茶,怎么能便宜别人?

这回,张腾飞带着一杯没冰的奶茶回来了。贺小秋插上吸管啜了一口:"哎呦,有点太甜了吧?"

张腾飞皱眉,表情不耐烦。

"那个昨天在飞哥家楼底下……"

"对了,我有些东西忘奶茶店了,再下去一趟。"张腾飞秒怂。

临走之前,张腾飞深吸一口气,但是把柄落于人手只能强压火气:"你还有其他的要求吗?"

贺小秋摇摇头:"不加冰,半糖,就这样。要问清需求再执行,这不是你常教我的吗?"

张腾飞假笑着说:"行,你学得很好,出师了。"

当他第三次带着奶茶上楼,一共三杯,半糖、微糖、无糖,意思是大小姐您挑吧,找个口感合适的。

贺小秋审视着看了一圈,幽幽道:"突然又想喝带冰的、凉飕飕的那种了……"

"贺、小、秋!"张腾飞咬牙切齿。

"哎呀,飞哥,你怎么生气了?"贺小秋一副吓坏宝宝的表情,嘴上的话却是十分欠打,"你这脾气,可真是做不了美工,一会色号不对一会字体太小的,改不了三次你就要砸电脑了……哎呦!"

张腾飞在她脑袋瓜上轻敲了一下:"好了,我知道你改图辛苦了,快喝吧,剩下的给其他人一起分了。"

张腾飞总算明白,为什么说不要惹女人,记仇起来真可怕!

"谢谢飞哥！"贺小秋拿了半糖的那杯，喜滋滋的，食物的美好抚慰了工作的辛苦，也治愈了她方才的不爽。

张腾飞挥挥手："别客气，应该的。这些日子你进步很大，版本按期完成有你的功劳，多买几次奶茶是小事。"。

贺小秋微愣，使劲掏掏耳朵："我没听错吧，你竟然还会表扬人？"

"是不是还想再加一套皮肤任务？"

"当我什么都没说！"

第22章

听妈妈的话，别让她伤心

晚上林欣然还在加班，完成了双端的推荐曲目同步，出来的时候正好看见贺小秋和张腾飞斗嘴。

她会心一笑，故意走慢了几步，等到张腾飞回去，突然蹦出来。

"呀，你吓我一跳。"贺小秋亮了亮小拳头。

"你和扁带鱼，有情况啊？"林欣然笑问。

"你脑神经短路了？我和他能有什么情况，他是剥削我的地主。"

林欣然侧头道："我觉得他对你真的很好，那次头像事件后，卞总找张腾飞谈过话，张腾飞在卞总面前坚持保你。"

"纳尼？"贺小秋一愣。

林欣然当时也没听清，只听见了张腾飞说贺小秋是美术方面的人才。贺小秋决心要刨根问底。

想着贺小秋已经回到了办公室，却发现张腾飞没在。

"飞哥呢？"贺小秋问。

"他刚刚接到母亲电话，说要先回去一趟，有急事电话他就行。"霍明蓝在一旁道。

"没，不急的。"贺小秋摇摇头，她要当面问清楚。

张腾飞赶回家时，卧室的电视开着，但是母亲罗芳人不在。

他在屋里找了一圈，才在阳台角落找到她，母亲正出神地看着外面光彩璀璨的万家灯火，眼圈红红的。

作为一个工作狂，能在自己倾尽全力的新版本上线之日，将他从公司里面叫出来的也只有母亲了，更何况罗芳哽咽着打电话。

他立刻回家，即使技术部的老大暗示他这样做会影响在卞总心中的印象，最起码要多等一等，分享成功的喜悦，他也没有回头，向来对自己的很节俭的他还打了车。

茫茫世间，别人会有七大姑八大姨牵扯出一大家子，但他只有一个妈，一个把自己后半生都倾注在他身上，在北京一起漂泊的妈，没有什么能阻挡他在她脆弱时陪伴

| 093

身边的脚步。

罗芳一直出神，等张腾飞到了近前才听到脚步声猛地回头。

"腾飞，你怎么还真赶回来了，我没事，你说了今天是大日子。"罗芳低声道。

张腾飞把母亲拉回了房间坐下，用最温柔的语气道："妈，我工作和领导说好了，你别担心。袁雨桐和你之间到底发生什么事了？"

罗芳抿着唇，摇摇头："没什么，我当时有点激动给你打了电话，现在都过去了。"

"你不说，我去问她！"

罗芳被他突然爆发的脾气吓了一跳，拉着他的手，才发现那双平日温柔对待键盘的手，也可以如此用力，青筋都暴突出来。

母兽会拼了命的维护自己幼崽，当那只母兽软弱时，它的幼崽自然会被环境逼迫得强硬起来，有着不吝亮出爪牙去维护自己领地的生存本能。

罗芳反而从受委屈的变成劝导儿子别冲动的人。原来，喝醉的袁雨桐又找到张腾飞家里，这次直接敲了门，想找张腾飞没见到人，就对着罗芳讲了一大堆怨毒的言语。

在袁雨桐说来，她和张腾飞本来感情很好，毕业之后已经走到了谈婚论嫁的地步，甚至她家照顾张家条件有限，可以先出婚房的首付，两个人一起赚工资还贷款。

偏偏张腾飞说什么也要带着一个妈，买房子也要考虑把母亲安置下来，一来二去婚事就拖了下来，最后不欢而散。

这些事情罗芳还是第一次听说，她只知道儿子有个念书时就在谈的女朋友，后来不知道怎么就散了，具体的经过他也不愿细说。况且以张腾飞的性子，不好的事情都会憋在心里，报喜不报忧，她就算问也问不出来。

听袁雨桐讲完，她也觉得可惜，但无所适从，可她的沉默激怒了袁雨桐。

袁雨桐开始指责罗芳是个拖油瓶，让本应活得更精彩的张腾飞变成了现在这副样子，只要她在一天，张腾飞就不会有好姑娘肯嫁，都是罗芳耽误了张腾飞的感情，也拖累了张腾飞的幸福生活。

张腾飞听到这里，忍不住鄙夷道："你别听她胡说八道，是她自己作，和您没有半点关系！"

罗芳问："腾飞，我知道，我就是拖累你了。我想了下，结婚都是要新房的，没有和婆婆挤在一个屋檐下的道理。我回老家吧，你舅舅那里还是能收留我的。"

"妈，你千万别这么说，你绝不是我的拖累。"张腾飞把当初和袁雨桐之间的事情原委，坦诚地告诉了罗芳。

大学毕业两年后，他确实想和袁雨桐稳定下来。他工作年头短，手里也没多少钱，袁雨桐家也是工薪阶层，但父母开明，看好张腾飞的才学人品，又手脚勤快，自理能力强，甩下很多温室里的花草三条街，表示只要他对女儿好，结婚老两口全力支持。

他和那边商量的是，卖了他们的旧房子，在郊区买一套小户型，给新人在学区置办一套婚房，张腾飞感恩岳父母的付出，提出房子只写袁雨桐的名字就好，贷款全由他还。

至于罗芳怎么安置，他也没说必须要住新房，只是在商量，和母亲一起生活，如果母亲愿意肯定要她留在北京，等两个人要了小孩也可以帮忙照看。

他的意思就是他家没钱，就多出力多操心，生活上把袁雨桐方方面面照顾好了，请二老放心。

真正导致关系破裂的关键，其实是袁雨桐的心气变了。她是北京人，自小的朋友同学也都是北京的，互相之间难免比较，但她发现人家结婚找的男方经济条件都很好，一个个飞上枝头不变凤凰也变孔雀，只有她家反而要父母搬家买房，攀比之心过重，不满越来越多。

工作之后接触的人和事比学校高了几个层次，受到了不少诱惑，再看张腾飞已经不入眼。穷，不会甜言蜜语，也没有足够的时间陪她，送的礼物也上不了档次，对婚事就有了诸多意见。后来，一个主管追她追得火热，更是直接导致她和张腾飞提分手。

张腾飞看上去平和，出身带来的自卑也让他有种极度的自尊，女友的变化他心里明镜似的，但除开金钱因素，袁雨桐不顾念他对感情的专一和努力付出，他对她的好，她觉得理所应当，一天到晚只在乎暂时没有的东西。他失落失望久了，也心死了，没有挽留就答应了分手，并且再没有去找过她。

反而是袁雨桐和主管间的情感之路不顺，先是因为公司不允许情侣在同一部门，她被调去了非核心部门，再后来发现主管就是喜欢撩刚毕业的年轻女生，两人闹得很不愉快，在公司的颜面受损，怒而分手。虽然后面相亲也认识了不少人，有经济条件好的男生，但是要么颜值不过关，要么性格不对付，每到这时，她才会想起曾经万般迁就她的张腾飞。

"我和袁雨桐早就结束了，以后也没有可能，你好好的我才能安心。"张腾飞安慰着罗芳，就在这时电话响了，他走到阳台接听。

那边霍明蓝兴奋的声音立刻传了过来："飞哥，安卓版本一个小时下载量超过十万，服务器稳定，目前还没有任何BUG，好评如潮！总之卞总特别高兴，让咱们都等着分股权吧！"

外面忽然一场大雨落了下来，豆大的雨点，砸得好几辆车警报一直响，霍明蓝在那边说什么根本听不清了。

张腾飞握着手机的手垂下,出神望着被白茫茫水汽模糊的钢铁丛林,距离自己有能力在这个城市挣下立锥之地,似乎又近了一步。

毕业后的这几年,拼命三郎般地工作,未尝不是心里也憋着一口气。即使我一无所有的来到这城市,也不会过得比任何人差。

一场突如其来的雨,归家的人可以淡然闲看,但对于还没有到家的人却是一种麻烦。
"这么大的雨,更打不着车了。"
商场门口,沈萍和一大群年轻人等着出租车。
"既来之则安之,这么多人等着呢,咱们俩回去也就是睡觉了,别急别急,不行等我家那口子下班来接。"田晓雯在和沈萍说着话解闷。
突然沈萍听到了耳熟的声音:"妈,田阿姨,快上车吧。"
沈萍有些意外地回过头,她看到儿子姜承东举着伞走近。
"哎呦,你儿子可真体贴,我那心大的闺女才不会来呢。"田晓雯故意说着羡慕的话,更是让沈萍心底荡漾着的暖意发酵成得意,看着儿子顺眼起来。

车厢里,姜承东在开车,姜国胜坐在副驾,回头看了一眼老婆,笑容有些局促不安,偷偷递了一个精美的纸袋过来。
沈萍眼一亮,上次收到老公礼物仿佛是上辈子的事情,看到围巾后,嘴角眉梢飞扬起来。
"这牌子不便宜,你老公可真疼你。"
沈萍听了田晓雯的话,瞥了一眼那个目视前方的男人,他其实一直在后视镜里关注着老婆,露出憨厚的笑。
先把田晓雯送回家,沈萍自然没有跟着下车去她家暂住。
没有言语,但一些梗在心里的小情绪已经淡了。

田晓雯走后,沈萍立刻道:"儿子,你田阿姨人多明理,这要结了亲家你也少受很多唠叨。"她想从另一个方向说明选择贺小秋非常好。
姜承东想要反驳,却从后视镜里面见到老爹向自己挤眉弄眼,想到两个人路上商量的先稳住局势,父亲再帮着劝说沈萍改变主意的方案。
"嗯,妈你说得对。"姜承东应道。
本来激荡的母子分歧,因为第三方的入场换来一方的隐忍,暂时平静。

下雨前的半小时，林欣然的母亲陶珍送走了来访的孟涵，听闻女儿一切安好倍感欣慰，但想到老公最近可能的外遇，心里五味杂陈，脸上不由浮上几分愁色。她拿出一个小本，上面是自己从老公手机上抄录的地址，看得是咬牙切齿。

　　这些日子以来，她发现老公林毕腾总喜欢晚上在厕所待很长时间，就留了心眼，发现他竟然是在笨拙无比地戳手机屏幕打字，摆明是在用微信和别人聊天。

　　这老东西存的什么心思，陶珍觉得自己已经摸得一清二楚了，以她原本的性子，当然是要立刻大吵一架，但是经历过林欣然的事情后，她却犹豫了。

　　已经抓不住女儿了，难道还要把老公也逼走吗？

　　她决定要先亲自会一会那个女人。

第23章
路见不平一声吼

因为版本上线，贺小秋回到家的时候已经11:00，洗了澡，躺回床上却有些睡不着。

大概是因为这一段时间的努力有了成果，心中一块大石头落地，但似乎又不只是工作上的问题。

贺小秋在床上翻了几个滚，拿起手机处理了一些未读消息，有不少人问她最近怎么了，她这个天天约人的群宠变成了神隐人士，和以前的玩伴仿佛成了两个世界的人。

看着她们讨论的明星八卦美妆养生，贺小秋累觉不爱，有心无力。

姑娘们，我们来讨论新下载的笔刷和字体搭配怎么样？她都能想象自己满脑子的内容有多冷场了。

后来，总算是看到稍微实际些的话题了，有个大学同学因为工作差错直接被公司开了，随后也有不少人吐槽老板的无情，群情激奋。

"难道真是像欣然说的，我全是因为被咸鱼王力挺才保住了工作？"看着大家的悲惨境遇，贺小秋想到自己犯下的错，和她们比起来简直就是滔天大罪了，禁不住打了一个哆嗦。

想着这事，张腾飞的影子自然就进了脑海里面，贺小秋不由嘴角露出一丝笑意。

按开台灯，她用铅笔在纸上勾勒，一个长着人头的带鱼很快就出来了。

"哈哈，明天再上色吧……"

两只眼皮开始打架，她躺回床上，很快就睡着了。

第二天是周末，但情声公司还得加班两天，大家盯守新版本的反馈，之后再安排调休。

贺小秋他们所在的这个组因为有张腾飞这个完美主义者坐镇，基础工作打得扎实，出的问题非常少，反而当下比较闲。

所以大家随手解决完问题，对着电脑，暗戳戳地刷刷微博看看网页，张腾飞也就睁一只眼闭一只眼了。

耗到了下午，贺小秋偷偷跑出去，然后提了个大袋子回来："我请大家喝奶茶，好几个口味,大家随便选。"

同事们嘻嘻哈哈地领了走,很快就只剩下张腾飞落在最后,这种时候他一向是让着别人,不急着挑的。

张腾飞拿起桌子上最后一杯,贺小秋突然按住了。

"又耍什么花招?"张腾飞警惕地后撤半步,有些提防这丫头玩套路。

贺小秋勾脚踢上小会议室的门:"嘿嘿,就是想问你点儿事,你得如实交代。"

张腾飞一脸莫名其妙:"你是不是又想捉弄我,我可喊人了……"

本来贺小秋没多想,但他这一说,才发现孤男寡女,共处一室,空气有点异样。贺小秋也少见地红了下脸,一脸正经地问道:"之前我错误改了用户头像那次,之后卞总要开除我,是不是你跟卞总保下的我?"

"就这事?你整这么严肃,吓我一跳。我的确在卞总面前立了军令状才保的你,以后你要是掉链子,我跟着倒霉,你明白吗?"

"谢谢你……"贺小秋心里暖暖的,虽然张腾飞此时的语气很轻松,但以卞嘉德当时的火气,她能想象张腾飞承受的是什么样的压力,眨巴着一双大眼睛又问,"那飞哥,你为什么对我这么好?"

少女心中诸多期待,谁不希望有个盖世英雄驾着五彩祥云保护自己!虽然她的这个英雄在幕后了好久,但迟来的感动一直都在保质期。

"你们都是我小弟,我理所应当照顾好你们。"

"你们?"贺小秋眯起了眼。

"对啊,新人都需要成长,明蓝新来时也犯过大错,是我保下来的,看他现在干得多好。"

"飞哥,难道就这样而已?"贺小秋放柔了语调,自以为含情脉脉的眼神凝视着张腾飞。

"你这眼神什么意思?要是自己想喝两杯奶茶,我不拿就是了,盯得我鸡皮疙瘩都起来了。"

"去去去,谁稀罕奶茶了,两杯都给你。"

贺小秋突然甩开他胳膊,噘着嘴出了小会议室。她内心很乱,记不清到底从什么时候开始那么在意张腾飞,只觉得一天不见他,就别扭,见他看别的女生,就生气。原本期待张腾飞是因为喜欢她才对她别有照拂,可事情真相却让她眼泪掉下来,她不相信只是自作多情。

贺小秋心里藏不了事,她忍不住拉过林欣然,把张腾飞的耿直行为狠狠吐槽了一通。

099

林欣然揶揄她："之前谁说，绝对不可能在乎扁带鱼？"

"请用发展的眼光看问题好么？"贺小秋也是理直气壮。

林欣然笑盈盈的，只是道："好，那我回你一句请提高主观能动性，女生不用总等着男生有所表示，要想办法主动争取！"

贺小秋眼睛一亮："我这就回去换身衣服，请他吃饭。"

一个小时后，正好是下班的点，贺小秋上身穿白T恤，下身穿她喜欢的公主裙，头上还带着一个可爱的猫耳发饰，青春无敌地回到了公司。

林欣然小声提醒："你这是要去漫展么？"

"你不懂，琳姐说这种宅男天天看动漫，最喜欢这样的女孩了，等我去邀约一定成功。"贺小秋自信满满，显然是暗中得了高人指点。

林欣然毕竟和张腾飞只有工作上的往来，对贺小秋送上祝福，目送她走向了张腾飞的工位。

"你快到了？好，我这就下楼，选好餐厅你发我坐标就行。"

张腾飞夹着手机，整理好背包就出了门。

贺小秋刚开口说："飞哥，一会我能请你……"

"我有事，回来再聊，拜拜。"张腾飞只扫了她一眼，连她换了衣服都没有多注意，就急匆匆地走了。

贺小秋气得爆炸："臭带鱼！你怎么不加班了！"

林欣然连忙想上前安慰，却见贺小秋眼神凶光闪烁："不行，咱们得跟上去，他刚刚好像是约了人吃饭，你和我一块看看他到底约了谁！"

"跟踪？这样不好吧？"

怎么就从请别人吃饭变成了跟踪……

贺小秋却是斗志昂扬："虽然跟踪不太好，但是我的直觉告诉我，如果不去会更加不好！"

最后林欣然还是被贺小秋说动了，两个人跟在张腾飞后面也出了公司。

张腾飞进了附近商场里面的一家还不错的台湾火锅店，店面装修布景都很清雅小资，看得贺小秋直咋舌："完全不是他的风格！"

林欣然深以为然，八成是约了女生。

不过这家店也有好处，它靠外一侧墙壁全都做成了流觞曲水和假山堆映，干冰飘出云雾缭绕。

林欣然和贺小秋进了旁边弄堂的小笼包店，正好能扫见张腾飞坐的位置，一个长发飘飘且妆容精致的女子坐他对面。

"那个美女长相不错，衣品尚可，包包饰品算小资，就是妆有些太重了，你优势很大。"

"没有优势，那是他前女友……男人果然都是靠不住的生物，嘴上说绝不吃回头草，现在还玩藕断丝连这一套！"贺小秋咬牙切齿，一脸的鄙夷。

林欣然表情尴尬了下，毕竟她也是一个和前男友纠缠不清，才刚刚重新开始了感情的人。

"那我们现在走吗？"

"着什么急，这家小笼包看起来还不错，你要什么馅儿的？"

贺小秋的悲愤一秒转变为食欲，拉着林欣然到了柜台前。

目光却是忍不住瞥向另一家店，紧盯那对正轻声低语的男女，热锅翻腾的蒸汽朦胧了他们的剪影，倒显得颇为般配。

张腾飞今天主动约了袁雨桐，这个女人不知道抽了什么风，前几天堵自己，昨天更是直接找上母亲说那些话，已经越过了他的底线。

有些事情必须要说清楚，以免她对母亲的生活造成更多困扰。

本来应该他先到，结果因为临时处理工作，反而耽误了时间，让袁雨桐在这边等了会儿，她已经点好菜。

袁雨桐语气难免哀怨："张腾飞，可见你妈在你心中有多么重要了，以前怎么都约不出来，我昨天随便说了几句，你立马就请我吃饭了。"

张腾飞没看她递过来的菜单，对他来说，吃饭只是由头，他没胃口。

反而是袁雨桐又主动加了两瓶啤酒，试着讲一些过去的事和现在的烦恼，唤起两个人已经远去的情感。

张腾飞不为所动，再次和袁雨桐摆明态度，复合绝无可能，请她离开自己的生活。

"不要把仅剩的一点情分，都消磨成了仇人。"

袁雨桐虽然知道他的态度，却不想面对面他也能讲得如此绝情，心里存的那一点希望彻底破灭，眼圈不觉已泛红。

"你是不是心里再容不下别的女人，只有一个妈？可你真的想清楚过吗，谁才要陪你走完下半辈子？"

"没有我妈，也就没有我，我们母子两个在这个城市无依无靠，活得很不容易，我妈的下半辈子一定有我。这里也祝你早日遇上合适的人，相伴一生。"

他面前的酒杯早尽，拿过袁雨桐面前的酒瓶给自己倒满，又用剩下的给她添了满杯，端起示意这顿饭终是要散场。

袁雨桐先他一步仰头喝干,偌大的城市,兜兜转转了几年才明白,原来谁的人生都经不起比较,过好自己的小日子最重要。她放跑了最合适的那个人,有多少难受只有自己清楚。

随着发苦的液体滚进喉咙,她的眼泪终于忍不住扑簌簌的滴落,晕黑了睫毛膏像一只迷路的熊猫,一把捉住张腾飞:"再给我个机会,我知道你心里没有彻底放下我,我会成为一个好媳妇儿,孝敬阿姨……"

张腾飞想抽手,却发现她异常地用力,强行挣脱恐怕要伤到她,依他的风度只能轻声道:"放手吧,我不想回头,没必要勉强。"

袁雨桐却愈发来劲,大声地讲起来过去的情事,自己的一片痴心,旁边吃客有那好事的听得上瘾,起哄都说小伙子不要太过绝情。

吃瓜群众最易同情弱者,一来二去,反而是张腾飞受着埋怨目光,不由皱眉,拿着无赖的袁雨桐没辙。

贺小秋读到了张腾飞的为难,按捺不住,甩开林欣然拉住她的手,冲进了饭店,犹如神兵天降。

她大力推开了袁雨桐:"麻烦别再纠缠我男朋友了,好吗?"

袁雨桐先是一愣,随即认出了贺小秋正是那天晚上陪着张腾飞回家的人,凄苦一笑。

这个表情坐实了贺小秋刚才所言的真实性,旁观者各有猜想,看向袁雨桐的目光已经变成了轻蔑,她本想借着舆论玩道德绑架的居心顿时像镜花水月一场空。

"好,算你们狠。"她提起手包,匆匆离去。

贺小秋暗地里踢了张腾飞一脚,两个人相拥着离开了众人目光,一直出了商场,张腾飞才长长吐出一口气。

"你怎么会在这里?"张腾飞问。

"我和欣然在这边吃包子……"贺小秋找了一圈人,突然发现某个说好要等着自己的家伙已经不见了踪影,留她单独面对张腾飞。

第24章

小公主的表白

林欣然觉得自己溜之大吉无比正义，在贺小秋义无反顾地冲出去后，她这个配合盯梢的自然不会继续当电灯泡，让两个人自行发展就好了。

忙碌的一天，也是有成就感的一天，网络上满是对情声的溢美之词，一款"精致"的音乐APP名声在外，自发的口碑传播已经开始，她和杨蕾只需要稍加引导，就是能推动情声更上一层楼的浪潮。

林欣然出门坐上地铁回家，心情愉悦。

到了楼道，她正掏出钥匙准备开门，却隐约感觉到气氛不对，一侧头正看到那个再熟悉不过的身影，忍不住脱口而出："妈！"

陶珍慌了，彻底慌了，想好的台词完全对不上眼前的场景。

听到脚步声响，抬起头，她就认出来了，那是日思夜想的女儿。

"妈，你怎么知道我地址？"

陶珍不作声，直接掉头就要走。林欣然终究是把母亲拦了下来，拉进了房间。

干净整洁的开间公寓，添的物件不多，书籍为主。

握着一杯温开水的功夫，陶珍已经把这里看了个遍，再看几个月没见的女儿，不由生出几分心疼。

林欣然先低了头，各种承认错误，态度之诚恳，让陶珍心里窝的火散去了不少。

不见还可以怨，见了就舍不得了。陶珍轻轻抚着女儿的脸："天天吃馆子、外卖，尽是地沟油，圆了一圈……"

"怎么可能！我瘦了！"林欣然大声抗议，却是握了那双手，轻轻地倚了上去，那熟悉的温暖和粗糙，似乎是上天对她努力生活最好的奖赏。

妈妈竟然连个电话都不打，就在外面守候着自己下班。

这种感觉很好，看来妈妈原谅了自己。之前自己的固执，其实是对一个不确定结果的胆怯，就像薛定谔的那只猫，在盒子打开之前难判生死。

现在这个问题不用再担忧，已经看到了答案。

所以，这一声妈，明明是抱怨，却比之前在楼道里面喊得更加亲昵，惹得陶珍心里愈发酸楚了，之前的争吵决裂再没什么重量，一切似乎又都回到了从前。

"你啊，也真是倔……在外面撑那么久都不肯服个软。"陶珍点她脑门。

"嘿嘿，你疼女儿可以光明正大疼嘛，偷偷看我，被我发现了吧。"林欣然得意。

陶珍脸上青一阵白一阵，不知道如何作答，索性重启她习惯的愤怒模式，数落道："我还没说你呢，你和你爸偷偷联系，合着父女俩合谋，就躲着我，我要不是查他手机……"

听着母亲不经意带出的真相，林欣然盯着母亲，忍不住嘴角一丝笑意荡漾开来。

"我知错了，母亲大人！您大人不记小人过吧！"

随后陶珍也笑了，拉着女儿抱在怀里，轻轻一叹："今晚回家吗？"

"有鱼香茄子就回！"

"你就是这么吃胖的！"

因为再一次的解围救场，张腾飞想请贺小秋吃饭，而贺小秋本就是吃了一半跑了过来，抚着还没有满足的肚子，趁势就提出要去一家她喜欢的餐厅。

距离不远不近，最后依了她的意愿，两个人步出商场在宽阔的街道边上走过去。

张腾飞一向是在地铁中穿行的地下蚁族，已经有太长时间没有领略过这座城市的地表风光。平日里他总是步履匆匆，此刻依着女生的步速，闲慢走着，感受到首都日益的摩登繁华。

出了西直门的凯德 mall，便是北二环和西二环交汇的大型立交桥，在地面望去，那些钢筋混凝土堆出来的城市血管粗大而复杂，像空中迷宫，只是仰望都会头晕，怕是一头扎进去就找不到出路。

贺小秋偷偷看了一眼张腾飞，生活中的他远没有讨论工作时的强势，很尊重女生意见，但真该拿主意时，却从不会缺席，这是让人很有安全感的一点。

便如他走路，目视前方，不左右乱看，那双眼睛凝实不飘，也没有任何不耐烦的神色。

"快到了，也就五分钟。"她没话找话。

"你走累了，我们可以停一下。"张腾飞随意道。

"没，我其实想说……"她突然停步。

"嗯？"他也停下来，看着她，等待下文。

"我当时冲上去，也不光是给你解围，其实也是因为你和别的女生在一起，我不开心。"贺小秋虚踢了一脚。

"你那脾气天天说来就来，不开心也是……"张腾飞突然也愣住了。

他再迟钝，也意识到了这话背后藏的一些意思。

贺小秋突然挽住了他的胳膊，扬起那张藏不住喜欢的脸："但轰走你那个前女友，我就开心了。我说话直接，你可站稳了……我觉得咱们挺有缘的！让我真的做你的女朋友吧！"

张腾飞张大了嘴，吃惊地看着她，表情似乎是在说，还有这么直接的人。

贺小秋眼里的欢快突然变成失落，松开了他的胳膊，正当她忍不住想哭，要走开时，却突然被一只大手拉住了。

"好。"

她活泼、刁蛮、任性，但也可爱、善良、调皮，张腾飞早就对这样的贺小秋动了心，但他过去不敢想两个人的未来。毕竟，贺小秋是比袁雨桐更蛮横娇贵的小公主。可看着贺小秋失落的眼神，他下意识地答应了。

女孩的脚步瞬间轻快起来，拉着他寻到了一家西餐厅，外表并不起眼，但里面的装修却自带宜人的舒适。

不喧宾夺主，不刻意卖弄，一水穿着马甲西装的男服务员走路快捷无声，服务专业而熟练。

打开菜单看到一个冷盘的价格都要238元，张腾飞有点头痛。

"菜不合胃口吗？"贺小秋难得地体贴入微了一次。

张腾飞连忙笑道："看起来都很好吃，挑花眼了。"

"我选的店能差么？"贺小秋得意了一秒，突然凑到他耳边小声道，"本来，想等吃饭时，借着这里的气氛音乐和你讲那些的，可在路上就忍不住了。"

张腾飞推开了她的小脑袋一点，心想：如果在这里你在表白，也许我就要考虑更久了。

在太多冷眼里长大的穷人，对贫富差距的认识比蜜罐里的小公主清晰得多，毕竟现实的大山无时无刻压着他们，比如眼前这顿饭，两人就吃不到一块去。

林毕腾这天和几个老朋友们去郊区水库钓鱼，晚上就在山脚下的农家乐享用一天的收获，酌上几杯白酒，醺醺然身心皆轻，却又不至于恶心难受，正是恰到好处的量。

可一推开家门，酒却醒了一半，应该等在家中送上没完没了唠叨的老婆竟然不在家，也没有留下字条说明去处。

已经晚上快9:00，打了电话却没人接，林毕腾握着手机，琢磨着要不要打110报个失踪。吱呀一声门开了，陶珍和林欣然各提着一大袋食材，有说有笑地从外面回来了。

"这么点酒都喝出幻觉了？"

林毕腾揉着眼睛,坐在沙发上一脸蒙圈。

"老林,你钓回来的鱼这么小啊,够谁吃啊!"

"爸,你在这发什么呆呢!"

多久没有见一家三口其乐融融的一幕了。

林毕腾看看老婆,再看女儿那张蕴含笑意的脸。

"然然?"他后知后觉的喊了一声,想要确认。

"爸,我妈把我接回来的。"

林欣然着重强调这一点,不无炫耀。

"老林啊,女儿回来了,你晚上再霸占卫生间,我可就要收拾你了。"

陶珍故作严厉地瞥了老伴儿一眼。

"那必须的!遵命!"林毕腾瞬间明白老婆的意思,些许不好意思之后满脸是笑。

此时的孟涵正在参加商务酒会。他有时候会怀念在国外念书时,和寝室同学一起肆意喝威士忌的日子,那叫一个自在。工作后,再也没有这样轻松喝酒的人和地方。

酒会,"酒"从来只是装点,"会"代表的交际才是主调,话不投机时,酒味自也寡淡。

今天,他代表青柳投资接触一个创业团队的负责人,他们有意图参投,对方似乎已经有了其他资金来源,对青柳兴趣缺缺,孟涵一直没找到深聊下去的契机。

"樊叔,孟先生,你们原来认识啊!"

一身晚礼服的祁静秋出现在两人身旁,原来她与那位负责人樊总是世交。

陶瑜看好祁家,祁家也很认可孟涵,所以祁静秋知道孟涵有意拿下这个团队之后,不动声色帮忙说了不少好话,孟涵立刻表现出了卓越的市场理解能力,成功得到了改日进一步深谈的邀约。

"谢谢你了。"那位樊总走后,孟涵对祁静秋表示了感谢,刚刚两个人不用交流的小配合,让他觉得默契又舒服。

"主要得靠你自己的实力打开局面,我只是帮敲了下门。至于感谢,光说可不够哦。"祁静秋和他碰杯,浅抿了一口。

孟涵犹豫一下,又想起母亲的要求,顿了下,还是主动邀约道:"俄罗斯国家交响乐团近期在北京,有空一起吗?"

祁静秋点头,笑容矜持……

林欣然这晚上留在了家里,她的房间早被收拾了出来,曾被丢在门口的物件们又都复归原位,甚至连位置都和记忆中一模一样。

但她没有睡自己房间,陶珍拉着她说话,母女两个比她刚回国时还要再亲一些,准备就这么聊上一夜，林毕腾则被毫不留情地踢到了次卧。

也许是职场上历练了一圈，林欣然更能听进去母亲的唠叨了，以前觉得自己聪明绝顶，那些老掉牙的告诫都过了时，等亲身经历了才明白，历史不断地循环，那些经验之谈自有道理。

陶珍的心气也平顺了不少，知道林欣然在职场上站稳了脚，听着她如何熬夜去准备要评估的策划，隔着时间，也能感受背后付出的辛苦努力。

到了今日，陶珍也不强求女儿找个安稳清闲的工作了，而是为她此刻的成就骄傲。

这一聊，真的几近天明，因为听说林欣然周日还要加班，陶珍这才赶忙催她睡下。

家里的小区绿化不错，代价就是蚊子多，陶珍把驱蚊液安好，看了好半天女儿，才悄悄离开。

第 25 章

妈，我想你了

第二天早餐时，陶珍有些试探性地问："今晚还回家吗？"

林欣然看着母亲殷切的眼神，犹豫了半晌，还是摇摇头："公寓租金都交了，离公司也比较近，我先住那边。再说我时常工作加班没点，太晚了也吵你们休息，等我再稳定些就搬回来。"

陶珍点点头没有再多说，林毕腾心疼，却不善言辞，把女儿送出了门，回来看着老婆，一直瞪得陶珍都不自在了。

"干吗啊，没事干了？"她抬起头来。

"老婆你现在脾气真好，看到你们又能坐在一起聊天说话，觉得真是老天保佑。"林毕腾揩了把眼角。

"脾气好？我这也是被你们父女俩逼的。"陶珍放下筷子，嗔怪道，"咱们的女儿翅膀硬了，本事大了，一个人在外面还真折腾出朵花来，我再说重了，指不定又跑没影了。没得选，我只能收着点脾气，虽然她不在眼皮子底下，但至少还是在我能看得着的地方，知道她最近过得什么样，这心啊，不用一直揪着……"

林毕腾轻轻一叹，他知道陶珍表面上强硬，但自从林欣然离家后，晚上经常起来翻身，睡得一点不踏实。

陶珍长吁短叹了一会，林毕腾在边上一直搭腔，拍马屁。没想到，陶珍眼珠子一转，怒上心头：

"别以为你说好话，就能让我忘了你瞒着我干的那些事情，偷偷和女儿联系那么多，竟然一点风都不给我透出来，姓林的，你在家搞地下工作呢！"

林毕腾只能小心赔着笑脸。

一拍桌子，陶珍喝道，"去，把屋里好好给我打扫一遍，别让我看见一点脏，尤其是卫生间！"

林欣然回到公司，就被贺小秋堵了，一副要找她算账的样子。

但林欣然先一步就看出来贺小秋今天气色极佳，还精心打扮过，抢先发难："女为悦己者容，看来我这个电灯泡撤退之后，你是拿下目标了！"

贺小秋脸红了，小声又不无炫耀地道："哎呀，也没什么的，就是……确定了关系。"

这一天情声都在开会，先是卞嘉德召集所有员工开会，分析汇报了情声全渠道推广之后的良好数据，透露第二轮融资正在洽谈中，多家投资公司都有意入局，估值会翻多倍。

对内，所有部门的员工都会增发一次季度奖金，调休的假期可以在部门总监批准后执行。

在这之后，卞嘉德留下了总监、副总监级别，表示公司会拿出来一部分股份做股权奖励，惠及管理层和优秀员工，具体的分配方案还在由专业机构进行评估。

这是最核心的利益分配，像张腾飞这样把全身心都扑在公司的员工，指望工资无法在北京安身立命，有了股份奖励，房子就不只是梦想。

"咳咳……散会，你们去做自己的工作吧。"卞嘉德挥了挥手，有些疲惫地坐在椅子上。

"身体不舒服？"纪京武发现卞嘉德脸色有些苍白。

卞嘉德叹一口气："唉，年轻时健康透支得太厉害，现在有些熬不住了。"

"身体最重要，一定得抓紧去医院看。"纪京武提醒。

"就是有点累，没事的，等这轮融资谈完，回老家养一段时间就好了。"

卞嘉德看着昏黄的窗外，想念老家青山绿水间，澄明的蓝天。

纪京武和杨蕾分别又给运营部开了两轮会，关于后续不同方向的工作布置。

回到工位上，许念告诉林欣然要负责第一部分的会议记录，下班之前交给纪京武。

"没问题。"林欣然立刻就开始忙碌起来。

她做事一向利索，刚才有会议的录音，自己也认真记下关键点。没过多久，一份格式条理都非常清晰的会议记录就整理好了，她检查了一遍，直接就发给了纪京武。

毕竟昨晚上几乎没有睡，她赶着今天正点下班，晚上好好补一觉。

谁知，纪京武把她喊到了办公室，很不满地训斥道："你又把许念做过的会议记录交上来做什么！我要你负责的是第二轮的会议记录！脑子呢，落家里了？"

"可是我……"

正好要接电话，纪京武没有给林欣然解释的机会，挥手让她出去。

关上门，林欣然明白过来：自己的任务是许念分配的，她故意传达给了一个错的信息给自己。

林欣然气冲冲回到工位："你什么意思，故意给我传错纪总的话！"

许念回过头，脸上隐隐有得意之色，从容地问她："欣然，我不懂你在说什么，纪总让我通知的我都通知到位了，你误会我可是要拿出证据的。"

林欣然想要反驳，可当时许念口头转达，连聊天记录都没有，她接下来有太多理由可以推脱了。

这么一想，多说无益，变成一个冷笑："是吗，就算这次是我耳朵不好，没有下次了。劝告某些人，不靠本事吃饭，靠这么LOW的手段，迟早自己挖坑自己被埋。"

"呵呵，谁埋谁还不一定呢，自以为是，实际什么都不是。"许念说完，拎起包下班。

林欣然冷脸坐回自己的电脑前，开始整理第二轮会议的内容，大家都陆续离开，只有她还在继续奋战。

这次的记录文件，林欣然加倍小心，格式和分段都用心调了半天，这才发送给纪总。

她会把今天的事情记在心里，不是为了报复，而是让自己不要再犯同样的错误。

明知道许念不喜欢自己，在有可能出现错误的地方，她就应该小心谨慎多确认下，可她当时只想快些做完下班，就疏忽大意了。

早晨出门时，母亲还嘱咐她人心隔肚皮，在公司做人做事都要多加小心，结果今天立刻就有了教训。

去往车站的路上，林欣然摸了摸咕咕叫的肚子，路灯把影子拉得好长，俨然一副孤单可怜的样子。

忽听得一辆破普桑对自己按喇叭。

"窦娥姑娘，上车！带你去吃小龙虾！"姜承东探出脑袋，下午听到了她的抱怨吐槽，知她委屈，放心不下就来这里等她。

林欣然嘴上却是不肯饶她："别喊我窦娥，这是咒你自己。"

"额……"姜承东一愣。

"窦娥可是守寡孀居，才被无赖欺负的，文盲！"林欣然嘲笑他，"你就是爱读书不求甚解的典型。"

姜承东不以为意："你这是尽信书不如无书的典型，窦娥是关汉卿虚构的，到了我这现代版，自然是为夫考上大官，来代你主持公道了……接下来，你就把小龙虾当你那同事，扒皮剔骨，然后一只只吞掉……"

"呸呸呸！我没那么残忍！"

我不是妈宝

后海边的烧烤店，露天的椅子摆在湖边，夜风一吹，说不出的凉爽惬意。香辣可口的小龙虾配上冰啤酒，不远处一家家酒吧飘来浅吟低唱或嘶吼黑嗓。

这才是真正的周末啊！

林欣然靠在椅背上，看着波光粼粼的水面，心情愉悦了几分。

姜承东趁机道："哪天你来我家一趟，见见我妈，考虑得怎么样了？"

"你怎么还记得这事儿呢！"林欣然本能排斥，正式去见沈萍，她总觉得没准备好。

"当然没过去，我妈对你有误会，见面好好聊聊，也就解开了。"

"我也不是第一次被人误会了，反正我是窦娥，有你这青天大老爷主持公道。"

"可要是大老爷后院起火，被皇太后发配，你可咋办？"

林欣然不紧不慢地把两只纠缠在一起的小龙虾拆开："21世纪了，婚恋自由，别说没过门的，就是过了门，我改嫁也不晚。"

姜承东被她噎得干了半杯酒，无奈哀求道："我夹在你们中间太难做人了，就当帮我找条活路！我看我不是妈宝，是妈也嫌弃，女友也嫌弃！可怜！"

林欣然听着又好气又好笑："好吧，那我下周去你家一趟？"

她终究是答应了下来，也许是因为刚刚和母亲陶珍和解，明白天底下母亲爱孩子的心都是一样，子女要多体谅父母。

即使姜承东说得很轻巧，一再要林欣然不要那么紧张，到时候他会安排好一切，但林欣然还是放心不下。

姜承东的盲目乐观是因为不成熟，林欣然要求他配合着自己挑衣服，选礼物，参谋着和长辈该说不该说的内容，完完全全是按五百强面试的标准去准备。

她甚至还让姜承东扮演沈萍和她对戏，两个人近期最多的话题就是有关于此的急智问答。

林欣然不再是学生时代那个怼天怼地的女孩，北美的留学生涯，职场的高强度历练，让她学会更多为人处世的道理，不能硬碰硬，要以智慧解决问题，以和为贵。她不想做失去才知珍惜的人，像张腾飞的那个前女友一般哭得毫无尊严。

对方的家庭，是亲密关系绕不过的一关。

准备充足时，迎难而上就是了。

转眼又到了周末，情声因为大版本已确定，大家基本都能在上班时间赶完工作，似乎进入了一种按部就班的节奏。

但林欣然明显感觉到公司里有一种暗中较劲的临战气氛，卞嘉德要做股权激励的消息已经传开了，管理层的份额大家不敢去想，但是"优秀员工"人人都有机会，很多人的工作态度都变得积极了，生怕在这考核的关键时刻被刷下来。

从激励效果来说，卞嘉德这一步走得很成功，一道风放出来就已经开始推动着大家上进。

虽说无论大小老板都画饼，但情声这张饼，起码是让人看到真实的可能，不是那些只讲情怀，胁迫员工"自愿"做奋斗者的小作坊。

因为情声步入正轨，所以贺小秋才能把张腾飞约出来玩耍，同时叫上了林欣然和姜承东，看看电影吃吃饭，准备回归正常年轻人的生活。

第26章

人活着就要不停地折腾

一大早，姜承东收拾行头要出门，沈萍一直在旁边盯着，没好气地问道："见谁去？"

"小秋。"姜承东故意喊得亲昵。

这是他早就想好的回答，从各个角度来说，这都不是说谎。

只不过同行的还有母亲不想听到的林欣然而已。

沈萍有些不放心，姜承东也机灵，拿出自己和贺小秋的聊天记录给沈萍看，两个人商量时间地点你来我往，倒不是作假，沈萍才放心下来。

"这才对嘛，贺家这姑娘长得讨喜，性格又好，更关键是……"沈萍拉着姜承东，"家里好几套房呢，都写的女儿名字，你娶了这样的老婆少奋斗30年。"

"妈，你提这些干什么，婚姻又不是做生意，你看重人家房子干什么。"姜承东不喜欢母亲的算计。

"哎呀，我的傻儿子，婚姻难道只谈感情不谈钱？这些年有多少新闻都是新郎新娘，因为房产彩礼掰扯不清，一拍两散？"沈萍连连提问。

姜承东无言以对，这确实是当下屡屡见诸报端的事，只得道："那都是个例，我有手有脚，靠自己赚钱！"

"少来这套，我们两口子从小就没穷了你，我的儿子我能不了解？你花钱大手大脚，根本存不下来，还想靠自己赚钱？以后生了孙子都得我给带，给小的贴奶粉钱，说不定还得给你这个大的贴零花钱呢！"沈萍点着姜承东的脑袋。

姜承东有些不好意思："妈，我这不是实习一年么，转正工资就高了……不说了，我出门了！"

"儿子，注意安全。"沈萍顺手给他抚平了衬衣下摆。

沈萍只是随口提及姜承东的收入问题，说完也就忘了，却不料姜承东上了心，开车一直都在琢磨。

在体制内，稳定的代价也就是放弃了短期的收益。基层公务员的收入只能说满足个人的基本花费，结婚生子、买房子可都需要由家里持续供应，普遍要到35岁以后，才有回馈家庭、提高收入的空间。

所以在可以预见的十年里，他的收入就是个定数，自己家也不富裕，给出婚房首付，再无更多。

对比之下，林欣然一个月转正，转正就加薪，收入直接碾压了他，这对于一个男人来说，实在是直不起腰来。

此时姜承东就想着，假如真是和贺小秋一起生活，那就是收入和家境都不及对方，母亲要的是他生活安稳平顺，却从没想过他在那种环境下，能真正的开心自由吗？

正好红灯，他拿起手机给林欣然发了一条消息，有些迷茫地问："我们这一代物质生活满足了，还死命追求精神生活，是不是太贪心了？"

很快林欣然回他："有什么贪心的，各凭本事，人活着就要不停地折腾。"

生命不息，奋斗不止，方法总比困难多。

绿灯亮了，他一脚油门开起来。

地点是贺小秋定的一家桌游店，老板给推荐了不少适合四人玩的桌游。除了贺小秋之外，天天抱着手机电脑的三个人，难得有机会去碰这些东西。

"这有点幼稚吧……"张腾飞皱着眉头，对于贺小秋让他去玩"叠叠高"很无奈，也就是一大堆积木条纵横交错地垒砌成方堡，一次抽掉一根看谁先塌方。

结果玩起来，反而是他玩得最认真。

然而，他那点算计最终还是败在贺小秋偷偷在下面踢桌子，作弊申诉孤立无援，被用口红在腮帮子上涂了两个大圆点，既像古代的媒婆，又像减了肥的皮卡丘，引得三人连连拍照。

接下来又各组CP玩你演我猜，张腾飞竭尽全力地表演解释，偏偏贺小秋的脑回路和正常人完全不在一条线上，怎么提示也猜不到正确的答案，还是姜承东和林欣然更有默契，大幅度碾压式胜利。

张腾飞不甘心地让贺小秋来比画，自己去猜，结果被贺小秋的形容弄得摸不着头脑，再次告负。

事实证明，张腾飞和贺小秋组CP后就变成废柴组了，而人家林欣然和姜承东则是黄金搭档。

连续被队友坑得没脾气，张腾飞想要离开这让他失意的地方："时间差不多了，咱们去电影院吧。"

贺小秋用力扭他："别着急走嘛，开开心心玩就是了，胜败……不重要！"

张腾飞第一次见拖了后腿还这么嚣张的人，却偏偏拿她没有半点法子，从牙缝里挤出来一句："不重要，你开心才重要！"

"亲，你求生欲真强。"林欣然竖起大拇指。

这部爱情文艺片最后的开放式结局，留给观众不少想象空间，大家发表着自己的观点看法。

"其实男主本质上很渣……"林欣然突然语气一顿。

"嗯，怎么讲？然然？"姜承东顺嘴接腔，才发现她走神了。

林欣然摇头道："没什么，你们继续，我发条信息。"

大家继续聊着，她则掏出手机，向着一个方向放大然后拍了张照片，发给了赵琳。

一间清幽的日料店包间，只有两个女人相对而坐，场面似乎有些尴尬。

赵琳手机响了，她点开林欣然的图片消息，不由一笑，把手机屏幕转给对面的女人看："真不用担心我的问题，孟涵现在和您钦定的准儿媳约会得很开心。"

陶瑜看见照片上是孟涵和祁静秋排着队在买爆米花，心中不无欣慰，但赵琳安之若素的样子让她另眼相看。

毕竟陶瑜是大学学院的副院长，官威还是有的，普通女生见到她都各种小心紧张，偏偏这个赵琳自见面以来都波澜不惊，淡然平静，知道自己正追求的男生和别人约会，笑容也自然得很。

"我培养出来的儿子，他会接受什么样的女生，我比谁都清楚。"陶瑜淡淡地开口，"你使小手段接近他没有用，就算他贪新鲜迷了眼，我也绝不会让你进我家门。"

"门当户对，的确很重要。不过，大清已经亡了100多年了。"

陶瑜哼了一声："少摆这副看破凡俗的清高样，你因为私德问题连大学都没念完，别想进我们孟家！"

赵琳眼一挑："你调查我？"

"和老朋友随便聊聊罢了。"

"没上完大学我照样有本事挣钱享受生活，孟家真不是什么高门大户，太拿自己当回事了吧。"

"逞口舌之利，也改变不了你曾经的历史。"陶瑜并不生气。

赵琳无所谓地笑笑，举起清茶一饮而尽，起身道："孟伯母，我想告诉你的是，我大学时被同学性骚扰，他传播我的负面消息诬陷我，那都不是我的错，我没必要因为你们这些人的偏听偏信，继续伤害我自己。另外，我追求孟涵，只是因为他那个人，恰好击中了我的一点少女心，和你有多少钱、掌握着什么人脉、享受着什么样的东西，没有半毛钱的关系。既然现在他有了自己的选择，我也不会再主动上前打扰，今晚我就会在那家店辞职，也请你以后不要再来找我，可以吗？"

"只要你不和孟涵纠缠,我自然不会再找你。"陶瑜点头。

"那孟涵纠缠我时,您也不要再亲自下场做这种无聊的邀约了。"赵琳把茶杯往桌子上一放,骄傲地提起自己的包出了门。

"我的儿子,会对你纠缠……笑话!"

年轻人的饭桌上,自然有更多的活力和聊不完的话题,尤其是情声刚刚收获如此巨大的成功,同一个公司的三个人忍不住谈起互联网的发展形势、情声以后取得的成就,以及在自己领域还能玩出的新功能。

贺小秋还好,认真做事情契合用户审美就可以,对APP的深度认识无非是这个好看那个好用,路人水准。

但林欣然和张腾飞不一样,他们都是有野心有想法的人,指点起移动应用市场的江山,那叫一个慷慨激昂,优点缺点罗列出一大堆,恨不得把全天下的新功能都让自己家软件包罗进去。

"我想尝试以歌单为单位进行歌曲推荐,好歌永远不够听,一次添加推荐一首,哪里有一下子加歌单过瘾?而且现在用户时间紧张,也越来越少时间去维护更新自己的歌单,这个功能一出,我们在体验上就能和其他软件拉开差距。"

"可以啊,说起加歌,我准备深究一下用户习惯的算法,咱也得与时俱进把大数据玩起来。"张腾飞则是亮出了自己最近的思考心得。

"那你可得辛苦了,如果这真在技术上实现的话,用户就会彻底留在我们情声了。"林欣然听得眼睛放光。

姜承东开始还能跟上饭桌的话题思路,靠着自己广泛的知识储备,讲出一点有道理的见地来,后来随着两个人越说越深,他发现自己想要参与都难,仿佛是一个局外人,只能落寞地吃菜。他夹过一段鱼来,用筷子剔那些细肉,和整排的刺较劲。

"股权激励,我觉得飞哥你肯定少不了!我这种资历尚浅的员工就不知道了。"

断断续续的对话飘进耳朵,又是该死的钱的问题,姜承东在体制内只有稳定的工资,在公司奋斗的人,好像每一天都有新的收获和挑战。

林欣然意识到姜承东沉默得有点久,"喂,这位同学,上线啦,怎么哑巴了!"

姜承东苦涩地说:"羡慕你们收入涨得快,在想着我怎么就考了公务员呢?每天做的事情也是日复一日。"

张腾飞道:"你这工作也是很多人削尖脑袋想去做的啊,稳定、安逸、高福利。你要是天天对着不断进化的BUG,就会发现重复是一种多么幸福的事情了。更何况过上十年,等你成了领导,同学同事都成了领导,我们升斗小民,也得求你们办事去。"

"对对对，在公司可有变态上司，还有比天气变得还快的审美，赤裸裸地折磨啊！"贺小秋也连连点头。

张腾飞："变态上司是什么意思……"

贺小秋调皮地做了个鬼脸。

姜承东面色惆怅："以后的事情谁也说不准，体制就像围城，里面的人想出去，外面的人想进来。"

"既然是替未来作打算，本身专业又需要熬资历，你可以发展自己的爱好成为一项专业技能。"张腾飞鼓励他。

"我的确得再好好想想。"姜承东暂时没有头绪。

林欣然不置可否地耸耸肩，明显不相信姜承东会有什么作为，这让姜承东心里很受伤。

第27章
时间才是最贵的奢侈品

地下车库，孟涵才从电影院出来，载着祁静秋驶向一家预定好的餐厅。

路上，祁静秋一直在吐槽电影："国产电影就是媚俗，全都是下三路的笑点，几句话就能说清的事情，愣是拖拖拉拉掰扯了两个小时，恐怕有生之年是看不到超越好莱坞的希望了。"

她是西方电影的推崇者，在美国留学时还朝圣一般地去了好莱坞几大电影公司参观，阅片量爆表，挑起毛病来那可真是如数家珍，竟然有停不下来的趋势。

堵车本就让人烦躁，孟涵听得有些腻了，忍不住打断她："这部电影缺点固然很多，但也没有你说的那么不堪，至少它轻松不闷，该有的起承转合节奏清晰，演员摄影服道化都在国内水准线以上，绝对是一部合格的商业片，从现在的票房走势看，不差于同期的好莱坞电影，最终收益绝对是爆款，要承认国内影视行业还是在进步的……"

"卖钱就是进步了？"祁静秋鄙夷地打断了他，"电影是艺术，是思想的载体，一大堆无聊的笑话撑起空洞的情节，没有半点深度，这也能叫进步？孟涵，你怎么能为这种片子说好话？难不成电影出品公司你们青柳参投了？"

孟涵眉头微皱："我们没投，但是有考量以后投资这位导演。我只是觉得，合理的批评是进步的动力，但一味批评，也并不能显示出你的水平。"

祁静秋生气道："停车，我要下车！"

孟涵赶紧把车开到了路边，有些不解地问她："怎么了？"

"恶心的铜臭味，你们老老实实投资房地产项目、搞软件不行吗，为什么非要污染电影？"

"天下熙熙，皆为利往，因为电影赚钱而已，你们公司还投资了小说网站呢，只是你不关心罢了。"孟涵心下不屑她这个调调。

明明自己享受的是父母给的金钱，过着最优渥的生活，却还反过来吐槽这些钱来得不干不净，这是什么鬼逻辑？

祁静秋微愣，随即有些委屈地道："那是他们的事情，我只是一个观众，吐槽两句罢了，你还非得和我争个对错吗？"

我不是妈宝

孟涵语塞，这才发现确实是自己太较真了，和女士交谈表达一下观点即可，没必要非得占到上风。

"这顿晚餐我不吃了，再见。"祁静秋推门下车，走出好远突然顿住回头，见他还坐在车里，气得直跺脚，这才招手拦车扬长而去。

显然，祁静秋在耍小姐脾气，等的是男生追两步劝两句，这事也就过去了。

可惜孟涵却不是那让女生任性的人，陶瑜早就教过他，男女的相处也是一场战争，总有优势一方劣势一方，割地求平安，最后早晚被侵吞得连渣子也不剩，犹如以地事秦者也。

当然，这般和女生争论，也不是惯常的风度，自己是哪来这么重的好胜心呢？

他不断回想，突然恍然，大抵是因为祁静秋逻辑太缜密，侃侃而谈、头头是道的样子，有几分陶瑜的风采。

时间最是抓不住的沙，尤其是现代人工作、家庭、娱乐、自我提升，种种事项填充了生活的每一个角落，出地铁坐电梯的短短间隙都要拿出手机刷刷信息，逐渐生出了两种极端：一种是精疲力竭到碰枕头就睡着，另一种是压力变成笼罩心头的惶恐感，令人大脑空乏，夜不能寐。

就在这般浑浑噩噩的循环往复里面，总是要到某个喘息的空档，才忽然反应过来，又是一大段生命白驹过隙般溜走了。

这个周五的晚上，赵琳约了林欣然和贺小秋到自己家小聚，只有三个女生，装修精致的一居室，布置了一套很不错的音响系统，放着音乐聊着天，与工作日的繁忙相比，仿佛天堂与地狱的差别。

"你竟然辞职了？好羡慕你这么来去自由，天天上班要麻烦死了！"贺小秋满眼都是小星星。

"上周日就不干了，闲不住，明天准备出发去南方旅游一圈……唔！"

贺小秋把手里一颗小西红柿塞到了她嘴里："别说了，你的人生就是我的理想啊！我才下决心减肥，你再说就要气得我暴饮暴食了。"

"别吐槽了，你要是舍得天天看不见张腾飞，安心做一个包租婆也不用上班。"林欣然维护赵琳，然后有些担忧地对闺蜜道，"是因为孟涵表哥吗？"

赵琳笑得毫无破绽："和他有什么关系？我不想继续了，不奉陪而已。"

林欣然一脸不相信，她可没忘，赵琳是因为想接近孟涵才去的咖啡厅工作。

"好了，别担心我，感情对我从来都不是奢侈品。"赵琳投了一个魅惑的眼波，"我只是需要一段时间来度假，放松心情，好好计划接下来的生活。"

人啊，总是要向前看的，别人的成见再多，她自己不能看轻了自己。

"我的天，今朝有酒今朝醉的人，字典里面竟然也有计划两个字了！"林欣然惊呼。

"许你们的 APP 天天更新，我就不能升级版本吗？"

"那我们以后得叫你赵琳 2.0 版吗？哈哈哈！"贺小秋突然插话，笑得不能自已。

林欣然顺势接茬："听见没，小秋说你越来越二！"

"你们俩再敢放肆，今晚我可不下厨了！"赵琳的威胁让两个吃货立马消停。

饭菜摆好，林欣然又提起一个新的话题："来，帮我参谋下，后天要和姜承东去她家，我要注意些什么呢？"

姜家，姜国胜和沈萍在客厅看电视剧，姜承东在自己房间对着电脑，少见的没有打游戏，而是戴着耳机，听着悠扬的曲调敲下一段段文字：

"马克西姆的《出埃及记》是一首给我带来过震撼的曲子，钢琴和人声交相辉映中，似乎把一片苍凉的沙漠拉到了眼前，西沉的红日照射着旅人和驼队，晶莹的汗珠落在沙土上，迅速被吸收殆尽，但是他们一路前行的脚步却从未停顿……"

"当你觉得孤独无助时，想一想还有十几亿的细胞只为了你一个人而活。"

"周杰伦把爱情比喻成龙卷风，我觉得特别贴切。因为很多人，像我，一辈子都没有见过龙卷风……"

或是用心点评，或是暖心鸡汤，或是机智段子，他变换成不同风格，在很多歌曲之下都留下了自己的评论。

这不是无聊，而是他一定要做出点样子给自己、林欣然和父母看。

情声目前在向全网招募优秀音乐评论，点赞数据靠前的有奖金，而且还有"职业乐评人"招募计划，给获奖者建立专栏。

目前情声的用户很活跃，流量和黏性都很好，但急缺用户原创的优质稿件。

姜承东本来欣赏水平和文字能力就很不错，用心之下，倒是迅速收获了很多同好用户的支持点赞，在达人榜单上占据了一席之地。

"儿子，你舅舅旅游给我寄了份礼品，你帮我查查快递到哪了。"沈萍带着老花镜进了屋，给他看自己短信收到的单号。

姜承东合上电脑，拿起手机，帮她查找。

沈萍觉得儿子有事瞒着自己，多留意了他的举动。

姜承东没有注意到，自己按密码的过程全被沈萍记在了眼底。

夜里，趁着姜承东去洗澡，沈萍蹑手蹑脚进屋拿起儿子手机，解锁翻起聊天记录，不由眉头皱起，越看越生气。

10 分钟后，姜承东和姜国胜在沙发排排坐，对面的沈萍把手机扔到茶几上，气得脸上的肌肉都在颤抖：

"好啊，你们父子两个越来越厉害了，现在合起伙来骗我，互相打掩护？你告诉我每天晚上约贺小秋吃饭，为什么我看到的却只有你和那个姓林的聊天记录，你和她从来没有分开过！"

"妈，你怎么能随便翻我手机呢……我都这么大人了。"

姜承东头发还湿漉漉地滴着水，刚出浴室就被沈萍拿出证据好一顿数落，看向自己老爹，他用无奈的表情表示自己已经全都坦白了。

"爸！"姜承东被父母气得无语了，之前姜国胜跟他说暂时别惹沈萍，先答应下来现在是和贺小秋谈恋爱，由姜国胜负责做沈萍的工作。

结果这工作做到现在，他妈的态度怎么一点没变？

"你们两个对什么眼神呢，还想要串供是吗？"沈萍一拍桌子。

姜承东讨好地笑道："妈，你别着急上火，听我和您解释。小秋其实已经有对象了，但田阿姨贺叔不知道。我跟小秋压根就只能做朋友。"

沈萍一瞪眼："你们现在这些年轻人一个个真是有本事，什么都瞒着父母！那你说说你怎么还和那姓林的纠缠不清？"

姜承东见话题没岔开，只得硬着头皮道："我正准备和您说这个事呢，后天我想把然然带家里来，您见一见……"

"不见，死也不见，天底下好女孩有的是，我再给你介绍就是了，绝不见这姓林的！"沈萍态度硬如钢铁，把姜承东后面的话给堵了回去。

"明天还得出车，我先睡一觉去……"姜国胜一拍脑门，又撤了。

姜承东只能靠自己劝说，可沈萍一句话也听不进去，就说儿子得听她的，终于姜承东忍不住也恼了："妈，我是您养大的，但我也是一个独立的人不是宠物，怎么能事事都随您安排呢？之前选专业、念书、工作已经全都听您的了，我现在就要自己做主，您别再插手了！"

"我给你安排的哪样不好了？你倒是说啊！"沈萍激动地反问。

姜承东板着个脸，心中积蓄着对这现状的不满，但要全推在母亲身上，他还不至于那么无耻，换了鞋拿了钥匙："家里太闷，我去外面转转。"

"小兔崽子你给我回来，伺候你吃伺候你穿，有什么缺你的了？"沈萍大喊，回应的只有大力摔上的防盗门。

第28章
一起联手升级打怪

知道林欣然还在赵琳那边，姜承东一路开了过去，然后两个人在楼下的小花园散步。

"又和你妈吵架了？"一看他的脸色，林欣然大概也猜了出来

姜承东把事情简要说了下，气不过地抱怨："你说她是不是不讲道理？周日你也不用去了，我们的事自己解决，不要他们掺和。"

林欣然想起刚刚还在和闺蜜们讨论如何在沈萍面前好好表现，这一周更是花了大把时间去准备这事，临到头姜承东这边就闹了这一出，不高兴地说："去也是你，不去也是你，你还说安排好一切，能有个准吗？"

"那怪我咯？我天天单位一大堆破事儿，晚上还要写乐评，还得让你们所有人心情舒畅，我欠你们吗！"姜承东没得到安慰反而被数落，立刻不干了，"女人一个个都是神经病，如果都照我安排，早就天下太平了。"

"姜承东，你什么态度！"林欣然十分不爽。

"我就这态度，说了句实话而已，大小姐您的脾气我得照顾着，说话做事都得优先考虑您的喜好，出去吃个饭，我有点过自己喜欢的吃吗？回了家，我妈那边赔着小心，换着花样去哄，生怕太后说翻脸就翻脸，这日子哪有半点开心自在！"

他万分委屈，只感觉自己努力想要弥合亲密关系中的裂缝，结果在乎的人统统在给他拖后腿，工作和事业发展也不顺利，想要做好人，却总是万分艰难，一股气郁结在胸口。

在这个夜深人静的树荫下，月光如水，林欣然不体谅地抱怨，彻底点燃了他对这个世界的不满。

"姜承东，麻烦你早点从幼儿园毕业，你早就不是那个上了饭桌，就一定能吃到鸡腿的小朋友了。大家都是成年人，为什么一切还得照顾你的情绪？"林欣然冷笑，"根本矛盾是你要独立和你妈妈控制你之间的矛盾，这不是我造成的。今天你和母亲的争吵，也是你说谎引起的。"

"我说谎还不是为了让大家都过得去……"姜承东争辩道。

"别来这套，你只是想让自己活得舒服，度过眼前的麻烦，又不想真的动脑子花

力气，结果就选了一种看上去最省力的方法！结果全都适得其反，把简单的事情弄得更加一团乱麻。所以，你要调整努力的方向……"

"再见，懒得和你说。"姜承东听不下去说教，又要走。

他无法否认林欣然的话，他就是很懦弱，生活中遇到麻烦就想随便糊弄就能过去，遇到挫折就退缩。

此刻，他依然想逃。

"等等。"林欣然喊住了他。

"干吗？"

"太晚了，打车不安全，你送我回去嘛。"林欣然语气突然柔和了下来，拉着他的手，有些撒娇的样子。

姜承东没好气地想拒绝，狠话却说不出口，从嘴里挤出模糊的"上车"两个音。

林欣然露出得逞的笑容，乖乖坐到了副驾，系好了安全带，看着他依然紧绷着的脸，也有些心疼。

毕竟他是无忧无虑长大的妈宝，现在这种事情，对他已经是极端的复杂了。

而她确实像他所说，第一反应是自己心情好，很少考虑他，这是以后要改进的地方。

"别着急，我们慢慢梳理，遇到了麻烦多想想办法，总能解决的，咱们一起，好吗？"林欣然语气缓了下来。

"哼！那我得谢谢你啊！"姜承东语气好了些。

"我们可是最佳CP，自然要一起面对生活的各种打怪，联手升级。"

接下来两天姜承东没和沈萍继续吵，因为头发没干就出门了，又肝火旺盛，这一不小心就感冒了，还有点低烧。

当妈的心疼儿子，其他的也顾不得了，给他喂药熬粥，依然是最宝贝儿子的慈母。

夏天感冒最是难受，别人都在吹空调，只有姜承东一个人裹在棉被里等发汗。

林欣然知道了也想去看他一眼，又怕被沈萍轰出来，只能不时问候，明明在一个城市，却有了一种在搞异地恋的相思之苦。

幸好发现及时，照顾得也到位，周一姜承东又活蹦乱跳了，最得瑟的就是他之前做的乐评点赞和回复都疯涨，还有一些人成了他的段子粉丝。

第一次，他体会到了小网红的快乐，开心地和那些网友互动，还不时给林欣然炫耀一下别人的夸奖。

林欣然自然也非常开心，情声是第一个在歌曲下面开通评论讨论区的APP，并且是她力推的功能，本来就是一个没有先例的冒险尝试，迅速发展到现在用户能在下面活跃地交流，一首歌就是一个贴吧，这对她接下来要进行的工作都是一个极大的鼓励。

其间，姜承东贡献的优质乐评，即便人躺在病床上都去活跃地回复，也是引导这股小浪潮的千万助力之一，她怎么会对这么个可爱家伙吝啬表扬呢？

周一，运营部例会，林欣然就做了歌曲评论区的活跃程度汇报，并且提出了聘用"职业乐评人"的必要性，引导大家的创造热情，得到了杨蕾和纪京武对她工作的支持，衡量性价比之后，相关经费的申请他们这一级别已经同意了。

然后纪京武喜滋滋地宣布了一个消息，因为情声的优秀表现，收到了苹果公司的开发者大会邀请，因为和卞嘉德的时间安排有冲突，所以他要代为参加。

他不在公司的时间里，由曹静亦暂管运营部的日常事项。

杨蕾闻言低下头，心里醋海翻波，眼里难免显露，只能垂首掩藏心里的不满。

虽然这段日子情声在外开疆拓土，曹静亦带领的一组功不可没，但杨蕾二组主导的各项任务也劳苦功高，在这种时候把曹静亦放在暂代总监的位子上，杨蕾心里很不服气。

但她不是那种锱铢必较的员工，表面上还是顺从地接受了这个安排。

林欣然听到许念小声嘀咕了一句："得熬了。"

下午临下班时，林欣然发现自己提过去的方案杨蕾几乎是秒批，然后自己的领导就下班了。

按照以前杨蕾的习惯，不管几点一定会认真看完，讲评一番，才会放过林欣然也放过自己，但今天这一举动，透出种意兴阑珊的感觉……

林欣然没有追问，领导的心思猜不透，最重要的是自己做好分内之事，她又自行核算了一遍，挑出两个细节上的疏漏，这才给技术部那边派了任务单。

在出了上次会议记录的差错之后，林欣然工作变本加厉的认真，尤其是细节上力求完美，涉及沟通和多人协调的问题，都会反复确认。

这样并没有耽误时间，反而帮助她做出了不少改进，比如一些表格要怎么填写更方便技术那边执行，让她负责项目推进的顺畅度有所提升，不得不说是意外收获。

除了她，还有一个人最近表现也特别好，那就是贺小秋。

自从得知是张腾飞在卞嘉德面前保下了自己，还立了军令状，她就暗下决心要给张腾飞挣面。即使他已经是"自己人"，她也不想辜负他的好意，负责的部分加倍用心，就是闲暇时间，也会主动去寻找分析行业大拿的作品，以求能做出更好的内容，兼容更多风格。

这种自觉和工作强度，在她过去生活中都不曾有过，尤其是之前加班的辛苦还没有过去，她就瞎疯瞎玩，让她身体虚弱得很。

这天晚上回家就很累，早早睡下，转天头还是昏沉沉的，但她还是习惯性地去了公司，然后就在工位上晕了过去。

这可把张腾飞还有身边的同事吓坏了，立刻把她送到了医院，幸好只是体虚风寒加上点低血糖，输个液，调养几天就没有了大碍。

林欣然忍不住疑惑，是不是有妈宝病毒袭击本市，怎么身边的妈宝小祖宗一个个全病了。

没多久，贺新成和田晓雯先后赶到，看到自己女儿换了病号服躺到床上，全都心疼得不行。

尤其是贺新成，女儿就是他努力工作的最大动力，自己都不忍多说一句重话，竟然在工作岗位上累到昏迷，看到在边上守着还没走的张腾飞，总工的架子端起来：

"你就是我女儿的直属领导吗？你们公司的用人制度太有问题了，需要员工加班才能完成工作的公司，说明是你这个领导无能，现在员工都累进医院了，不像话！我现在就告诉你，我女儿不干了！"

以前贺小秋抱怨过不少东西，她自己都忘了，反倒是贺爸记得清清楚楚，现在通通指责给了张腾飞。

"原来，你说过我这么多坏话啊……"

张腾飞自然不能跟贺新成生气，回过头，对着贺小秋做出一个充满怨念的表情。

贺小秋把脸埋进了被子，有些不好意思，毕竟之前她对张腾飞的印象只有一个：

讨厌的咸鱼王，完美控到毫无人性！

第29章

人前狂欢人后丧

田晓雯连忙拉住了贺新成，在他耳边悄悄说了几句，惊得老头子眼睛瞪得溜圆，惊疑不定地上下打量着张腾飞。

"那个，我刚问了医生，小秋没什么事情，不过保险起见还是观察一个晚上，明天再接回家吧。我们两个没事了，你们年轻人先聊。"

这雷声大雨点小，张腾飞一脸莫名其妙，贺小秋更是强烈不满："爸，妈，你们干什么去呀，我可是病到晕倒，你们不是来探望病人的吗？怎么不管我了！"

张腾飞沉默了半晌，还是忍不住道："我算是知道你这顾头不顾尾的性格，怎么养成的了……"

"你说我可以，但你趁机损我和说我爸妈，我可要和你急了！"贺小秋义正词严地道。

张腾飞被她这样子给气笑了："你还和我急？你在叔叔阿姨面前说我的那么多坏话，刚刚你爸爸这一顿数落，我可是多少年没有受过了……"

贺小秋眨巴眨巴眼睛，也觉得他受了委屈，连忙放柔软了语调，秒变萝莉音："飞哥，我爸就是心疼我，所以才对你说那些。我之前不是误解了你嘛，现在我们这么熟，误会都澄清了，我也知道你是一个可靠的好领导啦，保证以后说的都是好话！"

"行了，也不用太刻意，我也理解你，毕竟我之前也误解了你……"

张腾飞的求生欲突然觉醒，本能的一咬舌头，把后面的话狠狠咽到了肚子里面。

但已经晚了，贺小秋两只小耳朵都立了起来："张腾飞！你以前误会了我什么，最好全都给我一五一十地说清楚哦！"

"那个……那个就是因为你气质天成，高雅华贵，吐气如兰、步步生莲……嗯，总之就是太美了，误会你是一位冷若冰霜的公主大人，谁知道却是如此活泼可爱、平易近人、善良慈祥……"

"呸呸呸，你才慈祥，平白把我说成了老妖婆。"贺小秋听着一大堆褒义词，总算饶过了他。

这只扁带鱼在她的用心调教下，总算掌握了一点油嘴滑舌的窍门，不再是那种三句话把人鼻子气歪的大直男。

情声最新的下载量破千万，注册用户数已经突破 200 万。

随着暑假结束，之前宣传效果逐渐减弱。暑假结束，学生们开始忙起来，少了一大批用户主体，情声增长的势头放缓，不再是各大应用市场排行榜前三的爆款 APP，进入了平稳期。

不过值得庆祝的是，情声的日活用户没有下降，平均在线时长在以非常微弱的速度上涨。这说明软件的品质得到了用户认可，并且因为音乐之外的附加功能，改变着用户的听歌习惯。

大家目前的工作重心是维护和定期推出有刺激性的新功能，同时还有一个非常重要的任务——寻找变现方法，让庞大的用户量转换成真金白银。

别看情声现在的发展一片火热，但完完全全是在烧投资人的钱，人员成本、服务器费用、推广经费……随着用户扩大，维护成本还会增加，而资本没有耐性，他们必须尽快找到突破口，把投资人花出去的钱成倍收回来。

在 PC 时代，大部分音乐软件都免费，少数优秀的精品软件会做成付费购买形式，或者是开放用户捐赠的渠道，这一度是软件开发者主要的获利方式，但这明显并不适用于移动时代。

同类软件有太多替代品，一款收费下载的播放软件注定小众。

那么就只有广告和增值服务了，卞嘉德暂时不同意上广告，所以对于他们来说，就只剩下找契机推出会员功能，制造盈利点了。

杨蕾和曹静亦代表运营部两个组都在做着策划，等纪京武从美国回来就要上交，到时候要开会讨论两方意见。

本来这个策划杨蕾是亲自统筹做，各方面调研、设想、预测模型做得非常细致，显然是想要大干一场。

但是自从纪京武离开之后，杨蕾把半成品交到了林欣然手里，让她继续完善，自己只提供指导意见。

这让林欣然有些摸不着头脑，原本工作狂式的杨蕾近期按点上下班，简直就像一个正常的打工白领，实在是难以想象的画面。

林欣然还有个大烦恼，就是乐评专栏的稿件一直处于紧缺状态，几个她们签下来的专栏作家，全都是兼职写着玩，更新极不稳定，远隔着网线她也没有什么办法有效催更，唯一能抓住的就是姜承东。

不过他的稿子质量却不稳定，林欣然认真帮他校对改文，反而引来埋怨，一来二去，姜承东竟然也变成了拖更状态，导致她更是三天两头地找他催稿，最后亲自追杀到他的单位。

今晚姜承东值班，不用回家，因为沈萍的缘故，他和林欣然的关系又回到了地下状态，这本就让林欣然很烦躁了，结果说起稿子的事情，那位大少爷不仅没有半点愧疚之心，反而发起脾气来。

"我这不是病刚好吗，稿子不是随便就能写出来的，得酝酿情绪，得搜集素材，我可不想随便敷衍更新，坏了我的名声。"

别人治不了，姜承东她还不了解吗？登陆自己的QQ游戏中心，查看好友的最近战绩，然后把姜承东近期的游戏场次截图拍他脸上："你是酝酿情绪吗？每天下班吃完饭就在玩，玩到半夜两三点，脑子里面只剩下德玛西亚，还能有心情写稿？"

打脸来得如此快，姜承东只得做出一副可怜相："这不是我妈看得严，只能在值班时才见你一面，平日对你的思念无处寄托，唯有游戏才能让我稍稍忘记……"

林欣然毒舌道："请化思念为动力，山无棱天地合，才不催你稿。"

"你明天上班前我一定给你稿子，一定！"姜承东连连讨饶，这才送这位姑奶奶回家。

等林欣然走了，姜承东打开word，又登录情声网页版，准备挑选今天要写哪些歌曲，却始终烦躁地写不下去。

他还是惦记着打游戏，同样是敲键盘，一成不变的白纸黑字哪有把对面五个人击杀、升级的提示音效带来的刺激直观。

最重要的还是他在逃避现实。母亲和女朋友还没有在同一个屋檐相处过，就已水火不容，实在头大。

在他病好了之后，又因为林欣然的事情和沈萍拌了几次嘴，他毫不让步，结果就是沈萍发誓不再照顾他的生活，让他自生自灭了，经常他回家都被母亲当空气。

姜承东挫败感越来越重，他觉得积极努力进行过调和了，结果并没有什么改善，反而把自己弄得两面都讨不到好。

事实证明，没有了母亲，他的生活质量大幅度下降，洗衣服、收拾房间、解决晚饭一大堆细碎却需要操心的事情，这时再让他去辛苦地努力，把兴趣变成额外收入，从来没有尝过没钱滋味的他哪还有动力。

"学长，五黑四缺一，快来。"手机震动了。

"好嘞，先玩两把，我一会还有事。"姜承东想着反正答应是明天上班前，值班一晚上很难睡着，自己稍后再赶稿就是了。

"嘿嘿，就等你 CARRY 呢。"对面的军师连发了好几个可爱的表情。

之前帮助他追回林欣然的军师本名秦梦，是他的一个学妹，大学时在系学生会相识，性格爽利又喜欢打游戏，他权当弟弟相处，也在寂寞时倾诉过自己的情感困扰，秦梦帮忙出了不少主意，一来二去秦梦就有了军师这个戏称。

现在开学了秦梦自然也回到了北京，实习很巧地就分配在了姜承东的绿保所。平日有不少的接触机会，实习工作也轻松，导致两个沉迷网游的超龄青年有了更多时间交流，一有空就想要打上一把。

对于姜承东来说，生活有很多烦恼，唯独和秦梦相处的时候，不论是聊天还是游戏，都还有着学生时代的无忧无虑。秦梦对他这个学长一点点的仰慕敬佩，就能轻易把他最近缺失的成就感补回来，不知不觉间就越发沉迷于游戏。

在虚拟世界，他的努力能看见回报，他的灵光一闪立刻见效。

这或许就是游戏让人难以自拔的魅力。一群聪明人设计的感官刺激，全情投入音视特效营造的幻想世界，把现实中需要漫长等待的成功缩短在几分钟到几小时，对于现实中看不到希望的人来说，游戏提供了难得的满足。

现代社会，当不想努力时，有太多的事情可以填充时间，满溢到你连悔恨时不我待的心都来不及生出，就投入了下一场狂欢。

第30章

成年人的幼稚并不可爱

第二天，林欣然在去公司的地铁上查看邮箱，没有发现姜承东交的稿子，又去翻两个人的聊天记录，发现除了晚上 12:00 多一个互道晚安，再没有其他内容。

她忍不住直接给姜承东打电话。

"有事吗，我在跟着领导出勤。"姜承东压低了声音。

"稿子呢？"林欣然质问。

"昨天晚上卡文了，就是写不出感觉……今天下班再写，明天肯定能给你。"姜承东言之凿凿地保证。

林欣然却被他这样子弄得极其失望，直接道："明日复明日，明日何其多！你说话到底算不算数？这是你要做的事情，怎么到头来你自己半点不上心！"

"又不是生死存亡，不急于这一时吧？"姜承东缓了一口气。

"你这是要崛起的态度吗？现在我们这边流量大好稿子少，你只要稍微努力就能获得曝光度，再等下去我们要找运营公司、杂志社约稿，就你一个没名气没作品的新人，根本拿不到推荐，再难冒头，这么简单的道理不明白吗？"林欣然被他气得差点晕过去。

"我又不是非要在你们情声这一棵树上吊死，急什么急……唉，不说了，我要去下一个点了，中午再说。"说着姜承东匆匆挂断了电话。

"学长，你帮我看看，这个仪器怎么总也读不出数，是不是坏了？"秦梦一身监督所的制服，显得整个人英姿飒爽，拿着一些环境监测的专业仪器来找姜承东帮忙。

"没坏，你仔细看背面这几个档位，非接触检测时，你要换到这边……有读数了吧？"姜承东扫了一眼，就知道了原因。

相对于绞尽脑汁写稿、当网红什么的，他每天在从事的这个工作虽然单调重复，但就那几个变量，他闭着眼就能轻松应付。

电话的另一端，林欣然所在的地铁车厢突然冲上了一大家子，几个中老年人结伴带着孩子，本就满得连落脚地方都没有的车厢，被为首两个老人用力一顶，里面的人趔趄出了缝隙，一大家子就趁机上了车。

车厢就像海绵，空间挤挤总是有的，但那滋味并不好受。

"还有下一班，带孩子这么挤多危险啊……"

林欣然正好在门附近，被往上冲的老奶奶横支出去的手差点戳到了眼睛，整个人更是被挤得连胳膊都落不去，横支着手臂勉强够住一点扶手，和身边的乘客彼此借力维持微妙的身体平衡。

她心里对着那个明明不努力，却有着小车开的混蛋姜承东更气了。

林欣然想起赵琳说过，男人追求你的时候，随便使唤，任劳任怨，随叫随到；一旦目的达到，立刻露出大爷本性，仿佛女人认识他是多么大的荣幸。女人却会在耳鬓厮磨间交出去依赖感，平白地轻贱了自己。

现在姜承东竟然敢在自己生气时，主动挂电话了。

林欣然觉得自己是对他太好，顺从得太多，是时候需要让他自己去冷静反思一下，想清楚两个人相处时他该拿出什么姿态。

她把姜承东的电话和微信都设置了免打扰模式，没有拉黑，因为那是小女生的做法，反而显得矫情，只要自己不第一时间去理他就好了。

但事实上，她隔个十几分钟，就去看下手机有没有无声消息。

重复了几次后，她都鄙视起自己来，把手机推得更加远了，强迫自己沉浸在工作里，专注！

就这么到了下班时间，她发现姜承东都没有来"请罪"，不由冷哼一声，给老妈打电话约好回家吃饭。

手机，直接静音。

享受一个人对自己的好，很可能在不知不觉中就当作理所当然，而忘掉它的珍贵。

直到他不在，才会突然惊觉失去是多么难受。

姜承东过得很"充实"，区里正在开展卫生检查，工作上每天都要出外勤，回到家沈萍会阴阳怪气地挑他错，他只能赶紧匆匆填饱肚子，洗漱完往往就会被军师秦梦或者是其他同学喊去打游戏，一直到深夜。

抽离游戏世界之后，是莫大的空虚，体力和脑力大幅度消耗，才恍然发觉又一个可以努力的夜晚离自己远去了。

指尖溜走的时间，错失的机会，虽然嘴上说得不在乎，其实还是介意。

都说平凡是福，但回首一生，谁都怕庸庸碌碌几十年。

他有些忐忑地拿起微信，有未读消息的红点出现在右上角，他真的很害怕自己女朋友催问进度。

打开,才发现未读消息来自别人,林欣然连一条消息也没有。

未接电话也没有。

他猛地一激灵,起身。

好像早上通过电话之后,林欣然就一直没有联系过自己。

在两个人停摆过的恋爱长跑中,姜承东是比较黏人的那一半,又敏感多思,见的风景读的文字听的歌曲,不知哪些片段就会触动他的思绪,需要和人沟通讨论一番,以至于大学时林欣然烦他时,会说要是结婚,干脆你随我的姓好了——这样你葬花就可以说是祖传秘方了。

但有人陪着玩着时,姜承东又常常会忘记有人一直在牵挂自己,所以导致了林欣然在家吃完饭回到公寓,已经对这姜某人越来越气,并且决定这辈子都不再理他。

相处这么多年,林欣然是什么性格姜承东自然也清楚,意识到自己犯了大错,想要打电话又怕时间太晚吵到她休息,导致更大的火气,思前想后,最后只能悄悄发了一条消息试探:"那个……我还在赶稿,估计你已经睡了。"

然后他爬了起来打开电脑,想干脆一鼓作气把欠的稿子写好,起码去哄大小姐开心,也有一个正经理由。

可才下床,手机就传来一声消息的提示音。

林欣然回复他:"赶稿做什么,你和游戏谈恋爱去吧,赢了就有金币,可比人民币有用多了。"

只这一条,后面无论姜承东发什么,都如石沉大海,再没有回复,急得姜承东是抓耳挠腮,纵有十万句才思敏捷的小情话,也使不上力气。

"要不还是用那一招吧……"姜承东无心写作,去翻箱倒柜。

他现在心头只有一个念头,赶紧把林欣然哄开心了,否则这一宿都睡不好了。

第二天一大早,姜承东左手早点,右手一个小巧可爱的水晶瓶子,里面放满了五颜六色彩纸叠的五角星。

两个人暧昧还没有确定关系时,他花了整整一周时间,抄了一千句情诗,叠成了一千颗小星星,送给林欣然,把她感动得不行。

昨夜面对生气不理自己的女朋友,姜承东又想起来了这一招,找到彩纸条,抄了五十句道歉的话,五十句奋斗的鸡汤,然后塞进了瓶子里面。

他没有敢打电话,而是站在林欣然的公寓门口,敲门变着嗓子喊道:"快递,林女士对吧?"

"姓姜的,别玩这套!"门没开,林欣然已经听出是他。

女生独居，又是这种住户很多的公寓，终归是小心为上，所以她网上买东西从来不写真名，而是写着欧阳或是夏侯先生。

姜承东干笑两声："然然你开门，给你带了小笼包，早上饿了吧？"

"不饿啊，我又不是游戏里面的NPC，每天都在固定时间完成投喂任务。"林欣然没好气地道。

姜承东眼珠一转，故作叹息道："好吧，那我只能自己吃了……嗷呜！"

门吱呀一声开了，一只手先伸出来按住了餐袋："你敢？给我带的早点，你一口都别吃！"

姜承东早就料到她的反应，拉着她的手然后挤到了门里，小声道："别生我气了，我给你带了礼物，我连夜叠的。"

哗啦一声，姜承东手上被重重咬了一口，他吃痛松手，水晶瓶子也被摔得粉碎。

"你……你狂犬病吗？"姜承东一夜的辛苦就这么付之东流，莫名火起。

"对，我狂犬病，你离我远一点！"林欣然拿起扫帚，把那些碎片和姜承东一起扫了出去。

"林欣然，你到底要怎么样？"姜承东最后拉住了门。

"我很忙，不想管教小孩子，希望你能做一个成年人，玩弄这些小手段前，先完成自己作为一个男人许下的承诺。"

砰的一声，门被重重关上，差点拍到姜承东的鼻子。

姜承东只感觉满肚子委屈："我白辛苦一晚上了？"

门后面，林欣然也是松了一口大气的表情，然后给赵琳发了一条消息："姜承东来道歉，被我轰出去了，差点就心软原谅这家伙了。"

"表现不错，不枉我的教导。"

"还有什么秘籍？我觉得只这一次，他长不了记性。"

"幼教教材全套了解一下，亲。"

"你逗我呢……"

"不说了，我要换进藏区的大巴车了，到旅馆再和你细聊。"

原来，林欣然并没有真的那么生姜承东的气，以她的性格，耍耍小性子也就过去了，否则也不会一而再再而三纵容这家伙。

只是和赵琳吐槽这事时，赵琳却觉得姜承东这些幼稚表现，从女朋友的角度应该帮助他成长一下。

于是，目标明确，抽丝剥茧，也就很容易分析出姜承东是缺乏责任感，没有危机感，

133

才会在游戏里面不断沉迷。

那么，她就用自己，让他小小紧张一下。

却不料真这么做，林欣然自己总是放心不下，工作闲暇不时就去翻看姜承东的微博，也从侧面了解下他最近的情况。

但这一看，却发现了某个和他互动频繁的账号，虽然聊的都是游戏动漫，头像昵称也很中性化，但她直觉这是一个女生。

果然皇天不负有心人，她翻出该账号分享过的自唱歌曲，更确定了性别。

"游戏中自有颜如玉啊，姜先生。"林欣然悄悄关注了这个账号，这次决不只是要训夫那么简单了。

第 31 章
不当妈宝，真的好难

姜家小区门口一家东北菜馆，用料实在，干净卫生，价格始终非常实惠，生意也特别红火。姜承东最近常来这里解决晚饭，把林欣然带这边来的理由也很简单：月底了，他口袋里面的钱不多了。

"稿子，我已经给你了，下一期的也一并写好了，你看看合不合适。"

姜承东有些忐忑地递上打印稿，相比电子版，还是纸面上的东西更方便涂涂改改，也适合两个人凑在一起讨论，借机拉近距离。

在那天早上气呼呼走了之后，姜承东等了一天林欣然的道歉，结果一直没等来，自己就坐不住了，主动完成了稿子，奈何林欣然看也不看，他又连着苦求了好几天，才算使其火气渐消，成功地将她约了出来。

此外更重要的原因是，沈萍不给他零花钱，只靠自己那份工资，吃饭养车游戏社交，捉襟见肘，林欣然这里还有他上个月的稿费一直扣着……

这可正是打在七寸上，弄得他翻不了身，再不喜欢做的事情，也只能暂时关了游戏，认认真真地完成了。

别人讲的教训都浅薄，只有自己撞一回南墙，才知道回头。

林欣然边吃边审姜承东的稿件，质量尚可，看得出没有敷衍，不由脸上多了几分笑意，余光见姜承东在盯着自己，立刻收起笑容。

"以后还拖稿吗？"林欣然问。

"唉，我不想拖，先前不是烦吗，你是不知道……"

姜承东一肚子苦水，讲了自己这些日子自食其力做家务的痛苦，洗衣服做饭也就罢了，下水道堵了也得自己去通，从来是在实验室无菌环境作业的天之骄子，被脏得差点跪了。

只有自己去做了，他才体会到母亲的不易，又要工作又要操持这个家，那得付出了多大的心血。而他曾经想要独立自主的决心，实践起来异常艰难。

林欣然能感同身受，告诉姜承东自己在刚出国时，也经历过独立生活的锻炼，最后总能适应过来。

"所以，你做这些没问题？那是不是你……"姜承东眼睛里面闪动着希翼。

"呵呵，别做梦了！如果我们未来在一起，家务活最多AA制，不要想多找一个妈替你收拾一切。"林欣然果断压灭他心底那点自由主义小火苗。

"好吧，那我继续修炼好了。"姜承东忧伤地大大吃了口饭。

直到最后两个人分开，她也没有提微博上那个女孩，姜承东的表现，已经给了她足够的安全感。

不得不说，姜承东是个从善如流的好孩子，戒掉游戏之后时间精力无处消解，听林欣然的建议，下载健身软件KEEP，按照上面的指导开始折腾自己……啊不，健身。

蹦啊跳啊汗流浃背，倒真是会让人脑袋没那么多想法，沈萍好奇地探头看了他一会，又回去继续看电视了。

姜承东练到一半，母亲忽然喊说外面有人找他。

这可真不是时候，夏天在室内做运动，他正大汗淋漓，已经把上衣都脱了，只能随手拿起浴巾披在身上，到了门口却发现是一个根本不认识的阿姨。

"小伙子这楼隔音不好，你一动，我在下面卧室听着咚咚咚的，那声音弄得心脏难受，总是担心这房顶要掉下来……"

"对不住了阿姨，我不蹦了。"姜承东这才想起这老楼年代久远，总会有各种各样的问题，连忙给这个阿姨道歉。

送走了阿姨，姜承东回头见沈萍用看好戏的表情欣赏这一幕，不满道："妈，你替我说清楚就行了，非得把我喊出来。"

"你不是独立了嘛，谁蹦跶谁负责。"

"妈，我还是不是你儿子了！"姜承东想要个赖。

却不料沈萍眼睛一瞥："我不当你是儿子，还让你在这住着啊？你去看看，小区一个次卧租金怎么也得两千，要不你交下房租？"

一句话戳疼了姜承东干瘪的钱包，灰溜溜地不敢再和母亲耍嘴皮子，缩回了自己房间。

他兀自气闷，给林欣然抱怨，说是她提的建议害自己被楼下邻居数落。

林欣然自然不肯背锅："你自己的房子住了这么多年，不清楚隔音问题？总有不需要蹦跳的运动项目，你做事之前思考得全面一点。"

得，全怪自己了！

姜承东被两个女人气得没办法，去冲了一个澡直接躺床上睡觉了。第二天早上就后悔了，本来昨晚上计划洗衣服，结果没洗，上班连件干净的衣服都没得穿。

他在堆成小山的脏衣服里翻了一圈，勉强找出一件相对干净的 T 恤，虽然有些皱，也只能凑合穿了。

"没妈的孩子像根草！"他哼着小调，哀怨地看了优哉游哉吃早点的沈萍一眼，无奈地出门了。

还是要想办法平息太后之怒才行啊！

张腾飞家里的阳台上，罗芳养了两大架枝叶繁茂的花草，还有爬满了半面墙的藤萝，俨然一座半空中的小花园。她早就被儿子千叮万嘱不要出去打零工，闲着无事除了看电视，也就侍弄这些小宝贝们来打发时间。

这种城郊的睡城，只有早晚潮汐一般的人流，白天除了一些店家，连说话的同龄人都找不到。周末，罗芳悠闲地在阳台浇花，浇到一半没水准备再去厨房接一些，却见张腾飞端水过来。

"你近日细心了不少。"罗芳有些意外地打量着儿子，以前的他就算不加班，也经常一个人窝在卧室，对着电脑不知在忙些什么，或者是认真看书自学一些新的技术，根本不会关注家里的其他事情。

张腾飞被母亲看得不好意思，大手挠着头皮道："就是正好顺手给妈你递一下。"

"我的儿子我能不了解？你是不是有什么事儿和我说。"罗芳把他这个拙劣的理由怼了回去。

"妈，下周我想带新交的女朋友回来给你看看。"

罗芳浇花的动作顿住了，愣神之后笑道："好事啊，你定了时间和我说，我准备准备。"嘴上笑着，但心里却布满愁云，不想外人来打破母子的平静生活。

月底，情声人事部开始梳理考勤情况。

情声公司实行的是弹性工作制，上班晚到的时间要在下班后补回来，总的工作时长会在打卡机上体现。

而贺小秋同学自上次生病回来之后，似乎一直紧绷的弦断了，工作上开始恢复过往在家赋闲时的放任自流，上午经常迟到一两个小时之久，往往是快午饭时才晃晃悠悠到公司，下班时又和同事们一起走。

情声人事部主管找到了张腾飞："贺小秋这个月有超过十天工作时长都不足，还有三天病假。考勤这么难看，她转正我没法通过。"

张腾飞把责任揽到自己身上，表示一定从严管教属下，又和人事主管说了不少好话，才争取到了一个折中的处理结果，给贺小秋延长两个月试用期。

张腾飞面色不悦地回到了工位，正好贺小秋一副没睡醒的样子，绕过他，悄悄地往自己位子上飘……

"站住，你给我出来！"

张腾飞低吼一声，把她喊到了外面。

面对着人事部打印出来的考勤表，贺小秋也是吓了一跳，吐着小舌头做出一副受到惊吓的样子："这么多次啊……"

"才知道吗？你这两周来都没有正点来过公司，下班倒是准得很，你是不是仗着我是你男朋友，所以就搞特殊？"张腾飞质问道。

贺小秋可怜巴巴地道："才不是！我完全没耽误工作进度啊，该做的我都做了，公司不是说效率第一，活都做完了，我在那里耗点也无聊嘛……"

"可你每次迟到两个小时，来公司就是吃午饭的吗？"

贺小秋眼珠一转，拉着他的大手摇啊摇："那我就要认真地问一问了，今天中午咱吃什么？"

"严肃点！"张腾飞板起脸。

"那个……我晚上不是学习美工技巧，太晚了，这才导致早上起不来嘛……"

"说实话！"

"就是鉴赏、分析世界上最优秀的画师作品……"

"准确点！"

"看动画。"

张腾飞扶额，好像这个家伙一点也不知道问题的严重性啊。

"贺小秋，你给我听好，你面前这份考勤表，是人事部交给我的，而他们的意思很简单，这么玩忽职守的员工，准备开除，先来问问你直属领导的意见，是我帮你挡了下来。"

"你这样，我真的很难做。正好我们这边版本也完成了，你还是回创意部那边，归那边领导比较好。"

"你的转正申请下个月再交吧，考勤别再出问题。"

张腾飞连说了一大段话，才发现贺小秋眼角闪动着泪花："你是……不要我了吗？"

第32章

异性之间没有纯友谊

张腾飞耐心跟她解释清楚了自己这不是要分手，只是以后工作和生活分开，不然公私不分很难做。

贺小秋自知理亏，没有再胡搅蛮缠。她其实挺懊恼自己又一次让张腾飞顶锅，自己闲散的毛病是得治一治。

明明自己之前下过决心，为了让他不被军令状拖累，认真工作，可动漫实在太好看了……

"飞哥，正好7月番也追得差不多了，在10月番养肥之前，我一定好好工作！"贺小秋严肃地保证。

张腾飞无语望天，露出尴尬而不失礼貌的微笑："那你加油！"

林欣然和母亲陶珍约定，每周至少都要回家吃一顿饭，及时汇报自己工作生活中遇到的问题。

这一天下班比较早，林欣然趁着打折给陶珍买的一条金项链也到货了，万事俱备。

饭桌上，陶珍收到女儿的礼物，笑得合不拢嘴。母女两个没有边际地聊着，毫无意外地最后转到了她结婚的事情上：

"你说你现在工作这么忙，都没有时间找对象了，再晚几年生外孙，我都给你照看不动可怎么办……"陶珍一副忧心忡忡的样子。

"找保姆呗！妈你放心，你女儿可是做大事、赚大钱的人！"林欣然连忙宽慰她。

陶珍犹豫了半天，才打断了她兴冲冲的演讲："好吧，其实我是担心你留成了老姑娘，嫁不出去。你那性格从小到大，都不好相处，真担心啊！"

林欣然脸瞬间垮了下去："妈，你这是对我有什么误会？咳，我有男朋友了。"

"什么！你怎么从来没提过！"

"妈，这不是和您提了嘛！就是姜承东，我大学时相处的那个男朋友，您之前不还夸他是个好孩子吗，嘿嘿。"

面对面时，林欣然对姜承东这不满意那不满意，实际上她还是非常认可他，所以才会与他一起花费那么多精力去磨合。

陶珍却是越琢磨越不是滋味，筷子一放，大声道："老林！"

一直在卧室竖着耳朵听母女两个谈话的林毕腾浑身一机灵，连忙道："老婆大人我这次是真的不知道……"

陶珍狠狠盯了老公几眼，让他想清楚以后要和谁保持同一阵营，然后继续找林欣然说话。

她得仔仔细细把女婿备选的情况问一问才行。从工作人品，到家庭条件，这些起码都是认真交往应该了解的情况。

"看来看去，还是有点普通……"陶珍不甚满意地摇摇头。

"妈你以前不就希望我找个公务员事业编的工作，稳定又省心。"林欣然忍不住笑问道。

"那是你，一个女孩家，找个清闲又稳定的工作多好，可男方得赚钱啊，当公务员的话收入太低，他家又帮衬不了多少，以后你会很苦的。"

陶珍摸着她的长发，怜惜道，"你非得去外面闯，现在还真有了几分样子，等以后你们发展下去，说不定你会看不上他，产生家庭矛盾。"

林欣然立马反驳："谁规定非得男方赚钱养家，谁挣钱多谁多出一些！我和姜承东上学时就认识了，有感情基础，不是那种看条件相亲才恋爱。"

陶珍一脸无奈："你这孩子，相亲有什么不好，人家多少对小夫妻都是相亲结婚，小日子好着呢，门当户对不只是钱的问题，更是人这辈子走的是不是一条路的问题。"

"中学时让孩子别恋爱，到了大学时还不能恋爱，而一毕业，就恨不得立刻有对象，年内结婚转年抱孙子，子女的人生成了父母的算盘珠子，拨来拨去。"

"这有什么错？"

"我们是人，不是按照计划饲养的小猪仔。"林欣然做了一鬼脸。

说一千道一万，其实林欣然只是想让母亲别像其他父母那么着急子女结婚生子，可是临出门时，陶珍还是拉着她的手，语重心长道："尽快把那小子带来家里吃个饭，先聊聊看？"

"放心吧，一定。"

林欣然嘴上应承下来，内心却想着能拖就拖。

陶珍看穿她的小九九，威胁道："那小子一天不上门，你回来可没饭吃，哼！"

再见面，林欣然就把和母亲见面的事和姜承东挑明了。

140 | 我不是妈宝

"这个有点太着急了吧？我觉得一般见面，得等到结婚前，全都定下来，才去见家长……"姜承东语无伦次，简而言之，怂了。

林欣然觉得他这个样子搞笑，佯怒道："哦，去你家就可以，去我家就得快结婚才行，你双标得太严重了！"

姜承东只能苦笑："此一时彼一时，那会儿不是指着你去救火嘛，你妈妈又不像我妈妈不同意。"

"我妈得考验你后才知道同不同意。这样，下周末，你跟我一起回家。"

姜承东一副要哭了的表情："太快了吧……"

"呐，你最近写稿、做家务也挺辛苦，我陪你去网吧玩会儿你特别沉迷的那个游戏。"

"来，带你飞！"一提游戏，姜承东立刻精神了。

姜承东自然是开心的，他早就忽悠着林欣然玩游戏，说是培养两个人的共同爱好。但林欣然始终不感冒，觉得这是浪费时间、甚少益处的事情，所以即使姜承东缠了很多遍，她也没有陪他一起玩过。

今天她这算是为了两人面见母亲顺利而做的妥协。

姜承东也很给面子，又是买饮料又是帮着开机器，一路耐心讲解，用心辅助，舍命挡技能，使尽了浑身解数，也要让林欣然体会到游戏的乐趣。

从人机跨越到真人匹配，为了能让她玩得更开心，姜承东喊了自己朋友一起带她，一路躺赢。

到后来，因为战况激烈，那几个线上的队友打开了语音，姜承东这边因为要一直指导林欣然，所以只是听着。

但林欣然听着有些耳熟的妹子声音，略一回忆，她已经想起这是何许人也，自己在姜承东点赞的微博听过她唱歌。

"你的战友里面还有女生？"林欣然状似无意地问起。

"我学妹，秦梦，技术也就比我差一点点，但游戏瘾比我还大。"姜承东专注盯着屏幕，完全没心的随口补充了一句，"你别说，她聪明着呢，我们复合，她还帮忙出了不少主意。"

哗啦一声，林欣然手中的鼠标一不小心飞了出去，掉在地上发出一声脆响。

"怎么了？"姜承东被吓了一大跳。

"姜承东，你出来一下。"林欣然咬牙道。

"马上打完……"

"立刻，给我出来。"

她一字一顿，死盯着姜承东。

姜承东见她如此严肃，键盘敲了一个抱歉，和林欣然走到了网吧外面，心急地问道："有没有正事？游戏正在关键时刻呢！"

"秦梦只是你的学妹和一起玩游戏的人吗？"

林欣然握紧了拳头。

她很清楚，姜承东能把遇到的情感困扰告诉秦梦，还让她给出主意，这绝不是普通的学长学妹关系，至少他潜意识里，将那个秦梦放在非常亲密的位置上。

甚至他们在一个学校度过了后三年、天天一起打游戏、微博上亲密互动……这些加在一起，他们才是有着共同爱好的人。

"就是玩得比较好的同学，你要想认识的话，哪天一起吃个饭？"姜承东无所谓地一笑，"快回去啦，就这点事还要出来说，再团一波就赢了。"

"好，就今天出来吃饭！"林欣然咬牙切齿地回答，这没心没肺的猪头！

直到很多年后，林欣然看到一篇关于两性相处的文章，其间提到了女生应该如何向男生委婉地表达我很生气。

那就是直截了当地告诉他，我很生气。

而不是通过闹小脾气、冷战、借题发挥等手段迂回地提醒他。

因为大部分时候，男生都理解不到或者瞎猜，导致女生更气，然后怨气积累大吵大闹收场。

那种体贴入微的男主，都是言情女作家幻想出来的美好产物。现实中的误会从来不会自己解开，只会越来越深。

所以，这就是经典台词"我忍你很久了"的由来，在一次情绪得到释放之前，怒点是会不断累积的，直到成为一场不可收拾的决堤洪水。

此刻，林欣然因秦梦生姜承东的气，再加上他的心全系在游戏里，不重视自己的感受，完全没了心情再去玩游戏，回去拿了包，直接就走人了。

姜承东一头雾水，在焦灼的战局和女朋友之间犹豫了五秒，终于还算有点良心，追了出来，却发现林欣然已经不见踪影。

打电话不接，他在外面等了足足五分钟，才收到一条消息：我回家了，你玩得开心就好。

一局游戏被中断好几次，姜承东也被气得不轻，不想再理她，回了网吧，发现自己家的水晶都被对面推掉了，灰色的屏幕上亮着大大的 Defeat。

语音上的朋友都在质问他什么情况，姜承东有苦说不出，只觉得莫名烦躁，开麦直接道："再来再来，这次没搅局的人了。"

我不是妈宝

第33章

我忍你很久了

贺小秋家现在住的房子是四室一厅，北欧风的装修简单又舒适，适合三世同堂。

楼下最小的一间卧室以前是画室，贺小秋就是在这里一张张素描打的基础。一直到大学以后，她懒得走动就把画架摆回了自己卧室，闲来描上几笔，画室就成了贺新成的书房，不过墙上还留着女儿一些得意习作。

这一天是周末，贺小秋被几个朋友约出去逛街，贺新成在书房坐着喝了一壶茶，心里有事，始终坐不住，去找老伴聊天。

他的爱人田晓雯没有太多上进心，做了十多年始终在基层，等贺新成事业有成，她就转到了更清闲工资更低的岗位。看书练字，跳舞打拳，她的业余爱好一直丰富得很。最近又迷上了制作皮具，做个夹子缝条皮带，她自己说比爱马仕的还要好用，强迫着贺新成身上的皮具全换成了"田晓雯"牌，下一步则是把女儿也吸纳成客户。

贺新成找来的时候，她正在打样，侧着耳朵听老公对女儿的担忧，不由笑道："小秋今天确实是和小姐妹去玩了，不是去约会。真是皇帝不急太监急！"

"咱那丫头从来没谈过恋爱，我怕她吃亏！"

"她能吃亏？虽说女儿不算精明，但绝对不笨，敢说敢做，吃哪门子亏。"

田晓雯对着灯仔细审阅刚描的样子，余光瞥见贺新成仍旧一副欲言又止的样子，忍不住笑道，"你要真是担心，就把那张腾飞找来，咱们考察下。"

"怎么说合适呢？"

"他是小秋部门的领导，就说谢谢他照顾闺女呗。"

"老婆，你可真聪明！"

"是你关心则乱。再一个，就你这个样子，就是真不合适，小秋坚持的话，你估计也得认。"

贺新成一想还真是这个理，也就想开了："无论如何，小秋有我们给她把关撑腰，谁都欺负不得，都得对我家姑娘好。"

"别说了，说的我都羡慕女儿了，下辈子给你当闺女。"

"老婆大人和闺女一样重要！"

"算你识相！"

田晓雯眉梢眼角却是止不住的甜蜜。

新时代公寓，林欣然在床上窝着看剧一直到天黑，饿得实在不行才点了份外卖，索然无味地吃着，就收到了姜承东姗姗来迟的消息。

"明天秦梦有时间，一起吃个饭？"

"好啊，看你安排。"

她本来以为自己可以不在乎，但想着姜承东和那秦梦一直玩到了这个点，才想起来问候她这个女朋友一句，简直是气得爆炸。

她倒要看看秦梦是何方神圣，当面车对面马，见证一下姜承东这家伙能作死到什么程度。

第二天，林欣然没有赖床，精心打扮一番，然后研究杨蕾转给她的几份调研报告打发时间，差不多了就出门前往姜承东说的一家湘菜馆。

姜承东和一个齐耳短发的姑娘已经到了，正在那边研究菜单，在林欣然坐下来之后姜承东做了简单介绍。

林欣然打量秦梦，长相清秀，穿搭中性化，个子瘦瘦小小，一双眼睛黑白分明很灵动，爱笑，带着一股男生般的爽朗麻利。

靠着女性的直觉，林欣然能肯定这就是那种和一般女生玩不到一起，反而和男生们能成为哥们儿的女生，姜承东就是一个没脾气不挑朋友的主儿，他们能走近倒是合乎逻辑。

"学姐好，我这种学渣看见能留学的学霸，都是要仰望的。"秦梦很客气，把自己手里的菜单递给林欣然。

"不用，你点，我们俩看一份就行。"林欣然笑着摆了摆手，很自然地和姜承东坐近了几分，从秦梦眼里察觉到一丝黯淡。

想不到，姜承东这小妈宝竟然还真有第三个女人把他当宝。

饭桌上话题不冷不淡地进行着，聊学习，聊工作，聊未来，林欣然有着留学和工作的经历，加上姜承东在旁边插科打诨，至少是表面和平地吃完一顿饭。

"唱歌或者打会游戏去？"饭后，秦梦建议。

"不了，我们下午约了朋友，姜承东陪我就行。"林欣然淡然拒绝了。

姜承东有些意外，林欣然之前完全没说过这事情，但也没蠢到拆台，一起和秦梦告别，然后去地下开车。

144 我不是妈宝

"别着急，有些事情要和你讲清楚。"林欣然按住了姜承东的手。

"这么正式？"姜承东被她这语气吓了一跳，但昨天的教训历历在目，他选择了认真倾听。

"我觉得与其和你这根木头闹脾气，不如直说，我不喜欢秦梦。"

"不是吧？我看你们之前聊得挺好的……"

林欣然打断了他："更确切地说，我不喜欢你和秦梦来往。或许你们现在没什么，但她是一个危险人物，一旦我们之间出现风吹草动，她都可能趁虚而入，我不允许有这样的人插在我们的关系里。"

姜承东一脸不可思议的表情，摸了摸她的额头："你没烧啊，怎么开始说胡话了？我和秦梦是哥们儿，你不会以为我们在搞暧昧吧？"

"不搞暧昧能什么都说吗？连我们之间的感情历程都一清二楚？"

"这不更说明是哥们儿了，我们的事，赵琳不也都知道吗？"

"那不一样，异性之间没有纯友谊！我希望你能认清楚女朋友和朋友的孰轻孰重。"

姜承东拿她没辙，违心地保证："我认得清，我决定和她保持距离，不会发生你幻想的那些事情。你的脑洞，也真是太大了点。"

"只这样还不够，你得删除秦梦的联系方式，不能再一起打游戏，不能交流私人问题。"林欣然终于说出了真正的要求。

姜承东脸现怒色："你别过分，无端揣测我就算了，为什么还要干涉我的交友？"

"过分？我是你的女朋友，你和其他异性交往过密让我难受，我让你远离她，这过分吗？"林欣然说话的声音也高了起来。

"所以我是什么，一个给你带来快乐的玩具？还是你想当我第二个妈，也来对我的人生指手画脚？"姜承东咬着唇，很烦躁地一巴掌拍在方向盘上，发出很刺耳一声长鸣。

林欣然被他吓一跳，一直以来，自己确实为他想得更少一些，总觉得他应该满足自己的诉求为先，忽略了姜承东也是有自身的情感需求，他想要被关注、被关爱。

一段健康的情感关系，不应该是只有女生被关爱，男生无私奉献，而是两个人在情感上的缺失互相填补，彼此都越来越开心幸福，否则就是在消耗彼此，结局只能不断跌向悲剧。

林欣然迅速整理着思绪："我不是对你的人生指手画脚，而是为我们共同的人生谋划！我是一个很纯粹、对感情要求很高的人，所以才不想掺杂其他人在我们的关系里面，希望你也能尊重我们的感情。"

姜承东看着她的眼睛,见到了那里闪动的委屈和泪光,虽然不理解,但终究有一丝软化,抓着手机有些无力地道:"那也不用做到删掉这种程度,我保证会注意自己的行为,你看,我也没有干涉过你的朋友圈吧?"

"这种事情没有公平,不是交换,我希望你能删掉……而且,退一万步来说,如果你不喜欢我的朋友,你提出来,理由合适,我也会尊重你。"林欣然保证道。

姜承东沉默,试图争辩出别的处置方法,但林欣然没有让步,几个来回之后,他也终于累了烦了,拿出手机道:"好吧,我删,游戏好友、微信好友都删了。"

"还有微博。"

姜承东深深看了她一眼,终究还是同意了。

他终于知道,她是有备而来。

接下来林欣然说要回家,一路上,车里都有些沉默。

到了楼下,林欣然邀请他来自己家坐会儿,姜承东一副无可无不可的态度跟着她。

林欣然挑了一部姜承东很喜欢的科幻题材电影播放,从冰箱里拿了饮料和零食,还切了水果给他。

姜承东是一个相对简单的人,为了让女朋友开心受了委屈,但在接下来的相处过程中得到了好处,心理也就平衡了,语气不再那么生硬,两个人终于能好好说话了。

林欣然趁机又敲定他来自己家拜访的事情,姜承东上次已经答应了,现在也不好反悔,自然只能认下来,由林欣然去和陶珍商量时间。

听着林欣然和家里有说有笑地讲电话,他不由想起自己和母亲僵硬的关系,心情再次灰暗起来,母亲的固执和偏见,已经让他开始觉得自己的家压抑痛苦。

反而像林欣然这样在外面独立居住,想做什么想吃什么都随意,似乎很自由舒爽的样子。

林欣然挂断电话,看见姜承东假装没有偷听,把头扭成了麻花,不由一笑,蹲到他的身边,柔声道:"别着急,你妈妈那边我们一起分析,一起找办法,总会有让她接受我们的方法。我又不是什么罪大恶极的通缉犯,不是吗?"

"你是通缉犯,你抢了世界上最可爱的男孩,你是有抢劫罪!"

"姜承东,你刚刚的话太恶心了,赔我精神损失费!"

第34章

丑女婿也要见岳父母

在林家虽小但是很温馨的餐厅，冷盘热盘凑了八道菜，陶珍为此忙碌了整整一下午。他们夫妻坐在一边，林欣然和姜承东坐在另一边，饭桌上的气氛平静中透着些许温馨。

陶珍热情地问姜承东合不合口味，鼓励一定要多吃，倒是林爸几次提了比较尖锐的问题，都被陶珍给挡了回去。

姜承东这孩子大体上让人满意，稳重，有礼貌，一本毕业，有稳定工作，穿着干净得体，虽然没有大成就，但的确是过日子的人。

对于不做梦把女儿送上豪门的普通家庭来说，姜承东已经算是绩优股，放出去要吸引大批散户关注。

一顿饭吃完，借着看电视的机会，陶珍单独和姜承东聊了会，比如以后工作如何安排，婚事有何计划等等。

问来问去，也没有出林欣然给姜承东准备的攻略范畴，所以他对答得体，一路稳扎稳打，又赢得了不少印象分。

毕竟，有胳膊向外拐的间谍，相当于开卷考试，再出娄子得交智商税了。

电视里面的焦点访谈结束了，电视外的陶珍兀自意犹未尽，林欣然抢着道："妈，有什么话以后有的是时间说，我们出去遛弯了！让我爸陪你聊天。"

"我对你妈已经知无不言，言无不尽了，你们带我一起遛弯吧。"林毕腾连忙道。

"老爸，等你追得上我们再说！"

言谈笑闹中，林欣然拉着姜承东下楼，才发现他手心微汗，想必也是绷着一根弦。

一直到出了小区，姜承东才长出一口气，林欣然吐槽："都给你准备好答案了，也没超纲，你也太紧张了！"

姜承东振振有词："高考也没超纲，怎么还有人晕倒呢？因为这都是关乎一辈子的大事情。"

"哎呀，我妈要是知道她和高考一样重要，得乐晕了。"林欣然不得不佩服他这个比喻。

姜承东脸色一正："那还不是因为你重要。"

他讲得认真，倒让林欣然有些不好意思起来，忍不住笑了。

拉着他的手，就在小区外面的街道上随意地走着，很安闲，仿佛有了全世界。

突然，她猛地站住，小声道："我倒真有点怕了，见你妈，可能比高考还难呢……"

姜承东见天不怕地不怕的家伙也有这一天，打趣道："高考又不是人生唯一出路，考不上咱一起去蓝翔技校学习挖掘机技术！"

晃悠了半个多小时，买了个大西瓜，姜承东和林欣然就回家了。

姜承东利落地把西瓜切块分好，端出去给林毕腾和陶珍摆上，一家人倒是其乐融融。

晚上9:30，姜承东告辞，林欣然想回自己公寓睡，却被陶珍留下了，显然是见了准女婿还有不少话要和女儿聊。

林欣然给姜承东递了一个无奈的眼色，送他到门口提醒路上小心，然后又赶紧伺候母亲大人。

果然陶珍的表情有些沉了下来："这小子的车，也太旧了，就算是本地的，是不是家里条件也有点差……"

林欣然抱着她胳膊撒娇，"大家都是平头老百姓，车子房子得靠我们自己努力，以后买好车好房。"

"唉，你说得轻巧，哪儿那么容易！反正你从小主意就正，我说的你也听不进去。"陶珍无奈一叹。

"我这想法其实也在变，以前觉得你找个公务员，安安生生就不错。现在你自己在外面折腾得不错，说起来以后也有前景，又觉得找公务员委屈你了。"

她自己就在机关单位，自然清楚做一个公务员可以保证生活稳定。很多家庭对子女的公务员身份看得重，大都是当年下岗受伤的那一批家长：别的工作都不稳定，只剩下公家饭才是最后的金饭碗。

林家同辈的不少人都在下岗大潮之下摔得体无完肤，尤其是那些从父母手里传过工厂岗位的人，以为自己一辈子都会是生产线上的一颗螺丝钉，却不想峰回路转，猝不及防，根本没有其他的谋生手段，又错过了下海的浪潮，生活一下子跌入谷底，很难翻身。

在她想来，林欣然既有温饱，或许可以有远大的目标。

"妈，你这想法虽然有些势利，但辩证地看问题，倒也是以女为荣，值得鼓励。"林欣然躲过老妈的袭击，顿了一下，又道，"不过，你想，我工作再努力，除非能混成真正的大佬，不然还是得日复一日地疲于奔命。姜承东在体制内摸爬滚打，看似平平凡凡，却总归有一份体制的人脉关系在，如果我这边出了什么问题，他也能保我吃

148　　我不是妈宝

喝无忧，您说是不是？"

陶珍琢磨着，点点头，终于是认可了她这个逻辑。

另一边，姜承东回到家已经快 10:00，洗了澡本想就睡下，却忽然想起下周的稿子还没有修改完，只得又起身。

他虽然有些懒惰拖沓的毛病，但一旦工作起来，又是个力求完美的人，这一校对又发现一首歌曲作者的几个生平信息有点拿不太准，临时翻起资料来，在不同说法的考证之间寻找出一个更符合逻辑的真相出来。

也就是一两句话的内容，结果却花费了比准备整篇文章还长的时间找资料，等把所有的细节都理顺，得出一个自己很满意的观点，他才意犹未尽地关上文档。

没急着发送，他准备等明天大脑清空残留印象之后再审阅几遍，这样往往还能再发现一些小毛病。

满足地伸了一个懒腰，神清气爽。

"你弄完了？"

"妈！"

姜承东被突然发出的声音吓了一跳。

直到这时他才发现沈萍一直在自己房间，倚在床头已经有些快睡着了，似乎是因为有话要和自己说，才强撑着又清醒过来。

"嗯……我就是想等你忙完，问问你找这么一个女朋友，每天折腾这些有的没的，累吗？图什么呢？"沈萍少见的没有冷嘲热讽，非常平静地问。

"欣然比我工作更努力更用功，累也要坚持，这是我自己想做的事业，她给我提供一个机会。再者说，相比忙一点，我更害怕虚度光阴，毕竟我觉得自己很有才，不想一辈子过按部就班的生活。"姜承东挠着头，有些不习惯和母亲一本正经讨论这种话题。

沈萍凝视着儿子，似乎想从他脸上找到一丝勉强和无奈，结果却失望了。

生活让姜承东感觉到困难，也给了他去思考自己前路的契机，眼下的难关终究可以熬过去，总好过安闲到了 30、40、50 岁，面对着子女读书、父母病老、自己无能为力强。

相对一些境遇相同的朋友同学，姜承东觉得自己还算幸运，至少他还能靠自己的努力去抓住梦想，而不是只能听凭命运把自己推向不知何处的岸边。

沈萍何尝不明白，毕竟在跨度更长的生命里，她同样也经历过自己无力左右的时刻，会设想如果自己年轻时选择一条更艰难的路，是不是会多出一个选项……

"妈，我不想瞒你，我今天去见了欣然的父母，总体感觉，叔叔阿姨对我也不是特别的满意。"姜承东还是对沈萍说了实话。

"不满意？你把情况和我详细说说。"沈萍一下子音调高了起来，也来不及去想儿子见那方父母代表的意义，只是不可思议自己的宝贝儿子竟然还有人不满意？

有本事你们生出一个更可爱的来！

姜承东把情况大略和沈萍描述了，她提出自己的意见，下次要如何应对，不经意间，母子间竟又找到了点过往的默契来，姜承东觉得母亲的指点非常有用。

"下次听我的来表现，绝对比林欣然那小孩说的强，不早了，快睡！"沈萍指点江山完毕，心满意足地准备离开，顺手拿起姜承东换下来的几件衣服，突然脚步僵住。

姜承东疑惑地看着她。

"你小子自己想吃苦，我可没必要上赶着伺候你。"

沈萍哼了一声，把脏衣服扔回他脸上，潇洒离去。

姜承东苦笑，自己也嫌弃地把脏衣服丢开，睡大觉。

张腾飞有些犹豫地进到贺家订的餐厅，不错的装修和大包间，对于一顿只有四个人的"随便吃吃"过于奢侈了。

他忍不住想去敲敲墙壁，看看后面是不是埋伏了刀斧手，演足一出摔杯为号的"鸿门宴"。

而他身边的贺小秋则完全没有什么压力，放下包就拉着他去水产区溜达。

海鲜主打的餐厅都喜欢摆上几排玻璃框，可以看到各种海洋生物。这家店的水产区生物种类格外多，愣是让小公主身上洋溢出一种进了水族馆的兴奋劲，但嘴里却是不同鱼不同做法的味道差别。

张腾飞心里隐隐不是滋味，他和贺小秋光在吃上就不是一个世界，自己很少吃海鲜，对吃没研究，也没吃过多少好东西。

可有这么一个活宝拉着乱跑，指着小鲨鱼玩闹，简单没心眼，他倒平常心起来，不再对这个环境过敏了。

他打定注意，她不嫌弃我就好，哪怕两家的差距让自己难堪，为了小秋也要忍耐下来。

第35章

糖衣炮弹的鸿门宴

贺新成和田晓雯夫妇到得稍晚一些，田晓雯本不同意老公把地点定在了这里，怎奈贺新成却执拗得很："我可不能让那小子看轻咱们家。"

他的话里能听出隐约的敌意，大抵是我的宝贝要被人抢走，我得震慑一下敌人，莫名孩子气和可爱。

点菜落座，田晓雯在饭桌上照顾得面面俱到，让人如沐春风，很快引得张腾飞融入饭局。

贺新成冷眼旁观，发现这孩子进退有据，点菜主动依着贺小秋，但也提醒忌口和生猛，不过分宠着，倒茶前还会细心地涮下杯子。

按照面试下属的经验，他在心里画了张表格，给张腾飞打了个不错的初始分。

菜单转到了贺新成的手上，他加了不少大菜，贺小秋眼睛发光，张腾飞则是稍提了四人可能吃不了，贺新成笑着点头，去了几道，只给每个人加了一例海参粥。

田晓雯很有技巧地开始试探张腾飞的家世，张腾飞求助地看了一眼贺小秋，想让她给自己稍微透点底，却不想贺小秋也摆出好奇宝宝的表情，催促着他快说，就差找服务员要盘瓜子了。

张腾飞孤立无援，又有贺新成在旁边劝酒，不能推拒，只能兵来将挡，几轮下来就有些醉态了。

田晓雯和贺小秋趁机出手，各敬了一杯，算是压倒骆驼的最后一根稻草。

张腾飞彻底喝多了，田晓雯语声亲切，贺小秋又是他眼下除母亲外最信任的人，心防已破，倒真被问出了些平日不太愿讲的往事。

祖籍家境，父母过往，自己童年在乡下捉蝉调皮的趣事，父亲死后亲戚冷漠的嘴脸，进了京城母子艰难的维生……这些过往，对于贺小秋无比遥远，她听着就和看电视剧似的，一惊一乍，到最后，只剩下对张腾飞的心疼了。

人对酒其实有阈值，阈值之下知道自己不能多喝，多了会醉，而过了那个值，则会想多点再多点，离那举世皆轻的仙人境界再近一步。

张腾飞显然是过了那个值,不用太劝,也喝得顺畅起来。

只是酒真辣,眼微湿,再看着一桌丰盛至极的佳肴,握紧了拳头,只觉脑袋是越来越昏沉,也有一股气,盘盘旋旋,撑着他道:"田阿姨,我妈还没进过这样的饭店……等我分了股,也带她来……一定带她来,到时候就要咱今天的这几个菜,真好看,也真好吃。"

贺新成看着听着,婆娑着手里酒杯,忽地一饮而尽:"男人只要敢想,总能做到。"

30年前,他跟着自己老师在北京国际饭店顶层和一帮老外谈项目。那些金发碧眼的家伙真是一副要吃了人的洋鬼子嘴脸,中间他实在压抑得不行,出来在走廊抽烟找思路,看着跑的还是黄大发面包车的长安街,未尝也不是和张腾飞一样的心态。

不服!就是不服!

姜承东所在的绿保所接到了非法行医的举报,由姜承东开车,稽查科长坐副驾,还有实习的秦梦、另一个女生一起出外勤。

感觉到身后不时扫过的目光,姜承东有些不自在。他答应林欣然删除了秦梦的联系方式,但是有一点他没告诉林欣然,目前秦梦正在他单位实习。

他觉得反正他们这个专业大五时学校安排的实习期只有两个月,之后秦梦还要回校去忙论文,没多久了,也就不要额外多费唇舌。

但是这边,面对秦梦他也没有过多解释,硬生生地冷下来,秦梦自有猜测和不甘。尤其这周秦梦转到了他所在的科室,偶尔目光接触还是有尴尬的。

有些心思,不起的时候毫无感觉,一旦被点醒就会自然而然的多想一些。

行动目标是一家牙医诊所,店主是家传的技术加偏方那种治疗,确实没有医师执照,甚至连营业执照都没有,就开在小区里面哄骗一些上了岁数、贪便宜的病人,按照规定要封停处理,店主和打工的伙计由公安机关收容。

只不过公安那边还没有到,由他们先进去调查情况。

店主唯唯诺诺的,一见穿制服的就尿了,调查很顺利。

突然一个老头从外面闯了进来,大声嚷嚷道:"你凭什么关我家店?我开了40多年,给副市长看过的,你敢关我店?"

他抡起拐杖就要打人,一头花白的头发,年纪摆在那里,姜承东他们怕惹上麻烦哪能正面冲突,只能躲。

可店里又没有多大的空间,门还被老头堵住了,当下就有些僵持了。

可怜公安机关的同事还没有到,他们这种单位,平日对接的都是有身份有地位的人,哪里有处理这种蛮不讲理的群众的经验，一时间都有些发愣。

"爸，爸你冷静点！"那店主在一边劝说，根本没啥用，老头的拐杖虎虎生风，又随便抄起桌子上的什么东西，往姜承东他们身上扔。

后面还有女生，姜承东也没有多想，就挡在最前面，绷带、药水这些软的还好，后来也不知道什么又重又沉的东西砸在脑门上了，疼得不行，一晕乎就倒在地上了。

他们科长对着手机大吼，这边都要出人命了，你们给我快点。

姜承东一摸脑门，呼啦啦都是血，也吓了一跳，那老头也愣了，然后听外面一串急促的脚步声，两个民警冲了进来，震慑住了老头。

一时间，小小的诊所塞满了人。

一通混乱之后，老头自然是被带走拘留，姜承东则送到急诊缝了三针，头上被一个工具钳开了道蛮深的口子，医生说以后可能都不长头发了。

"学长谢谢你。"秦梦和那个学妹在走廊里等着姜承东。

"应该的，一点小伤，就是看着吓人。"姜承东拿手机当镜子，寻思怎么遮掩下，别让老妈看见担心。

科长给姜承东批了三天病假，今天下午也不用去上班了。

另一个学妹要考研，回学校自习，秦梦则一定要拉着姜承东吃饭道谢。

两人都不知道说什么，连一向爽朗的秦梦几次都欲言又止的样子，低头扒饭。姜承东一嚼东西头皮就疼，不时倒吸一口凉气。

总算是扛到两个人都吃完。

将要分别时，秦梦突然道："姜承东，我们还能做朋友吗？"

姜承东知道自己这个时候应该冷血一点，可是看到秦梦眼圈都红了，莫名就心一软："朋友自然是朋友，你要是有要帮忙的地方，可以来找我。不过君子之交淡如水嘛，哈哈。"

秦梦点点头："淡如水……我明白，毕竟你已经有林学姐这个女朋友了。"

看着她孤单单的背影，姜承东有些愧疚。人生没有好处全占的选项，抱着那种不切实际的幻想，去贪心地规划人生，只会给自己和别人制造痛苦。

遮光的双层窗帘覆盖了整个落地窗，没有留下一丝漏光的缝隙，直到闹钟响起来，张腾飞混混沌沌的大脑才有些许清醒。

缓了好一会，意识才重新占领身躯，确认了时间，也恢复了记忆，想起自己是去和贺小秋的父母吃饭，被劝了不少酒，之后发生了什么就完全没了印象。

唯一能确认的就是这个卧室，以及身上披的淡粉色床单，绝不是在自己家，如此少女心必然是贺小秋的风格。

拉开窗帘，他看到床头贴了一张便利贴，画着一只养在酒缸里的海鱼：扁带鱼，你的酒量真差。

张腾飞赶紧给母亲打电话报了平安，在客房的卫生间冲了个澡，然后还在床头柜找到了干净崭新的男士衣服，尺码大了一些，估计是贺叔叔的衣服，真是太贴心的一家人了。

随即他发现贺家人都在休息没起床，就这么悄无声息地走绝不是一个好选择，他就去厨房看看能不能准备一些早餐。

张腾飞用电饭煲熬了粥，上面蒸上速冻包子，煎了四个荷包蛋，还简单炒了一盘醋熘土豆丝，切了个水果沙拉。

其实田晓雯已经起来了一次，在厨房扫见了张腾飞动作娴熟，乐得偷闲回去补觉了。

他才摆好桌想叫人起床，发现楼上两个卧室同时开门，贺小秋和爸妈都走出了门，看那精神的样子，指不定竖起耳朵听了多久了。

一家都是吃货！

众人捧场，吃得风卷残云，这已然是对一位厨师最高的赞扬，张腾飞也由衷地开心。

"妈，以后你就照这个标准做早点吧！"贺小秋期待地看着自己母亲。

"闺女，咱们家都得减肥，偶尔吃一次很好，但天天吃你可得长胖！"

贺小秋撇了嘴嘴，然后又期待地看向张腾飞："那飞哥，以后你常来我家做早点！"

"呵呵……"张腾飞只能干笑。

有一个活宝的好处就是任何时候都不会冷场，贺家夫妇也在一旁热情地欢迎他常来，变相地表示了对他的认可。

在贺妈贺爸看来，厨艺好值得肯定，更关键是这个男生手脚勤快眼里有活，能照顾好小秋。自己养的闺女什么脾气，他们最清楚，张腾飞没有的物质条件，他们家可以提供，只要对小公主好就行。

张腾飞心中也是暗暗欢喜，从小的经历让他有一颗比同龄男生敏感的心。他能感觉到贺家人的热情是出于真心而不是客套，他们身上有与贺小秋如出一辙的真性情。

饭后贺新成把张腾飞叫到了书房，两个人聊了很久。

出来后，张腾飞能确认贺新成在职场上绝不是简单的人物，但是在家庭中，他完全不把任何负面的东西带回来，只一心想让家庭氛围轻松，让妻女快乐。这使得已经记不清父爱是什么样子的他，打心底向往有这样的父辈。

我不是妈宝

第36章

儿大不由娘是真理

沈萍自从和姜承东闹翻之后，有种放飞自我的感觉，这周末又和几个同事约着去燕郊的农家院聚会了。

按照这些中年将尽老年未满的大姐们的说法，好不容易把子女拉扯到了独立的程度，下面第三代还没来报道，自身工作又不繁忙，正是一段难得轻松的时光，再拖下去就真不知道还有没有那个身体去享受大好河山了。

女主人不在家，周末早上姜国胜买了早饭，他开自卸货车可没有双休日的概念，完全随着任务走，有些地段白天不能进，只能晚上开，经常深夜工作，非常辛苦。

前天晚上他其实忙到了凌晨两三点才回家睡下，早上8:00又起来准备出车，姜承东本想抱怨两句老爹吵醒自己，却看到他很疲惫的样子，一双眼睛熬得发红。

"爸，你今天在家歇歇吧，昨晚肯定没睡好，别累着。"姜承东有些担忧地劝道。

"我没事，这一车货急着卸，货主给加了不少钱。"姜国胜被晒得黢黑的脸上笑出两行白牙，对儿子摆摆手，"有这份心，把你妈哄开心了，她现在连我的起居都不管了……"

看着父亲灰扑扑的衣服，姜承东尴尬一笑，用力点头应了下来："爸，还有我呢，我一会儿把你这些天的衣服洗了。"

最近父子俩都深有体会，没有老妈操持，他们做家务事倍功半。姜承东还好，毕竟是文职工作，但父亲开大车其实很繁重辛苦，跑一次长途几百公里，夜路多了，远光灯让他的眼睛也越来越不好……自己作为儿子，要多体谅父亲。

把老爸送出门，姜承东给几个哥们儿发了个抱歉的消息，没有去参加聚餐，洗完父亲的衣服，就拿着新写的两篇稿子去林欣然那边修改，顺便再商量一下如何改善和母亲的关系。

张腾飞回到家时已近中午，却发现母亲捧着一壶茶，眼睛通红，竟然是一夜没睡，可把他吓了好大一跳。

"昨天我给你打电话，是一个姑娘接的电话，说你喝醉睡下了，让我别多担心就挂掉了。可我想着，你在外面喝酒都有分寸，从来不会多，就担心你出了什么事情，等着你给我打回来。"罗芳拉着儿子的手，舍不得放开。

"妈，我早上不是给您发消息报平安了嘛。"

"那我也必须见到你才能放心！儿子，接电话的姑娘就是你的新女朋友吧？"

张腾飞羞赧地挠挠头，道："对，本来打算这周先和您见面，但她爸妈突然要请客吃饭，昨天我就和小秋一起去了。大家吃饭喝酒特别开心，我不知怎么的就喝过头了，贺叔叔把我安排在客房休息，真没什么事。"

罗芳盯着张腾飞，只看他嘴开开合合，心里却是揪得痛，想着这个贺小秋和儿子才交往不久，竟然就让儿子夜不归宿，连女方父母都迅速笼络了儿子。

张腾飞不瞒母亲，很快也就把他和贺小秋的进展讲了个清楚，说得越多，母亲眉头皱得越紧，担忧地问道："妈，你不开心吗？贺小秋和袁雨桐不一样，她不势利，个性简单，特别可爱，你肯定会喜欢她。"

"开心，当然开心，我儿子这次遇到了个好女孩，家境好却一点不拿架子。"罗芳勉强道，"可我就是担心，她家听起来不是大富大贵，也比咱家好太多。就算她没什么心机，但是父母定那饭店，显然是要给你下马威，第一次见面就把你灌倒，不知道套了你多少话！"

"妈，哪怕您说的都是真的，也无可厚非，毕竟贺叔叔和阿姨和您一样，把孩子放在心尖上，考察我是应该的，一家人哪有什么套不套话。对了，我今早在贺家露了一手，他们全家都说我是大厨级别！咱们下回找机会两家一起吃个家宴！"张腾飞给罗芳消除着担忧。

罗芳一听更气了："这还没娶媳妇，先给他们家当长工，还想我也一块去吗？"

"妈，你干嘛非得这么想，贺叔叔和阿姨是特别平易近人和开明的父母，我有什么可让别人算计的呢！"张腾飞知道她什么都爱想多，只能在一旁开解。

罗芳吐了口气，絮絮叨叨半天，少不了担忧这个放心不下那个，张腾飞大多一笑置之，认定了贺小秋和贺家父母没有问题，两家最大的差距是经济情况，他会凭借自己的努力去追上。

其实张腾飞只要仔细回想，就会发现母亲对他历来的女朋友都不曾满意。当初他和母亲说起袁雨桐时，罗芳也并没有表现出积极的支持，而是和这次一样，说了不少需要注意的地方。后来张腾飞分得果断干脆，未尝没有母亲在旁边日日劝诫的影响，他还是想找一个能让母亲更加认可的儿媳回来。

罗芳要比沈萍更懂得以柔克刚，并不直接反对，而是潜移默化，说不定就会成为年轻人爆发矛盾时，压翻天平的关键砝码。

我不是妈宝

本质上，罗芳和沈萍的控制欲不同，这是罗芳自己都没意识到的一点私心，或者说是孤独到如溺水者抓住最后一根浮木的固执。

她不想和任何人分享儿子，他的工作如此繁忙，任何一个外来者的出现都会抢走那剩下的一点点时间。

但是中国人深入骨髓的传宗接代观念，又时刻提醒她决不能让张腾飞一辈子单身，总要找个儿媳妇成家立业。这种矛盾心理限制着她的表达，弄得自己没来由地心乱，只想着那个可爱用功的儿子，要是不长大该有多好，那就能一直陪在她身边，为她开心解闷。

新世纪公寓，林欣然和姜承东讨论并改好稿子，然后拿着最近买的关于家庭关系的心理学书籍一起翻看，边看边做笔记，希望从他人的案例中能借鉴到一些可用的方法。

姜承东的妈宝问题，不是他想要独立自主就能改变的。他的母亲也像菟丝子一样，从母子关系中汲取养分，如果抽掉供养的树干，会出大问题。

所以需要姜承东和沈萍一同改变，才能重建容纳林欣然的家庭关系。

"你看这些婚后的案例，儿媳妇哪怕曾是婆婆认可的结婚对象，一起生活之后，尤其是怀孕、产子之后这段时间，因为彼此意见相左，对丈夫的控制权发生争夺，经常会爆发非常激烈的矛盾。而这个时候的丈夫又往往无脑地站在妈妈一方，导致儿媳妇在婆家孤立无援，产后抑郁、离婚的概率非常大。"林欣然拿着自己统计的表格，把手里的笔重重点在姜承东的脑门上，"女人何苦为难女人，还不是你们这些男人不给力！"

"我们男人也不好受啊，这些案例中儿媳妇和妈妈都在问丈夫我掉水里先救谁的问题，里外不是人才最煎熬。"姜承东替男同胞鸣不平。

"煎熬？自找的！"林欣然却是不屑，"问这个问题是因为你们男人给不了女人安全感，完全没有想过如何平衡双方。如果一个有责任感的男人早就筑起了生活的堤坝，不让自己在乎的人落水，才是根本上解决这个问题的方法。"

"那怎么筑堤？"姜承东也认同，连忙追问道。

"让我们继续看下一章的内容。"林欣然耸耸肩。

姜承东："原来你也不明白啊……"

林欣然："请独立思考！独立思考！我可不想当你第二个妈！什么都得教你！"

大多数情况下，情侣一起学习就是形式主义。

两个人看了一会书，同时抬眼，都从对方的眼底读出一个字：饿。

然后默契地拿出手机，找去哪里解决五脏庙的问题，然后又一起逛了逛商场。

林欣然自己没买什么，但见姜承东白天工作晚上赶稿，脸色有些憔悴，不免很是心疼，带着他买了男士用的护肤品，向着有些不愿意的姜承东强调这不是娘炮，而是做一只精致的猪猪男孩。

　　一直教育他保证每天都用乳液面霜，这才罢休。

　　然后见他身上的衣服有些旧了，又去挑衣服，买了一身情侣装就这么穿着继续逛街，别有一番甜蜜。

　　"你这个样子时髦多了，如果有时间再带你去弄个头发，彻底摆脱老干部穿衣风。"林欣然打量着被自己收拾一新的男朋友，大为满意。

　　姜承东直男审美，说不出好，但也觉得顺眼，只是新衣服略紧，有些不安地扭动着："似乎是买小了一号……"

　　"明明是你妈妈总给你买大一号，当还你是会长个的小孩子。"

　　自从高中起，林欣然审美觉醒之后，就坚决和老妈抗争到底，捍卫了自己挑选衣服的权力。

　　姜承东到家时，沈萍已经结束了两天的行程回来了，疑惑地盯着他好半天："这身衣服……不是我给你买的吧？"

　　"女朋友帮挑的，还有这些护肤品，她看我最近皮肤不好，心疼我买的……你看，这个儿媳妇贴心吧？"姜承东趁机帮林欣然刷刷好感。

　　沈萍轻蔑道："衣服最重要的是舒服，T恤跟绑身上似的，还有这乱七八糟的颜色，掉染缸里面了？这材质也不行！"

　　她又问了价，更是连连哀叹："你们这些年轻人，乱花钱还不会挑东西，你怎么也是公务员，穿出去怪掉价的，回头给你爸穿。"

　　姜承东有些不乐意："不只是欣然觉得好，我自己也喜欢，妈，您就别干涉我了。"

　　"老话说得真对，儿大不由娘！"沈萍气呼呼地关上了门。

第 37 章

妈宝，请独立思考

姜承东没想到，母亲发飙之后，过了会儿竟然回来和他沟通。

他正在给情声专栏的稿件配图准备发表，沈萍来问他关于公考准备的问题。姜承东表示自己心里有数，绝不会耽误考试。

沈萍指着墙壁上已过 12:00 的钟表说道："姜承东，你不是要独立，不当妈宝吗？我怎么觉得你是忘了我这个亲妈，又给自己找了第二个妈，吃穿用度、人生大事都要听林欣然的安排！"

姜承东哑口无言。

不管游戏动漫，还是音乐电影，他都有自己鲜明的好恶，不随波逐流也不刻意唱反调，只用自己心中的那杆秤有一说一，有种始终坚持的公正。

所以他在情声的专栏才能俘获一群死忠粉，因为他推荐的歌单有态度。

但在生活方面，他是真的懒得走脑子，也习惯了被照顾而养成了惰性，在感觉到自己穿上母亲喜欢的衣服能让她高兴时，就没有意见地穿。

而林欣然帮他挑选衣服，他也是同样的态度，对方喜欢的他都可以接受。

"我只是把精力花在更重要的事情上，让专业的人做专业的事。"姜承东先给自己打了一个标签，以示自己的无辜。

知子莫若母，沈萍让姜承东再好好琢磨一下。

姜承东躺在床上发呆，他想到林欣然前两天吐槽的那句"我不想当你第二个妈"。难道真的是自己缺乏独立思考，才逼迫得林欣然不得不做决定，被动上升为"妈"的角色？

那自己的亲妈呢？

他的思路又回到沈萍身上，既然妈宝是两个人的问题，那么沈萍对他的执念到底是什么，如何产生，又要如何消除呢？这个问题，需不需要寻求心理医生的帮助呢？

他在纸上潦草涂抹，一个又一个疑问，也有一些想到的回答，凌乱不成体系，烦得要命，他却强迫自己必须思考下去。

生活，总是如此复杂，怪不得要唱"简单点"。

以前的姜承东总是感觉到为难就会放弃、逃避或者希望有别人来替自己解决问题，但是现在他清楚地知道，自己不能再靠别人，身上缠绕的烦恼丝，只能挥剑自斩。

"我要做我人生的选择，我决定为我的选择负责。"

周一运营部的例会上，林欣然代表二组提出了变现计划，除了常规音乐软件都在做的付费会员，提供增值服务外，重点介绍了网络电台知识付费，即在专栏文章用户活跃良性发展的基础上，进一步推出更精致、更专业化的音频服务，提供情感访谈、有声小说、音频课程等内容，迎合情声素养较高的用户群。

同样也在做收费变现调研的一组，曹静亦他们想要效仿刚刚上市的YY做直播模式，挖掘优秀的网络歌手展示才艺，提高情声对二、三线市场的渗透率，以更大的用户覆盖面进行推广，改变情声当下"精英、小众"的标签，使其真正走向国民级APP。

两个思路，体现出杨蕾和曹静亦两个人业务方向的差异：杨蕾在深耕现有用户，曹静亦极力向外开疆拓土。

对于一款音乐播放软件来说，这两个方向都是冒险的行为，与卞嘉德的极简主义背道而驰。

刚刚从美国回来的纪京武没有轻易作出决断，去国外转了一圈，他发现中国各项工业技术都在追赶国外，唯独互联网方面，不只并驾齐驱，甚至很多思路还超前一个段位。

优势在于他们可以第一个吃螃蟹，获得最大化利益，甚至进军海外市场。但也有劣势，就是我们没有可以参考借鉴的对象。

太多开发者习惯了借鉴已有思路进行国产化，然后乘势而上投机取巧，可对于情声现阶段的发展而言，这条路行不通了。

在互联网产业蓬勃发展的今天，纪京武意识到，他们不再是山寨玩家，而是真正的开拓者，背靠着中国庞大人口带来的巨无霸市场，有太多新玩法可以尝试并且生存下来。

此刻，情声就站在浪潮将起的分岔路口，能否把握机会或许就在一念之间。

"杨蕾和曹静亦的主张都尝试一下，这回测试版，ios做网络电台，安卓尝试在线直播，让市场说话！"纪京武大手一挥，做了个冒险的决定。

既然没有路，那他们就开辟一条路！

纪京武走了，杨蕾和曹静亦整理着手头资料，不经意的对视，隐有火花闪过。

双姝对决，兵不血刃。

随着用户数量迅速增长，二组对内要负责的日常事务也繁杂起来，最近又招了三

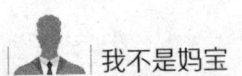

个实习生，像林欣然原先负责的歌曲推荐、词库维护等基础工作，都在慢慢转手给实习生。

林欣然和许念腾出手来，接下来将和技术部深度合作，构架网络电台模块的策划。

因为林欣然有之前运营专栏的经验，被分配成为电台模块的内容负责人，在上线前建立起足够填充推荐位的内容库，设计能引发用户积极性的投稿、奖励机制。

严格来讲，网络电台看似和音乐播放有相通之处，但其实完全可以抽出来做一个单独的客户端了。所以，林欣然是在和技术碰撞出一个新的软件，充满挑战。

卞嘉德给一组和二组的开发周期都是六周，要在期限内交出一个可以进行内测的版本，从无到有，时间非常紧张。

纪京武也压力山大，但面上还得安抚手下和技术部那边的情绪："没有办法，互联网企业想要生存，就是要拼速度，大家以后上班是坐地铁还是开大奔，都看我们的变现能力了。"

林欣然面色沉着，她已经历练出来，面对问题要做的就是解决问题就好，抱怨没有用。

经过近些日子的梳理，对于电台内容的来源，林欣然已经有基本思路：

第一，自然是已有的产品。现有的网络电台、有声小说网站，引进一批版权；

第二，传统媒体。一些访谈类、讲座类、传统电台的节目转制成网络流媒体，也很适合收听，此外由于情声高端用户比例高，国外的一些原声节目也可以填充；

第三，也是最重要的原创内容，可以从同类网站挖掘优秀制作者、专栏撰稿人，创作一批新概念的电台节目。

姜承东凭实力也进入了重点扶植创作者名单，这家伙现在更新稳定勤奋，已经积累了一定量的粉丝，他的声音和谈吐都不错，完全可以尝试做一个电台主播。

快下班了，贺小秋缠了张腾飞半天，要他一定要陪自己去看新上映的大片，免得过些日子忙起来就没时间了。

张腾飞哪里抗得住她撒娇耍赖的温柔攻势，自然只能答应，给母亲打电话说不回去吃晚饭，然后和贺小秋约会。

和这位小公主在一起的这些日子，张腾飞固然有很多开心的事情，但也被折腾得不轻。

就说微信，他已经足够小心翼翼了，还是不经意就会被生气的小公主拉黑：

"喂，我的朋友圈封面换了三天你都没发现，拉黑！"

"你起床没有说早安，拉黑。"

"哼，微信步数已经 700 了，才和我说早安，拉黑不解释！"

"哎呀，刚给朋友示范一下拉黑在哪，忘了把你放出来了……"

总之呢，张腾飞长这么大，还是第一次见到这么能作的姑娘，但偏偏他现在还乐在其中，喜欢她被宠溺时，那单纯无邪的笑容。

今天上映的是一部特别的电影，以恐怖和暴力镜头为卖点，大屏幕上更显得吓人，贺小秋几乎都缩进了张腾飞的怀里，可还是好奇接下来的剧情，于是用余光去看，以便有接受不了的画面及时回避。

开场没多久，张腾飞手机响了，原来是母亲罗芳，为了不打扰旁人，他起身出去接。

"不要走……我害怕！"贺小秋拉着他的衣袖，可怜巴巴道。

"我马上回来。"张腾飞压低声音，推开了她的手。

小公主撅起了嘴，哼了一声。

过了几分钟，张腾飞回来了，对贺小秋歉然地道："对不住，我妈遇到点麻烦，我得回去一趟。"

"你不在我一个人看有意思吗？"贺小秋非常不高兴。

"好，那等明天我再和你补回来，我必须得回去看我妈。"张腾飞和她匆匆告别，启程回家。

第 38 章

妈宝第二雷区——依靠型母子

张腾飞回到家，闻到一股烧焦的味，差点以为家里哪儿起火了。罗芳拦住打算寻找火源的儿子，一脸懊恼地指着墙壁的空调："儿子，都怪我，空调被我给使坏了，大夏天的，一开空调没半点冷风，都是糊了的味。妈人老了，不中用，尽给你添麻烦。"

"妈，您别恼，我来解决。"

张腾飞拿来遥控器操作，发现空调模式是制热，夏天温度高，空调再制热，那可不像被点着了吗……但空调遥控器本身屏幕小，母亲老花眼，按错了也看不清哪里出了问题。

"看，现在空调没问题了！妈你放宽心了。"

罗芳见儿子只是按了几下遥控器，空调就送出了凉风，自己没有弄坏东西，心中松一口气。

张腾飞心疼母亲的小心翼翼，更觉得自己作为儿子尽的孝道不够。

"妈，空调其实没什么大事，你就是眼神不好看不清遥控器。这周六，说什么我都得陪你把眼镜配好，不能再拖了。"

罗芳点头应下，心里流过暖意。

张腾飞的手机不停振动，他进了房间才看，原来是贺小秋找他视频电话。

罗芳捧着水杯正要推门，却听见里面欢声笑语不断。原来是张腾飞陪贺小秋线上一起刷番吐槽，张腾飞沉稳的声音和贺小秋的叽叽喳喳倒是相映成趣。张腾飞对着一些无厘头的桥段也没有觉得幼稚，反而被身边的贺小秋感染，也体会出搞笑番的好玩来。

这么多年来，无依无靠的母子二人想在这座城市扎根，没有轻松的生活，只有紧张的生存。张腾飞自小就非常懂事，相比同龄人却总少了点飞扬和朝气，这般自在地笑，罗芳很少听到。

罗芳不自觉就走了神，手一松，哗啦，那杯子摔得粉碎，脚被热水烫到。

"妈，怎么了？"

张腾飞在屋里听见动静，赶忙出来。

房间里面，贺小秋不太清楚对面发生了什么，连问几声都没有人回答，只得暂停了动漫等张腾飞回来。

等来等去等不到人，张腾飞又因为母亲把她晾在一边，连个交代都没有，这次贺小秋可是真气了，什么黏人任性的小心思都没有了。

她挂断视频，顺手拉黑，赌气道："这个咸鱼的妈妈可真会刷存在感！"

林欣然下班到家住的小区时，711超市只剩下零星的冷藏快餐，她还是半苦着脸拿了一份卖相好的饭。今天几乎是抬不起头的忙了一天，她早就把所有精致和婉约忘到了九霄云外。

姜承东看着对面吃得不亦乐乎的猪猪女孩："不知道的以为你搬了一天的砖……"

"脑力劳动不比体力劳动消耗热量少。我又得挑战一个大项目，缺精品的原创内容，你可得帮我。"

她大概讲了运营一组和二组的竞争，她现在负责网络电台的内容，希望姜承东能尝试一下网络电台。

结果没等她煽动，那个她以为的懒货异常积极。

姜承东一脸期待地问："我早就盼着这一天了！庞杂的用户原创重要，但扶持更专业的优质原创更重要。作为第一批发展对象，是不是推荐和奖励格外多？"

林欣然不开空头支票，实事求是地说："看质量和话题度，但我会尽量帮你。"

"话题度？那我觉得我们正在研究的亲密关系心理学内容，就可以做这个电台的主题。"姜承东给林欣然传了一个文件，是他之前思考的内容。

最核心的自然是他和沈萍之间的关系，但向外扩展则是思考这一大类妈宝型母子关系，心理年龄小于同龄女生的男生们要如何成熟起来的实践指南。

有方法论有鸡汤，林欣然脑海里面简直浮现出在舒缓的背景音乐下，姜承东用温柔的声线拿着稿子，给听者放松心情并留下一点思考。

"这个主题好啊，既能帮助你解决妈宝问题，还能带来经济利益，简直一箭双雕！"林欣然大赞姜承东的思路活跃。

璞玉也需要雕琢，姜承东本就聪明，只是他之前的人生闲暇时间被游戏给填满，没有利用起来。

"哼，明明是一箭三雕，还帮你挖掘到了一位优秀内容制作者！"姜承东道。

"是雕，还是周住，看你的收听量咯！"

转天，张腾飞使尽直男的招数，哄了贺小秋半晌，总算把一直冷着个脸的小公主哄得破冰。

忙忙碌碌一上午，贺小秋感觉都快把数位板戳穿了，总算熬到了中午休息，抱着

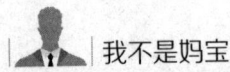

张腾飞的胳膊把他带出了公司，开开心心地走向甄选的餐厅。

浪漫的氛围，处处照顾自己的男朋友，贺小秋觉得这一刻简直完美。

就在这时张腾飞的手机响了，他喊了一声妈，好像是家里电视信号有问题，便开始指导，那边似乎怎么也听不明白，这一个电话就打得长了。

等了半天，饭都凉了，张腾飞终于回来了。

贺小秋不想再听张腾飞的解释，最近半个月来，但凡她和张腾飞一起吃饭、逛街甚至陪他加班的时候，他母亲罗芳都时常以各种理由打电话，拉着张腾飞能说上半天，或者是直接找个由头让他回家。

"你妈妈对你占有欲太强了……"贺小秋若有所思。

"小秋，你有话直说。"张腾飞脸色一冷。

贺小秋撇撇嘴，这才道，"我觉得，你妈妈好像故意在打扰我们两个在一起的私人时间。"

"你别误会，咱们都多体谅下老人。我爸去世得早，我妈就我一个儿子在身边，有什么事情只能找我……"

"可我要约会也只能找你，那你的意思，我就得排到你妈妈后面去？"贺小秋有些急了。

张腾飞张张嘴，理智上告诉他应该说小秋永远是第一位，可实际上，他知道自己心中本能地偏向母亲，那些哄人的甜言蜜语就卡在喉咙间说不出来。

贺小秋也不傻，怒气冲冲："我知道你的意思了。"

"我觉得具体事情还是要具体分析，你如果发生紧急情况，我肯定第一时间出现在你身边，但其他时候，你有父母有朋友有同学，都能找来帮忙，可我妈不能……"

贺小秋见他说得可怜，设身处地把自己放到罗芳那个位置，换位思考也的确明白对方的不易，面色缓和下来。

但两个人的关系，总被依靠儿子的母亲掺和，实在难以忍受，该怎么办好呢？贺小秋脑洞大开，突然眼睛一亮："我有个好主意，我们给你妈找个后爸吧！"

"什么意思？"

"就是字面意思，我和你谈恋爱，你妈和后爸谈恋爱，有麻烦各找各的男朋友，谁也不打扰谁，完美吧？"

"小秋，你话里话外，就是我妈影响你谈恋爱了，你容不下她是吗？"张腾飞猛地站起来，"服务员，结账。"

"喂，你这么生气干吗？"贺小秋被这突然的变故搞蒙了。

"有些话，希望我们都冷静了再说。"

"你给我站住！"

张腾飞没有回头，贺小秋被一个人扔在饭馆，气得她想哭。

两个人从相处到现在，还第一次见张腾飞在工作之外跟她发这么大的火，关键她上一秒还在认认真真替他出主意，完全是站在他和他母亲的角度考虑，怎么就成了小肚鸡肠的人？

贺小秋茫然地拿起手机，她看到最上面是林欣然的未读消息，顺手就把电话拨过去。一接通，眼泪就止不住地掉下来："然然，我被张腾飞给抛弃了！"

"啊？我之前还看你们有说有笑去吃大餐呢！"

林欣然觉得贺小秋CP剧情跌宕起伏得像一出琼瑶剧。

等贺小秋就把来龙去脉说清楚了，原来只是张腾飞先一步离开了。

林欣然摇摇头，无奈吐槽道："恭喜你，进入妈宝第二雷区，依靠型母子，斗争形势严峻，你当炮灰的可能性很大。"

周六下午，沈萍假意在看电视，其实是伸长脖子，张望着儿子在门口签收的快递。又大又沉的箱子，姜承东抱起来兴冲冲地就往屋里走。

这是一套在网上购买的录音设备，姜承东在那里鼓捣安装，沈萍看不明白也不知道用处，但明显不是和学习有关，便数落道："又买这些乱七八糟的玩具，浪费钱，忘了上个月没钱花天天啃饼干了！"

"妈，这是我接下来要做网络电台用的利器，创业上的正事，岂敢儿戏，嘿嘿。"

"有什么正事？都是花钱的借口，有那时间不如写两套申论的卷子。"沈萍吐槽道。

大抵全天下老妈都有一种神奇逻辑，你没在念书，总是你的不对。

要是放以前，姜承东肯定要和沈萍辩论清楚。但是这一次，他研究妈宝问题小有心得，预见到她会挑自己错误："是对是错咱们看结果，您就瞧好吧，等我顺利赚了钱，就搬出去住，不惹您心烦。"

沈萍心里咯噔一声，嘴里却还是不饶人："有本事你就搬呗，你有那出息我还替你高兴呢。"

她一边嘟囔着，一边走回了客厅。

电视剧很精彩，但她的注意力却完全不在上面。

很多时候，越是随意平静的话越有威胁性，声嘶力竭反而激起情绪，缺失理性。

姜承东刚刚的语气，与平日相比，过度平淡，在沈萍想来，他是真的有决心。

第 39 章
两代女人之间的战争

对于沈萍来说，她挑错挤兑儿子，哪里是想要将他赶出去，她只是想在大小事情上证明自己的正确性，证明自己比林欣然更能规划好他的人生。

之前在生活琐事上她的缺席，也是盘算着让姜承东过不习惯，等过一段时间，被宠惯了的儿子迟早会向自己妥协服软。好比那孙猴子，怎么也翻不出如来佛的手掌心。

毕竟好逸恶劳是人的本性，姜承东小时候也调皮叛逆过，最后还不是让她收拾得服服帖帖，安心做乖巧听话的好孩子。

但这一次，沈萍内心却弥漫着危机感，姜承东现在有学历、有收入、有目标、有要独立生活的决心、有能帮他拿主意的林欣然，这些加在一起，也就有了脱离她的底气。

"可不能真让他离了家。"沈萍越想越愁得慌。

唯有美食不可辜负。一咬牙，沈萍进了厨房。

晚餐时间，姜承东还在卧室调试新设备，专业的效果自然要比电脑自带的耳机话筒强太多倍，而且还有很多新奇功能可以玩。虽然是工作所用，但眼下他还沉醉于电子设备的新鲜感。

敲门声起，回了一声"进"，姜承东心下得意，要是以前妈妈可都是直接推门而入。

"我菜烧多了，你要是饿的话，就一起吃吧。"沈萍面无表情地甩下一句，没有再多唠叨。

姜承东微愣，随即露出一丝了然的笑容：小小威胁，妈妈就已经开始主动示好了。

"辛苦，老妈，我一会就吃去。"

他强压欣喜，扮起了不咸不淡的矜持，但最后还是忍不住给林欣然发了一个"胜利"的手势，说明情况。

这是两个人一起分析推演出的战果，自然要一起分享喜悦。

同一时间，北京站。

林欣然看了一眼手机，算着时间和距离，赵琳怎么也该到了出站口，却为什么还是不见人影呢？

她费力地在汹涌人流中辨认，终于找到了那位可爱的闺蜜，却有些发愣。

直到赵琳到了近前，挥挥手，打趣道："怎么，都不敢相认了？"

"你去的怕是非洲吧？"

不同于过往的美艳照人，再见到赵琳，她黑了一圈，素面朝天，纯白的T恤牛仔裤，显得朴实无华，但嘴角那抹笑意依然有她独特的韵味。

"高原的日照强度的确和非洲有得一拼，哈哈。"

出去晃了一个多月，赵琳似乎柔和了，以前看人看物时，那种睥睨众生的高傲感消散了不少。

两人一路聊了旅途见闻，林欣然听得入迷，"行万里路"真是必要的人生修行。

"对了，回来的路上认识了一位在国际自闭症儿童公益组织工作的姑娘，人手不足，正招募志愿者，我报名了。不过呢，姐的英文这些年都已经还给李雷和韩梅梅了，你这段时间多来帮我补补课！"

林欣然意外之余，更添崇拜之情："佩服佩服，你现在德智体美劳全面发展，咱俩一比，我太俗了……"

赵琳挽着好友，笑道："别介，我这八字还没一撇呢。你就在职场努力打拼成女强人吧，带我们一起飞！"

第二天，大家都来赵琳家相聚。

林欣然要辅导赵琳的英文，又要和姜承东继续做母子关系的分析，问过赵琳之后两个人就来这边蹭空调了。

贺小秋除了凑热闹，也想找更老道的琳姐取经。她已经决定要帮张腾飞物色一个后爸，以便解脱张腾飞，使其成为自己的专属小可爱，自然也想解决绕不过去的妈宝问题。

就这样一个四人学习互助小组成立了，每个人都有自己的短期长期目标，向着期望的方向前进。

这一周的北京像是进了雨季，整个天地都似笼罩在云雾间。

屋外雨一直下，屋内情声公司，众人工作得热火朝天。

张腾飞所在的组，技术团队负责直播模块的开发。他本人则带领几个技术骨干，尝试着进行大数据分析，挖掘用户听歌习惯做智能推荐，几个参数来来回回，但他们依然在尝试达到更优的呈现。

大数据分析是潜力无限的蓝海领域，但连卞嘉德都没有尝试过，大家都是在一边学习国外模式，一边摸索实操。不过目前，一来算法精度不够，二来情声成立的时间还短，

我不是妈宝

数据积累有限，短期内大数据分析很难取得令人满意的效果。

就在这时张腾飞手机响了，母亲罗芳胸闷气短，家里的药不够了，需要儿子下班时帮忙买一些回来。

罗芳刚来北京时，为了能赚钱吃口饭，在没有生产防护的小工厂工作，几年时间钱没赚多少，但有毒的化工粉尘吸了不少，伤到支气管，一直有类似慢性哮喘的症状。

加上她后来从事繁重的体力劳动，落了不少病根，早年间又舍不得花钱去医院，导致现在一到阴雨天就难受得厉害。

母亲的状况张腾飞自然清楚，立刻坐不住了，要带她去医院检查，罗芳含含糊糊地说不用，但张腾飞已经挂断电话请了假。

但随后他发现了一个问题，高科技园区所在的城区北面地势凹陷，已经积水成了泽国，雨天叫不来车，蹚到地铁恐怕整个人都要湿透了，更可怕的是要耽误成倍的时间。

一只温热的小手，握住了他有些发僵的手臂。

"我今天开车了，送你过去吧。"贺小秋不知何时追了出去，晃了晃手上的钥匙。

"小秋，谢谢你。"张腾飞感激地看着她。

雨天的路况差，两人花了不少时间才到张腾飞家。罗芳确实状态不太好，见到贺小秋后，眉头就没松过。贺小秋心知肚明，但非常时刻，小公主遇到皇太后，也要学会忍耐。

医生说罗芳需要住院调理，她肺部有慢性感染，一直拖着，导致了比较复杂的病症。

时间紧迫，张腾飞一个人忙不过来，所以贺小秋也跟着跑上跑下缴费、办手续，好不容易在病房住下，还需要去买些生活用品，张腾飞不好意思再麻烦贺小秋，就让她留在病房里等。

一时间，房间里只剩下罗芳和贺小秋两个人。

之前在情声公司见过，但这还是和张腾飞确定关系后，贺小秋第一次见罗芳。罗芳不作声，贺小秋愈觉压力山大。房间里诡异地安静着。

"阿姨，您要喝点水吗？"终是贺小秋先熬不住，想要找点话题打开局面。

"不用。"罗芳挤出两个字，又开始咳。

贺小秋有些笨拙地帮她拍背，好半天罗芳才舒缓些。

与此同时，贺小秋也在悄悄打量着罗芳：身材纤细，颜值底子很高，自带一种忧伤的气质，看着要比实际年龄小不少，又生了病，柔柔弱弱靠在那里，这种扶风弱柳的气质，自己绝对学不来。

她倒不嫉妒，反而开心罗阿姨这么漂亮，帮她找知心爱人更容易了。随即又气恼张腾飞长相不随阿姨，否则她就有一个养眼的帅男友了。

罗芳其实也在观察贺小秋，这是个咋咋呼呼，但简单善良的女孩，虽然娇气了一点，笨手笨脚，可是也在努力照顾人，眼里能看出对张腾飞的在意。

对比当初那个时时算计的袁雨桐，贺小秋的确纯天然无公害，让儿子也更为上心。

张腾飞回来时，两个女人都在各想心事，他意外道："平时不都挺能说的吗，凑一起不说话了，不无聊吗？"

"不。"罗芳和贺小秋异口同声回答。

"好吧"，张腾飞耸耸肩，觉得这两位还是别说话的好。

罗芳的病情虽有延误，好在尚未恶化就送到了医院，只需住院调养一段时间，之后多加注意就行，不会对日常生活造成什么影响。

然而张腾飞还是非常自责，他对罗芳叮咛再三，要她身体上有任何不舒服的地方都要和自己沟通。同时，张腾飞每天上班时拼命赶进度，就为了争取能准时下班，去医院陪伴母亲，所以除了中午能一起吃顿饭，都没有多余时间留给贺小秋。

本来做惯了小公主的贺小秋委屈坏了，因为她和别人抱怨张腾飞，都被劝告要多体谅他，像这样有担当有自觉的男生真的很少见了，你以后会享福。

哪怕自己的亲爹亲妈，也用涨零花钱为交换条件，要求她少和张腾飞置气，千万不要把这难得能容忍她的好男生给气跑了。

准岳父岳母还主动提出要去医院探望罗芳，但张腾飞婉拒了，毕竟罗芳病着，不好让两家人在这种情况下见面。贺父只能提醒张腾飞也要多注意自己的身体，经济上假如有困难提出来，别耽误了老人的病情。

张腾飞面上不说，但能感觉到贺小秋家人对他的关切并不是虚情假意，自有一份感念记在心里。

贺小秋终于熬到了罗芳出院，可是她的境遇也没有多少改变，张腾飞立刻又全身心投入到了大数据算法的开发上，要弥补之前落下的进度，业余时间照顾母亲。

贺小秋忍无可忍！决心不再拖延症，立马实行自己的红娘计划。

第40章
向左走，向右走

随着网购、电子书的兴起，线下书店的生意越来越难做，但作为一种文化氛围的象征，他们并没有消失，而是从之前街头巷尾小店的价格货源之争，发展成了如今品味格调之争。

核心商务区、繁华商场、机场，偶有一两间书店与咖啡店结合，或者有文艺噱头的清幽小店，可供顾客移步歇息，培养几分雅兴，再添上几本手边读物。

位于古迹旁的知趣图书馆便是这股逆潮流的佼佼者。13个知识分子共同出资，建立了这个别具一格的小地方，不用过多宣传，靠着每周邀请文化界名人举办沙龙，口碑营销带动众多文艺青年前来。

林欣然被姜承东拉来凑热闹，听完台上小有名气的诗人针砭时弊，她固然有些不喜欢其刻板守旧，却也不得不承认人家肚子里是有墨水的，几个论点还颇能引人深思。林欣然打起了和知趣图书馆合作电台节目的主意。

其后两个人沿着从地面一直到天花板的书架挑书，四处浏览，间或几束阳光洒在身上，暖洋洋，仿佛人生都缓慢美好下来。

"姜承东？"一个小个子青年，戴着有瓶子底厚的大号眼镜，努力往这边凑。

姜承东回头，有些惊喜，两个人笑着打了招呼。林欣然约莫听出，这男生跟姜承东同系，都流文艺的血液，共同语言不少，现正读研，许久不见颇为开心。

"你现在在绿保所呢？我记得有新进组的学妹在你那边实习，你可得帮忙照顾照顾，叫……"小个青年露出思索的神色。

姜承东似乎要制止他，在桌下连连摆手，但对面那家伙太过耿直，脑回路突然又灵光起来，一拍大腿叫道："对，秦梦，小姑娘人不错。"

两道刀子似的目光劈将下来，姜承东眼瞅着林欣然抬起头，死死盯住他。

这小小书店带来的愉悦享受到此为止，哪里还有什么闹中取静、心灵圣地，只剩下人性、爱情、真相、谎言缠绕出的一团乱麻。

古迹那满地的断瓦残垣，凌乱破落，一如姜承东此时被林欣然强拉出图书馆的心境。

"你干吗直接拉我出来，话还没说完，让我同学看笑话……"姜承东一脸埋怨。

"所以你这些日子就偷偷看我笑话吧？为什么要骗我！秦梦跟你一个单位，天天抬头不见低头见！"林欣然生气地吼道。

姜承东一下子蔫了，唯唯诺诺："我们就是恰好在一个地方工作，而且她这个月就要回学校了，并没有其他来往，我也不想给你添麻烦嘛！"

"你别想敷衍了事，我现在真不确定你说的哪句话真，哪句话假……姜承东，我再三和你强调跟她断干净，你呢，阳奉阴违！你根本就不知道这种事情对女生来说，就是心里的一根刺！"

姜承东抿着唇，也有了几分不耐烦："我跟她是真没多余的瓜葛，你总纠缠这个事情烦不烦啊？身正不怕影子歪，咱好好过日子，别整这么多有的没的不好吗？"

林欣然冷笑起来。

姜承东反问："难道不是没事找事吗？工作生活处处是难题，我已经尽力去努力改变了，不要逼我了。"

林欣然听着这话，只觉得一颗心都凉透了："你怎么不想想自己总是习惯撒谎，妄想息事宁人，结果最后都搞砸。口口声声说着不要做妈宝，但你根本没有真正成长过！"

姜承东试图辩解，而愤怒中的林欣然被嫉妒冲昏头脑，只觉得自己这些日子付出的心血都是对牛弹琴，非常难受，一句话也听不进去。

"林欣然，你别以为自己有多好！你要身边的人和事都得如你所愿，每个人都要符合你的需求，你何尝不是一个大宝贝！难道我的生活就应该为你的情感洁癖服务，配合你演琼瑶剧吗？拜托，我只是一个基层的公务员，我没法辞职也没法让秦梦不在所里实习。我有说谎的行为，或许我的处理方式欠考虑，但我不后悔，我现在只后悔重新追了你这么个没劲的人！"

姜承东少见的长篇大论，直接指责，林欣然刚开始还想反驳什么，听到最后他讲出后悔两个字，就不想再多说了："那我真是抱歉了，给您姜大少爷的生活工作都造成了很多困扰，是我天真，非要在同样的泥坑里面摔倒两次，才明白什么是不可救药！咱们俩彻底完了，你去找你的学妹吧！"

林欣然转身想要离开这个地方，姜承东抿着唇，胸腔里激荡的怒气和女朋友渐渐远去的身影令他没了主意。

怎么就说出了那种伤人的话，明明是想让她平息怒火，明明两个人最近相处得非常好，明明他心里在乎的只有一个她啊……

姜承东迈开步子想要拦住前面的身影，手机铃声响起，一接听脸色大变。

与此同时，林欣然收到公司的电话，她得立刻赶回去。

曾经的恋人，向左走，向右走，分道扬镳。

贺小秋家所在小区开发时努力做成中高档社区，年头比较早，拿地的价格没有那么天文数字，所以楼间距、绿化、公摊面积等等，都远比后来指甲盖也要抠出个小户型的楼盘强上太多。

七层到顶的洋房错落分割，围住大小不等的园林绿化，风和雨霁之时，总有不少退了休、工作安稳的老人在下面聚集，大娘们聊天带孙子，大爷们打牌下棋，各有所乐。

往日里贺小秋都是毫不停留地路过，今天她则是专往大爷多的棋盘边凑，强行尬聊，接下来又靠着厚脸皮靠一手老爸指点过的象棋水平，支了几招不算太差的建议。本来观棋不语真君子，但贺小秋娇憨可爱，讨人喜欢，几个大爷拿她没办法，大家有的没的聊了起来。

很快她就知道这常来的大爷里面，谁幸福美满，谁是老光棍，谁年轻时爱打老婆，谁到了老了也风流倜傥……总之各种八卦消息掌握得清清楚楚。

她原本就是打算来给张腾飞母亲物色男朋友，这门心思她谁也没说，说了旁人也只会当她异想天开。她却坚信这是解放她男朋友的终极捷径，并且毫不犹豫地认真执行起红娘计划，还记了笔记做横向测评。

别说，还真让她发现了一个很不错的目标。

就是邻桌下棋的黄志明，中年丧妻，就一个儿子已经出国定居，这么多年都没有续弦。有房产，自己经营一家小古玩店，闲来无事时，喜欢抱着茶壶下棋。

输棋不上脸，赢棋不得瑟，身边几个大爷没有一个爆出他有不良爱好，最关键是长得颜压群翁，年轻时估计要被当作男神。

贺小秋满意地点点头，心里暗道：就是你了！

黄志明下棋不成瘾，每天五盘，不论输赢，起身回店。因为有退休金，古玩店就是排遣无聊生活的一个寄托，有同好就一起交流把玩心得，没有就自己看书逗鸟，堪称美好安稳的晚年生活。

待他一走，贺小秋立刻行动了，一路跟到了店外，大爷一开门她就挤了进去。装作挑选的样子东摸摸，西看看，黄志明也不招呼她，给自己的茶壶续上热水，乐呵呵从柜台里拿出一副手串，专心致志地盘了起来。

店面不大，多宝阁空间打得开阔，贺小秋都把这里的摆件看到第二遍了，终于不耐烦道："大爷，您这生意做的，客人来了都不招呼一下。"

"你又不买东西，我招呼你做什么。"黄志明说道。

"你怎么就知道我不买？"

173

"小姑娘，说吧，你找我什么事，打从棋摊上，你就一直侦查我了。"

贺小秋尴尬地笑笑，原来人家早就发现自己，偏她还以为自己这个特工藏得极深，吐了吐舌头："大爷您可真是耳聪目明，机智聪明，明察秋毫！"

"客套话收一收，说正事。"

"我有一宝想介绍给您。"

"你从家里拿了什么来？"黄志明眼睛发光，他这里往来无白丁，看得出贺小秋一身行头绝不便宜，又不懂行，败家两个字跟印在脑门上一样，指不定就拿出点宝贝来。

贺小秋凑过来，小声道："我介绍您一漂亮媳妇儿！"

"别介别介，你还年轻，找个同龄人多好，大爷我开不起这玩笑。"黄志明退后一步，头摇得像拨浪鼓，疑惑地打量着贺小秋，心想这个孩子受什么刺激了。

贺小秋大囧，赶忙解释："不是我啦，是我男朋友的妈妈！"

黄志明淡然："小姑娘你别消遣我好吗？老头子在我发妻早亡，一个人好不容易把孩子拉扯大，享几天清福，完全没心思再找一个老伴儿。"

贺小秋毫不气馁，软磨硬泡，胡扯乱扯，用二次元的脑回路讲各种动漫中的晚年爱情CP，生生耗了黄志明一下午，把大爷烦得要命，最终被迫答应见罗芳一次。

第41章

天灾人祸一起来

情声出了重大问题，召集所有在京的员工到公司，林欣然没有任何考虑就同意了。

与其面对那个让人生气的妈宝，或者回家继续生闷气，不如投身工作，转移一下注意力。

她最后不死心，回头再看一眼那家伙，却看到姜承东踉跄地跑向停车场，手机掉到地上都没知觉。

平日里还算沉稳的人，怎么就慌成了这个样子？终究还是放心不下，林欣然小跑过去捡起手机，气喘吁吁地追上了他。

一问才知，姜国胜出了车祸，已经送医院要手术了。

林欣然一把握住他抖得连车钥匙都插不进去的手："别开车，你现在的状态开不了车，跟我去外面打车，听着，你不是临床医生，赶到现场也改变不了什么，你需要做的是在这个时候稳定下来，不要出事。"

姜承东脑袋里面乱糟糟的一团，完全是被林欣然拉着到了景区外面，排队等活的出租车很多。

等姜承东坐进车，却发现林欣然松了手，不解地看过去。

林欣然为难道："我公司那边出了事，要所有人立刻回去报道……"

"你先忙工作的事情吧，别担心我这边。"姜承东脸色有点白，声音都淡了几分。

林欣然突然心就软了，用力抱住了他。

"叔叔一定不会有事的……你放心。"她小声道。

秦梦的事情，其实林欣然心里也清楚姜承东不会骗自己，她其实只是生气他还没有完全信任她，想着用小手段把她给糊弄过去。

姜承东用力环着她，不那么确定地点点头。那丝慌乱散了些，大脑清醒点，他放开了她。

大抵世间的有情人，真的很难从始至终的相敬如宾……亲密到负距离的相处，不同地域、家境、经历铸造的两个人，必然是像无法完美匹配的两个零件，棱角要在运转中不断磨合掉，才能演奏一曲爱的乐章。

如果一对情侣没有彼此捅过刀子，99%都是爱得没那么在乎。

争吵过后，彼此释然，仍然愿意站在对方的角度上用心思考，可能会发现对方的情意，比以往还更清晰了许多。

医院的来苏水味，姜承东很熟悉，手术室也在他们的日常督导范围内，但是以家属的身份等在外面，却是自记事以来都没有过的经历。

沈萍最早赶到，签字交钱确认手术，现在哭着把情况告诉姜承东。

姜国胜昨天晚上出车，一直到凌晨4:00才回的家，睡到中午又出了车。大概是过于疲劳，满载的重车冲上了隔离带，撞到水泥桩，半个车头都凹陷了进去，他当场就昏迷了，锯开车门才把人救出来送医院。

幸好有系安全带，人没有飞出去，可还是头部撞击、手臂骨折，再加一些损伤，医生当时语速很快，沈萍能记住的就这么多。

不过总体是没有生命危险的，这是她再三确认过的，最终如何还要等手术的情况。

姜承东望着那个手术中的红灯，觉得大脑有些缺氧。

他和父亲的交流一向不多，对其能力为人也少不得腹诽，可这个爱喝酒的粗糙男人仍然是用自己仅有的能力支撑着这个家庭，那辆重车也是整个家最重要的收入来源。如果他倒下，不管是感情上还是经济上，都无异于是场灾难。

随后没多久小叔和姑姑带着爷爷奶奶也赶了过来，了解情况之后，婆家人不免七嘴八舌地对沈萍诸多指责，说是她没有照顾好男人，近日太多吵架拌嘴影响了姜国胜，她是把老公害成这个样子的罪魁祸首。

"天天逼我儿子多干活多赚钱，你现在把人逼到医院里来了！心一个个的比天高，之前……"

姜承东的奶奶越说越气，不知怎地把那些陈芝麻烂谷子的事，连带着沈萍的旧隙，她娘家人的不满，全都带出来一并数落。

沈萍开始还辩解几句，但她一个人怎敌得过姜家人那么多张嘴，最后只是委委屈屈、孤孤零零的在那里受指责，低着头。

突然一只手把她拉到了身后，用自己的身体隔断那些经年发酵后的恶意。

姜承东声音故意提起来，语气还很恭敬："奶奶，您坐，小叔、婶婶，也请都坐下，咱在这等手术结果，不是开批斗会，是非对错没有人命重要。"

"你爸在里面躺着，你让奶奶把话说完……"姜奶奶一见他，语气立刻柔和下来，毕竟是自己最心疼的大孙子。

"奶奶，您赶过来累了，先休息会，喝口水。"姜承东扶着老人家坐下，和家里的长辈解释，疏导释放着他们的情绪，终于暂停了手术室外吵嚷的"庭审"。

沈萍怔怔地看着儿子，曾经那个需要自己保护的小孩子，当年为了他在哪里念小学，需要自己和婆家据理力争的小不点，不知不觉已经可以挡在她前面，扛住家长里短的暴风雨。

20年过去，她老了，他长大了。

这是一种突然的欣慰，缺失太久的依靠和安全感，沈萍用背撑在墙上，仰着头，用头顶一下下点着墙壁，想分散自己的注意力，可是一直含着的眼泪还是不争气地往外淌。

"妈。"姜承东递了瓶水给沈萍，她接过，可是手在颤抖着，怎么也拧不开。

姜承东重新拿回来，一下子拧开，然后又递还给她，拥着她的肩膀微微用力："妈，有我在。"

沈萍点点头，拍拍儿子的手。

姜承东刚刚走上前去应付情绪失控的长辈，他心里也特别忐忑，毕竟从小到大他没和家里人大声说过话。但当他看到本就心力憔悴的母亲还要被刁难的时候，他必须站出来。蜕去那一层为子而战的外衣，母亲也是一个需要呵护和照顾的人。

岁月在她身上留下痕迹，她或许思想有些跟不上这个时代了，但已经把今生最好的所有都给了孩子。那么为人子女，也不能再无休止地从父母身上索取庇护，把头埋进沙子里面，当现实的纷纷扰扰没有发生过。

手术室的门终于打开了。

情声公司，卞嘉德其实已经和孟涵沟通了两个多小时，同时有不少管理层挂在电话会议上，总算是讨论出了一点头绪。

青柳投资通过一些渠道得到准确消息，酷乐——也就是卞嘉德之前做的pc端音乐播放器霸主之一，看到情声的成功之后，也在秘密开发移动端的版本，目前已经完成，即将多渠道推广。

与此同时，酷乐通过母公司的力量，联系了国内各大音乐版权公司，准备通过法律手段，让情声的音乐下架，然后在这段时间内趁势发展，复制他们在pc端的辉煌。

"严敏智这个小人！"卞嘉德知道之后脸气得煞白，他之前就是被酷乐现任CEO、曾经的合伙人玩手段排挤出公司，才会自立门户来做情声。

结果情声刚有起色，这位旧相识就来抢食了。

相比已经发展了近十年，拥有各方面人才和资源的酷乐，情声太稚嫩了。在这个资本为王的时代，技术上的暂时领先并不是绝对优势，知识产权保护的羸弱，让复制的项目也有可能后来者居上。

"酷乐强大的技术团队，再加上多渠道的用户基数优势，APP性能上很快就不弱于我们。这是一头早就虎视眈眈的巨鳄，秘而不宣只因为时机未到，留给我们的时间不多了。"

卞嘉德听了孟涵的话，心里也明白，现在不是计较个人恩怨的时候，情声危在旦夕。

孟涵关于酷乐的情报来源不是青柳，而是母亲陶瑜和他一起的分析。毕竟对于青柳来说，情声只是他们众多项目中的一个，即使立刻卖掉也有极高的收益率。只有陶瑜，希望孟涵不止是资本的买办，更要加入战场般的商业博弈，历练之后，成为真正的金融精英。

下周，酷乐针对情声的行动就会开始。

情声的员工陆续赶回公司，在知道了酷乐所作所为之后，变得义愤填膺，纷纷表示听从指挥，打赢这场仗。

"不能饶了他们，我要把酷乐做的这些恶心事让吃瓜群众知道！"贺小秋转过自己屏幕，这会功夫她已经画了一个简笔漫画，把酷乐画成了一条狡诈、不择手段的鲨鱼，通俗易懂又充满了讽刺意味。

随着大家出了一个个点子，林欣然也在不断思考，郑重道："我觉得国内友商竞争有一个严重的思维误区，拆对方台并不会让自己好过多少。互相扯皮是扯不清的，吃瓜群众有可能谁都不会站。与其花力气在讨伐上，还不如赶紧弥补漏洞，求新求变，让对方一辈子只能追随模仿，无法超越！"

第 42 章

冲吧，为了真正的进化

情声的管理层并非对酷乐转向移动端不知情，但酷乐的惊人速度是大家没料到的。酷乐有备而来，如果没有孟涵，等下周酷乐突然一套组合拳打下来，情声绝对应接不暇。情声的小伙伴对孟涵生出了不少好感。

贺小秋对林欣然小声道："你表哥长得真帅，看来你们家基因很强悍嘛！"

林欣然撇撇嘴，不得不承认："他比我强多了。"

会议后，纪京武安排任务：

第一，所有员工都紧急出动，去对接各大音乐版权公司，无论如何，都得拿下授权协议，需要时公司提供经济上的一切支持。

第二，整理曲库，先是按照公司归属进行分类，实在无法达成版权合作的公司曲目先下架处理。

第三，过滤网友上传的曲目，重拳出击，全面彻查低俗或者其他违规内容，避免被针对性举报。如果被网信办约谈，那就是另一个层面上的麻烦了。

第四，加快研发进度，争取两周内完成测试版，以新内容发声，再造一波宣传攻势吸引眼球。

林欣然心里给公司的决策点赞，自己完全认同，干劲十足。

卞嘉德用力握拳，用坚定的目光扫过办公室的每一个人："我知道任务量大，时间紧，但我们已经为了情声努力了这么久，在这个关键时刻绝对不能退缩！我本人，接下来也会作为一名小兵，亲自参与一线的研发，和大家一起赶版本。"

纪京武沉声道："这是一场战斗，捍卫我们心血的战斗！"

又燃又热血的号召，让这个年轻的队伍焕发出了别样的活力。

会议就这样结束，没有冗长烦琐的程序，所有人都各司其职地忙碌起来。

孟涵离开了情声公司，他接下来要推动青柳资本内部过会，尽快让第二轮的融资款打到情声账面，支撑他们接下来的动作。

卞嘉德感激地握住了孟涵的手，孟涵礼貌地微笑，姿态始终自信而得体，不会过于张扬。

手术室外,一脸疲惫的主刀医生安排护工将姜国胜转到 ICU,然后才面向家属。

姜国胜已脱离生命危险,送到 ICU 观察三天,没有意外就能转到普通病房。他头部、胸部的伤势问题都不大,没有伤到脏腑,只需要时间等待愈合。

现在唯一问题比较严重的就是左臂,除了骨折之外,玻璃碎片还伤到了跟腱、神经,以现在的技术手段虽然接驳上了,但留下后遗症的可能性还是很高。

"运动神经方面的问题,我们要等他清醒之后才能进行评估,有可能只是阴雨天的轻微震颤,也有可能他的伤口以下——"医生在大臂三分之二处比画了一下,"都是没有知觉的。"

"那只胳膊会彻底废了?"姜奶奶皱紧了眉头。

医生遗憾地点点头。

沈萍声音颤抖地问:"大夫,您看有什么治疗方案能保住他这条胳膊,他是开车的,只有一条手臂,正常生活都受影响,后半辈子怎么过……"

医生为难地摇摇头:"神经康复这方面最多有一些辅助手段……哦对了,美国康兰公司倒是有一种新药,谢尔曼平,帮助神经重建的药效很好,但国内还没有拿到批号,你们如果有渠道,可以尝试一下……"

他拿出纸笔写了中英对照的药名,交给了姜承东。

姜家人全都伸长了脖子,盯着这串英文字母,仿佛这就是可以救命的仙丹一样。姜承东心内暗暗发誓,不管用什么办法、花多少钱,也一定要帮老爸搞到药,绝不能让他手臂残疾。

眼下情声面临着酷乐的威胁,最要紧的是拿到各家版权公司的授权,卞嘉德让大家都发动自己的资源,为公司出力,事后论功行赏。

情声公司的运营部,曹静亦的运营一组本就是做宣传和渠道出身,商务方面的经验丰富。杨蕾不甘落后也做了尝试,但是她接触的层级不高,得到的反馈大多是要上报领导再说。

结果回头发现人家曹静亦似乎找到的都是直接拍板级别的对接人,已经安排手下在草拟合同了。这大概就是职场履历和人脉差距了,曹静亦毕竟比她早入行,而且常年负责外联业务,手中商务资源丰富。

杨蕾放下发烫的手机,侧过头看向曹静亦,对方神采奕奕地联络着客户,丝毫不见疲态。杨蕾不禁幽幽地叹了口气,她不想被曹静亦比下去,却越来越觉得曹静亦比自己强,心生倦意。

技术部,卞嘉德真的搬出自己的电脑,和普通技术员坐到同一排工位。作为曾经的技术大拿,他敲代码的速度和解决需求的老辣程度,让周围的年轻人崇拜不已,一

我不是妈宝

个个像上足了劲儿的发条，全神贯注，能力输给老前辈就算了，但气势不能输！时针不知不觉地过了 8:00，卞嘉德敲下回车，负责的模块告一段落，刚起身想要活动一下，却腿下发虚整个人扑在桌子上，一堆杂物稀里哗啦地全带到了地上。

大家赶忙围了上来，张腾飞关切地问道："卞总，您还好吗？"

卞嘉德摸着自己的眼镜重新戴上，缓缓坐回椅子上自嘲道："没事，人老了，坐久了骨头有点僵，大家别担心我。"

"您还是稍微休息下吧？"

"没听说过那句话吗，老骥伏枥，志在千里。我当初熬夜写程序时，你们连扫雷都不会呢，我还能坚持。"卞嘉德挥挥手让人群散了，继续盯着屏幕，重新进入了工作状态。

大家都被老板的拼搏精神所感染，士气高涨：

"卞总你是我念书时的偶像！"

"铁打的汉子，高产之王！"

"我们也不能落后了，挑灯夜战！"

张腾飞得到卞嘉德的指示，让他给兄弟们点好晚餐和夜宵，保证吃好。

对吃最在行的贺小秋接下张腾飞的任务，两人商量确认订单。

就在这时，罗芳打来电话，问张腾飞晚上是否回家吃饭。当罗芳听说儿子要一直忙，难免抱怨公司有问题，平日加班就算了，周末也要把员工的时间占了。

罗芳几天前就出院了，每天闲着也没其他事，忍不住絮叨起今天隔壁一直装修很吵，快递敲门太大声之类的琐碎问题，张腾飞实在抽不出空来，直说要忙，罗芳委委屈屈地挂了电话。

贺小秋立马趁势道："我那天看了一些广告，说现在有老年大学，可以安排退休了的家长去学东西、交朋友，你看要不要帮阿姨报名，还能解解闷呢！"

张腾飞自然是支持活到老学到老，但依母亲的性子，估计会觉得浪费钱，还是得从长计议。

林欣然和许念被分配联络情声原本就对接的版权公司，审核和续约已有的合同，实际操作起来也是细碎而烦琐的工作。尤其现在是周末，联系到人之后，要赔着小心客气沟通，讲究方式方法，着实是不小的挑战。

许念此时就比较郁闷，她分配的一家公司联系方式太久没有更新，电话打过去已经是空号，对接的人也表示自己离职很久了，她着急上火，却怎么也找不到确切的联系方式。

林欣然见许念还卡在这里，放下平日里的小芥蒂："搜搜这家公司的官方微博、公众号，或者是招聘网站上的信息，总会有线索。"

"对对对！"许念眼睛一亮，连忙按照她说的去尝试，不再求那个对自己爱答不理的前商务帮忙。

结果还真找到了这家公司的官方微博，下面有负责人的邮箱，回复虽然慢，但总算重新对接上了，完成了领导交代需要确认的内容。

她长出一口气，有些不解地看了一眼林欣然。如果刚刚的情况她和林欣然位置对换，她一定不会出言提醒，乐见林欣然搞不定，然后自己暗中解决，在领导面前表现自己一番，绝不会像林欣然这样能不计之前的暗算，指点自己。

得了林欣然一个闲下来的空，许念把一杯热奶茶放到林欣然的桌前，说道："这次谢谢你。"

林欣然微笑道："咱们都是一个部门，别客气。"

林欣然忙归忙，但也一直记挂着姜承东，得知姜父脱离了生命危险，她也松了一口气。又听说治病需要找一种国外的药谢尔曼平，林欣然立马给自己美国相熟的导师、同学都去了邮件，想问问他们有没有渠道能弄到这种药。

合同确认得差不多了，杨蕾组织二组全体商讨舆论攻坚战的应对策略，模拟双方行动的细节，列出需求资源。虽然耗时冗长，但每个参与的人都觉得收获甚大，面对着酷乐即将发起的攻势，总算有了几分底气。

会后，林欣然特意留到最后，找杨蕾说起来自己一些不成熟的想法："我之前和您提过以歌单为核心，改版推荐页，但当时各方面配套不周全。假如我们的评论区、整体风格都和歌单产生强互动，就可以拿来做新版的核心卖点，然后展开宣传，让情声从一款音乐播放器，变成一种文化的象征。"

她开始阐述自己的观点，这是她走出知趣图书馆后才逐步想透的灵感，很多之前产生的零碎想法，在找到"文化"这杆大旗之后，得以融合重组，彼此对撞衍生，终于成为一套相对完整的理念。

一款软件拥有足够丰富的流量之后，新鲜刺激总会耗尽，唯有独特的文化形成无法取代的使用感受，才能最大地延长生命活力。

"历史上多场战役都告诉我们，久守必败，我们必须及时挥拳打出去，完成真正的进化！"林欣然说到激动处，忍不住跃跃欲试，想要验证自己的想法。

杨蕾听得很认真，很快她也意识到，相比网络电台和直播，推荐方式改为歌单推荐，实现起来并不复杂，但是对用户体验的改变却非常明显，更新短时间内就能完成，然后在拉锯战开始后，最大程度吸引用户。

第43章

弱者的绝地反击

夜深月明，医院ICU外面的走廊，地上或坐或卧了很多病人家属。因为重症监护室只能在固定时间探视，但不能陪床。为预防病人突发意外，还需要有家属随时等在外面签字，家属只能轮班日夜守在外面。

大病往往会拖垮一个家庭，巨额的医药费之外，亲人付出的时间精力也都远超过去任何时代。倾尽所有去延长那些并不幸福快乐的生命时光，是否真的是一场皆大欢喜的交易？

生活和生存，一字之差，却会是不同的状态。

姜承东把家里的亲戚都劝了回去，晚饭之后，也让母亲先回家休息，一个人守在这边。

不止医院，其他乱七八糟要处理的事情一点也不少。因为姜国胜出的事故完全是自身责任，不光医疗费只有最基本的医保，车上货物的赔偿、损坏道路的罚款都要自己担负，将家里的积蓄全交出去都还不够，还是小叔帮忙垫付了一部分。

姜承东和沈萍商量，家里的那辆货车大修得花不少钱，干脆卖掉付后续的医疗费，无论如何要保证家人的健康。

医院守夜实在不好捱，舒服惯了的姜承东倚在硬邦邦的大理石上，一点睡意也没有。

地球几十亿年来沧海桑田，一切物质以固有的物理定律不断循环。快乐与悲伤，说到底，只不过是人类大脑里面分泌的激素。对于地球，甚至更浩瀚的宇宙来说，是完全可以忽略不计的弱小变量。

自己得调整心态，不怨天尤人，不放大不幸和悲伤，让心理更强大。

迷迷糊糊中，一道倩影出现在眼前，轻拍他的脸。

林欣然把快餐袋里面的汉堡和炸鸡拿出来：“一起吃点？我都快饿疯了。”

"你刚下班？"姜承东接过食物，看了一眼手机，时近12:00。

"公司出来了一个竞争对手，特别棘手，这段时间估计都会超级忙。"林欣然狠狠咬了一大口汉堡，仿佛那就是酷乐，"你这边呢，叔叔情况稳定住了吧？"

"过两天应该能去普通病房，但胳膊不知道能不能保住。"姜承东有些颓丧。

"你说的那种药，我问了不少人，有消息第一时间通知你。"林欣然道。

"谢谢你了，这么忙还帮我想着。"姜承东真心实意地感谢，随即看着她，目光游离，欲言又止的样子。

林欣然有不好的预感："你有话就直说吧，还有其他难处是吗，说出来，我们一起解决。"

姜承东回避着她的目光，低下头，好半天才从喉咙里面咕哝出几个模糊的字来，很低很低，听在林欣然耳朵里面却如重音鼓般引得心脏一颤："我们，分手吧。"

姜承东觉得，父亲开了这么久的重货车都没有出过事情，这次的意外，自己和母亲总是争吵占了极大原因。

"我们之间一直存在各种阻力，早就说明我们不合适了，是我天真地总想把你强留在身边"，他抬起头，眼里全是自责，"然然，我爱你，但我也想要一个完整的家，我现在不能和我妈再吵下去了。"

"你想说，是我让你家失和，导致你爸出事吗？"林欣然问。

姜承东连忙解释："不是的……是我自己的问题，我没有能力去应对现在复杂的局面，我累了，老老实实做一个妈宝，听父母的话，又有什么错？那么多人都这么活着，我干吗折腾呢？结果弄成现在这个局面。我们家未来也不会好了，你跟我在一起只会吃苦。"

林欣然觉得命运真是荒唐，下午的时候，她提出要分手，他在挽回。想不到几个小时之后，那个想留住自己的人已经赶她走了。

她气不过，想要就此点头，却又不甘心，心里的话反反复复转了好久，也不知道如何启齿。

姜承东又低下了头，无意识地拨弄着装汉堡的纸盒，啪嗒，啪嗒，在这个安静的无人成眠的大厅里面空空回荡。

"我不想和你吵，你现在的确家里的事要紧。"林欣然顿了一下，"我们的事，不适合现在说，等你父亲出院，我们公司这阵子忙完，再谈这个，好吗？"

姜承东看着她，满是不解。

"遇到事就跑，这不是我的风格，先一起过了眼下的难关再说"，林欣然抹了一下眼角，"总之，你刚说什么我就当没听见，我要和你在一起不是我可怜你，是我舍不得你。"

说完，林欣然站起身绕过躺得横七竖八的家属，走到医院外面。

184　我不是妈宝

男儿有泪不轻弹，姜承东眼睛也湿润了，他爱的姑娘让他感动。

贺小秋回到家时，感觉自己累得眼皮都开始打架了，但是看到自己家书桌上那个据说是雍正年间的笔架，不由嘿嘿一笑，又来了精神。

她虽然心大，却也不傻，知道要真让黄志明出山，还得以他的心头好诱之。

接下来，她兴致勃勃地打开电脑，开始搜索北京市内的老年大学信息，并且不厌其烦地进行对比，誓要找出一家办学正规，距离合适，价钱也能让张腾飞挑不出毛病的好地方。

这其中的用心程度，一点也不比给自己淘宝购物来得少。

时间悄悄流逝，凌晨3:00，贺小秋最后锁定了两家各方面都满意的老年大学，准备找机会和张腾飞把此事落实。

贺小秋心里暗暗给自己鼓气：有志者事竟成！

情声的用户这两天发现一个奇怪的事情，某些歌曲在软件上搜不到了。这其中大部分是国内主播、唱将翻唱的作品，还有少部分是只在地下传播的说唱。

很快，官方的公告解释发送给每一位用户，情声自查曲库，删除违规内容，并附有一份长长的公示名单，并且欢迎用户们自行举报低俗、媚俗歌曲。

这个举动，让准备搞事的酷乐水军很头疼，他们本来等着这周大规模举报一波，却不想违规内容被主动下架，他们准备许久的一记重拳打在了空处。

但这次搞事的水军反应也很快，立刻在论坛内挑事，情声官方在搞文字狱，一点没有自由的互联网精神，还真带出了不少同感的人威胁说要删软件，找别地重新上传自己喜欢的歌曲。

可惜没过多久，杨蕾组织的小号就开始普及被下架歌曲的危害性，引得想要保护情声的主流用户发声，同时限制捣乱水军发言、删掉敏感回复。

在屏幕后面，林欣然及运营二组所有人都很忙碌，如在钢丝上跳舞一般，小心翼翼维护着舆论走势，任何发言都要谨慎再谨慎。

让他们倍感欣慰的是，始终有自愿站出来维护情声的自来水用户，他们一直以来积累的口碑在这时发挥了巨大的作用。

忽然一道灵光在林欣然脑子里面一闪而过，和杨蕾汇报后，两个人共同去了纪京武的办公室。

林欣然兴冲冲地道："老大，我有个转移压力的好主意。"

中关村某座写字楼，在酷乐CEO严敏智那豪气的大办公室内，他正脸色阴沉地斥责下属办事不力。

"你是怎么安排的！怎么好多家媒体没到约定时间，就把我们做移动软件的消息给发出去了？"

"老板，那些发布消息的媒体，都不是打过招呼的……可能是从某些渠道得知我们的产品，想抢占关注度。"酷乐的公关部负责人越说声音越小，还是尽可能把责任引到别人身上。

严敏智一拍桌子怒道："别给我说这些屁话！不给钱就提前散播消息，打乱我们的产品宣传计划。查！我倒要看看是谁在搞鬼！"

"是，严总您息怒……"负责人满头是汗地退了出去。

随着酷乐移动版相关通稿、使用评测铺天盖地出现在网络上，这套推广的常用招数之后，网民们开始看到酷乐和情声两款软件相似之处的对比帖子。

还有八卦贴，不断有卞嘉德被酷乐榨干价值，然后踢出局的恩怨讨论。

另外，酷乐在PC时代，使用局外手段，搞垮同类竞品等也被旧事重提，所有能和酷乐扯上关系的负面消息都被一一拎出来吸引眼球。

事实证明，时间差着实打了酷乐公关部一个措手不及，酷乐被动发起自家的水军应对、辩解，可惜连一个有力的立足点都没有找到，立刻被淹没在众多正义吃瓜群众的口水里。

于是本应苦闷难熬的工作日，因为两款音乐播放软件的战斗，异常热闹。

林欣然给纪京武提的建议就是提前一步宣传酷乐的产品，让这款产品的抄袭实质早早大白于天下，打乱酷乐宣传策略。

本来酷乐的撒手锏还有一招，就是情声的音乐版权问题。

但是因为有全公司出动再加上不菲的版权费用，音乐版权公司不想站队，只想坐收渔翁之利。情声火速搞定了国内大部分音乐版权公司，终归解决了一大隐患。至于国外的音乐版权，酷乐的手还没有那么长。

接下来，就是两款软件拼用户体验和营销的时候。

卞嘉德抽调了一批技术骨干，亲自统筹带队，研发以歌单为核心的推荐页面架构。只等苹果那边应用市场审核完成，就可以开始推广。

成与败，谁也无法预料，只有市场能回答。

情声拼出一方天地，靠的就是敢想敢做、不拘一格。情声人，无所畏惧地探索新领域，创新文化是情声之魂！

第44章

今生再爱一次

有的时候大脑疲惫到了极点之后，反而会进入停不下来的亢奋状态。比如林欣然此刻，明明被网络推手公司、情声新版本规划的问题搞得头大，却有一种成为宇宙中心的错觉，特别有成就感。

当坐在回家的地铁上时，林欣然止不住担心姜承东，想提醒他按时吃饭、休息。但给他发了消息，都如石沉大海，她又怕姜承东正劳累和忙乱，所以不敢打电话过多打扰。

想到姜父的车祸意外，林欣然也更加珍惜自己现在身体健康的家人。她回到父母家，睡眼蒙眬的陶珍开了门，林欣然给了妈妈一个大大的拥抱。

第二天林欣然一直睡到手机闹钟被按掉四次之后，拉开窗帘，明媚的阳光倾泻下来，睡饱了，感觉到整个世界都充满希望。

因为酷乐的突然入局，张腾飞这些日子忙到四脚朝天，原定的项目开发时间就极其紧张，现在生生被压缩到三分之一，他那根完美主义的弦绷得简直要断了。

每天盯项目进度，再盯完成质量，他都要纠结成毛线团子了。他现在要做的，就是把这个摊子先搭起来，后续再优化。

随着互联网竞争的不断升级，资本把扩张速度逼到极限。只要产品快步前进，总有机会去解决前面遗留的问题，但如果脚步慢了，就有可能被大浪拍飞，一点机会都没有了，这就是市场的残酷所在。

随着成功者越来越多，后来者能攫取财富的方法越来越少。而今跃升进入富豪榜的商界枭雄，大多是互联网领域的新贵，但是过不了多少年，互联网行业能冒头的新鲜面孔也会越来越少，只剩下巨头在跑马圈地。

越来越快的发展速度和越来越高的房价一样，都是领跑者保护自身地位挖的一条护城河，让后来者加倍努力才能摸到一个边角。

情声在奔跑，拼了命地跑。苹果应用市场的审核已经通过，以歌单为核心的全新版本，开启了新一波的宣传攻势。用优质歌曲评论制作而成的广告铺满了北京、上海、杭州的地铁，让更多人知道手机上诞生了一款很有特质的音乐播放器：它可以评论，可以方便添加整个歌单，可以自制歌单传播分享，你不用再精心维护手机里面下载的歌曲，听腻了老歌，一键就能在线找到够听一整天的好歌曲。

云音乐的概念，被情声首先提了出来，又蹭了当下一大热点，被众多科技媒体转发。

这是满足用户的情感需求，比其他音乐播放器都超前一个身位的互联网思维。

酷乐的宣传浪潮也跟得正紧，它们抢下了一个名叫《中国好嗓门》的综艺冠名权，独家上架这个节目草根选手演唱的曲目。

而《中国好嗓门》因为优质有新鲜感的选手，迅速蹿红，成为当下最火的电视节目，顺带让酷乐的名字也广为人知。尤其是刚刚开始普及智能手机的二、三线城市年轻人，装上酷乐只为听那些选手演唱的歌曲。

情声 VS 酷乐，战事焦灼。

但这一切与还在用着诺基亚的罗芳无关。

她只是郁闷着儿子被新女友抢走，又没完没了地加班，陪伴着自己的时间越来越少。

贺小秋趁和张腾飞的午餐休息时间，说起让罗芳去上老年大学的事情。

张腾飞短暂的沉吟之后，说道："靠谱的学校，不好找。"

贺小秋立刻把自己找好的那两家老年大学介绍资料发给了张腾飞。

张腾飞认真地浏览起两所学校的简介、资质证明、开设科目，因为母亲罗芳已经不止一次在工作时间打电话给他了，旁边有贺小秋不时地暗示上几句。他逐渐认识到如果母亲白天有正事做，交到了新的朋友，那就不会总觉得孤独，骚扰他了。

"不过，我妈性格内向又怕生，顾虑太多，劝老一辈人去读书，还是有难度。"张腾飞不擅长解决这类问题，眉头微皱。

贺小秋拍着胸脯道："怕什么？有我呢，女人最了解女人，到时候我们一直开着语音，我指导你。"

张腾飞看着贺小秋一副成竹在胸的样子，她拿出了一副蓝牙耳机，给他演示用鬓角的头发遮住耳机，的确很难看出端倪来。

贺小秋早早到家吃过了饭，等着张腾飞按计划和罗芳沟通上老年大学的事情。

"是不是贺小秋的主意？难道我在家也碍你们的事了？"罗芳警惕地盯着张腾飞，知子莫若母，张腾飞可不是感情细腻，考虑让自己去老年大学排解寂寞的人，他只需要和键盘交流感情就很开心了。

耳机里面传来贺小秋的提醒，张腾飞立刻予以坚决否认："和她没有关系，我听不少同事说，家里的老人退休后闲不住，都去上了老年大学，交到了特别多的朋友。"

188　我不是妈宝

您之前不总提吗,这辈子最遗憾的就是年轻时没机会多念几年书,老年大学正满足了您的愿望。"

"你把钱留着自己用,别花这份冤枉钱。我这还有几年可活都不知道,念书太迟了。"罗芳心底里隐约有丝向往;但更多的还是遗憾、畏惧和茫然。

张腾飞连忙道:"妈,我还想您一直陪着我,抱孙子、抱重孙子!您学点东西,到时候也可以教孩子,早教对宝宝特别重要。"

罗芳一听说上学对儿子有益,的确意愿强了几分。

张腾飞立刻恭维母亲长相比同龄人年轻还漂亮,放在老年大学里必定是班花,别人一定羡慕嫉妒恨,说得罗芳心花怒放。

但长久不出席正式的场合,罗芳觉得自己的衣服都太土了,担心被看不起。

"衣服的话,花钱就能轻松解决。到时候让小秋和您一起逛街,她最懂时尚了,肯定帮您打扮得美美哒。"张腾飞念着贺小秋给的台词,越说越觉得尴尬。

贺小秋那幼稚二次元的穿衣风格,如果带偏了母亲,自己的妈妈不会成为新中国最年长的 COSER 吧?

张腾飞和贺小秋两个人轮流上阵,加上罗芳对外面的世界其实也有一丝好奇,好说歹说的劝导之后,许诺带她买衣服、买化妆品、吃高档餐厅,体验一下有品质的生活,起码说出来不露怯,总算是让罗芳同意了试着去上一个月的老年大学。

选课程的时候,她选了国画专业,说自己想老家的风光,想有一天能把记忆中的美景描绘下来。

拿下罗芳后,贺小秋带着那只雍正年间的笔架晃悠到了黄志明的店里。

"国画课?"黄志明眉毛一挑,指了指墙上一副八骏图,奔马蹄尾飞扬,鬃毛筋肉栩栩如生,仿佛随时会脱纸跃出一般。

这画贺小秋本来以为是哪个大师的墨宝,仔细一看落款,竟然就是黄志明,足见功力。那种国画的普及型兴趣班,老师都不一定有他的水平高,让他去上课恐怕会是一种酷刑。

不过这都难不倒古灵精怪的贺小秋,她烦起人来简直是黄志明的克星,最后还是答应去上一次国画课。

在家长费尽心力给子女安排相亲的时代,子女也在努力给父母创造今生再爱一次的机会。

人过了一定年纪总会念叨旧事,想着自己或许哪一天就没了,尤其对着多年未见的朋友同学,生怕就是最后一面,年少时的戾气怨气怒气不再提及,把酒一壶说当年,未尝不是人生一大乐事。

陶珍近些年都坚持参加老同学聚会，和这些相识几十年的朋友们多聊聊，同学们也知道准女婿姜承东是卫生监督所的公务员。聚会上，陶珍在卫计委的老同学，跟陶珍聊起姜承东家里出了事，父亲住院请了很长的假，原本幸福美满的家庭，可能从此被拖累得一蹶不振。

陶珍听得心惊肉跳，原本她对姜承东就只能算将就着认可，现在姜父有了重疾，女儿的婚事凭空添了变数。陶珍回去和林毕腾念叨了许久，老两口商量来商量去，均认定脱离是非地才是最上策，可也知道林欣然性子倔强，硬劝的话，恐怕没用。

老两口背对背各在床一边，直到林毕腾忍不住长叹，陶珍知道老公也没睡，索性坐起来，坚定道："明天就让然然回家，把这道理给她讲明白，结婚是女人的第二次投胎，可不能意气用事。"

"嗯。"林毕腾应了一声，赞同老婆大人的英明决定。

第二天，林欣然一大早就接到母亲电话，希望她今晚回家吃饭。

"妈，我今晚要加班到很晚的，就不折腾你们了，我自己随便把肚子填饱就行。"林欣然最近工作压力超大，只想抓紧时间休息，立刻婉拒了。

"就是加班才要回来，天天吃外卖把身体都吃坏了。多晚我们都等你。"陶珍语气超温柔。

林欣然说了不用，可陶珍事事替女儿考虑，还说要来她公寓帮忙做饭，那热情关心隔着电话都能把耳朵烤焦，林欣然没办法，也就应了下来。

挂了电话，她越琢磨越觉得这绝不是母亲往常的风格，平日里母女两个一言不合，陶珍就会回一句不识好歹，从没这么耐心的反复劝导。

可很快工作上的事情一项项涌进来，就让她把这事忘在了脑后。

晚上走到地铁，林欣然选择了回父母家，一是自己已经答应，二是很多事情瞒也瞒不住，不如更早地谈清楚。

第45章

大难临头，不各自飞

夜晚，医院病房，姜国胜情况稳定，转到了外科的普通病房，在药物的作用下睡熟了。

姜承东怕打扰到他休息，靠着墙根坐在病房外的走廊，手机和笔记本都响个不停，这两天他除了照看父亲和被沈萍驱赶着休息，一直都在联系舒尔曼平的事情。

"那是处方药，你要知道这边的处方权有多麻烦，药品的管控更是严格，我真帮不上忙。"

"这种药还没有大面积上市，只在部分州销售，我们近期不会开展相关的业务。"

"国内没有的，任何渠道都没有，这不是短期能解决的事情……"

打了无数电话，可到现在依然没有任何收获。三甲医院外科大主任都弄不到的药物，大多数时候都是没有办法。即便有心理准备，但还是忍不住巨大的失落。

无论如何，他还是要尽力去找药，之前姜国胜苏醒时做了测试，大臂以下都没有知觉，如果没有这种药帮助康复，极大概率会终身残疾。

"亏你还是学医的，简直白念了！"奶奶也一直关心着，气得糊涂了忍不住对孙子发起脾气，她的话，一直回荡在姜承东耳边。

他放下快没电的手机，大脑混沌一片，想不到还可以联系谁。

"儿子，今晚我守夜吧，你已经两天一夜没合眼了，你别累倒了。"沈萍不知道何时来到了他身边，握着他的手安抚着他。

姜承东强装精神："我年轻，能扛得住，身体没事的，一会在椅子上眯会就行。"

沈萍看着他的样子，既难受又欣慰："我的孩子长大成人了，但妈妈还是心疼你。"

姜承东对着母亲一笑："我就是做好照看老爸的工作，妈你的压力才大，还得借钱、卖车、照顾着家里。我这么大人了，念了这么多年书，花家里不少钱，工作了，也没存下什么钱。家里用钱的时候，唉，我一点帮不上忙……"

"是爸妈没本事，护着你安逸过了20多年，结果老了拖累你了。你爸一出事，家底没了，可能还得背债。你还没有结婚生孩子，以后这日子……"沈萍说着说着，眼泪就掉了下来。

"妈，你别这么说，你们已经把能给的全部都给了我，接下来你和爸爸就多爱惜自己身体，只要我们都健健康康的，比多少钱都重要。我会努力挣钱，早点把家里的债还清了，不让你们挂心。"姜承东把她带来的保温盒打开，深吸一口气，"真香啊，妈你也再吃点！"

"慢点，小心烫！"沈萍心里梗着千言无语，却不知道如何开口。

以后的路，真的需要儿子自己走了。

林家，餐桌上，陶珍一直守着林欣然吃完饭，这才开口和她说起姜家的事情。

林欣然的态度很坚决，她不是大难临头各自飞的无情人。

"那姜家要是被治病掏光了家底，还有个丧失劳动能力没养老金的父亲，说句不好听的，你上辈子没有欠他们家，早分早好。"

陶珍一副忧心的样子指点女儿："你工作这么拼命，是想过好日子，可不是去无止境地填窟窿，摊上这么一个婆家，前后的操持照顾，真到了上有老下有小的时候，你想哭都哭不出来！"

她试图给林欣然算账，两家都是独生子女，随着年龄增长老人们总会要看病吃药，下面还会添一位小祖宗，再加上自己，那可就是两个人要养七张嘴……

林欣然故作轻松地道："妈，你说的都对，但是我也有我的道理。首先，我选他当男朋友，本来也不是因为钱，而是看中他这个人；其次，我们两个目前收入不高，可未来有很大上升空间。我力争升职加薪，姜承东在他本职工作之外，也在做副业，一切都会好起来的。"

"你就是吃了秤砣铁了心？"陶珍不甘心地看着自己的傻闺女。

林欣然点点头："感情又不是买卖，您成天跳广场舞，《爱情买卖》了解一下。"

陶珍恨铁不成钢："我女儿明明脑子不傻啊，怎么就这么幼稚不开窍！你就是还没真正吃过苦。"

林欣然拉过她的手枕在自己脸下，笑嘻嘻道："那还不是妈你保护得好？可能是我们这一代和你们成长环境不一样，的确没吃过苦。可我想遵从自己的内心，或许做不到有情饮水饱，但对于我来说，宁可在自行车上哭，也不想在大奔里面欲哭无泪。"

"唉，女儿大了不由娘。"陶珍也放弃了，想着年轻人都心性未定，现在这么想，以后哪天就改了主意，反正两个人现在还没结婚。

母女两个彼此对视，林欣然明白，不管未来遇到了什么麻烦，这个家都会是自己最坚强的后盾，她自己也会修炼得更强大。

古柏森森，植满幽深的林荫道两侧，彰显着这校园的历史。

张腾飞最后选定的那家老年大学在一所全日制大学内，校方多个院系联合创办，口碑很好，虽然有些远，但罗芳时间充沛，所以最后就定在了这里。

校园里往来的都是青春洋溢的脸，总能让罗芳的心态也年轻不少。今天是开学第一天，张腾飞和贺小秋一起开车送她。到地方后，罗芳一步三回头告别小辈们，有些紧张地推开了教室的门。

这些日子贺小秋帮忙跑前跑后，真诚地帮助她准备上学需要的东西，罗芳对其印象好了不少。

"好了，别看了，你以后送孩子上学估计都没这么担心。"贺小秋在姜承东面前摆着手，好半天才把他的魂召唤了回来。

张腾飞担忧道："我妈没有我在身边，我真的不放心。"

"你还怕她受了欺负不成？都是有文化追求的大爷大妈，老师也都是科班出身，别小瞧人，阿姨一定能比你想象得更快地融入集体，说不定，还给你找个后爸回来。"贺小秋拉着他往外走。

"别总后爸后爸的说！"张腾飞瞪了她一眼。

贺小秋耸耸肩，心想走着瞧，嘴上却说得赶紧回去上班赶项目。张腾飞这个工作狂，果真就转移了注意力。她不禁松一口气，万一张腾飞执意要去教室，看出了她的安排可就不好了。

贺小秋以雍正年间的笔架为事成之后的礼物，再加上之前的确答应了她，黄志明早早就到了老年大学国画教室。但他自视清高，不屑于跟这些讨论着最基本画技的同学交流，自个找了个最靠边角的位置，从包里拿出一副小叶紫檀的手串自顾自地盘着，在这重复单调的动作中重新找回心灵的宁静。

陆续来的人多了，有稀罕文玩的人看出黄志明手里是真家伙，上前攀谈，都被他一张爱搭不理的冷脸给臭走了。

他可是来执行任务的！闲事勿扰！

罗芳走近教室之后，不自觉地也走到了角落。她心底里胆小自卑，那些三五成群自成的小团队，她怕贸然加入被孤立；而那些穿金戴银的老妇人，和她也不是一路人；至于那些专心论画的同学，她怕等会手笨被嘲笑。既偶然也必然的，她坐到了黄志明旁边。

黄志明抬起头，看到一个苗条瘦削的身影，乍一看也就四十刚出头，穿着贺小秋帮她选的一件仿古风长裙，藏青色没有任何花纹，和越老选色越艳的普通大妈路线背道而驰，只是脸上笑得发僵，藏不住眼底的慌乱，眉目间自有一股哀伤的彷徨。

"大哥，请问这里有人吗？"罗芳被黄志明的目光盯得有些不自在，幸好，他五官端正，衣饰干净，目光清澈。

"没人，随便坐。"

黄志明低头继续盘那手串。

却有一池涟漪在那尘封了几十年的心里荡开，再也静不下来。

贺小秋早就看出，这位处处追求风雅的老帅哥对古典淡雅的女性最没有抵抗力。

国内的互联网即时通信工具发展很快，到了移动互联网时代，微信极其方便沟通，所以国内相当多的网民，除了注册和工作之外，很少使用邮箱联系。

可为了给姜父找药，林欣然每天都留意邮箱的动态。之前她拜托的几个同学都表示无能为力，直到她读研时的导师回复，说自己弟弟的战友也正在使用这种药物，可以帮忙多开出一个疗程，但因承担的医疗费用比较高，需要一部分额外的酬金。

看到这个回复，她第一时间就找到姜承东，他想也没想就同意了下来。这些日子，他已经听到了太多遗憾的拒绝，都快要放弃希望，骤然掉到面前的最后一根稻草，再贵也不会放手。

"有位学长近期准备回国，我把联系方式给你，让他帮忙带回来。毕竟，跨国邮寄还有保存问题，这有一份我整理的注意事项，辛苦你帮我翻译成英文给你导师……"

随后，姜承东似乎有太多细节有交代，涉及方方面面，一一嘱托林欣然，显然在这件事情上，他已经反复思考了太多遍。

林欣然也清楚治疗和救援一样，要把握短暂的窗口期。姜国胜的手臂神经功能障碍，拖得越久希望越渺茫。但姜承东周到的想法还是让她有几分意外："我们一起写回复的邮件，把你想到的都记录下来，我和导师关系不错，他人很好，一定能帮你办得妥当。"

自医院那夜谈分手之后，这还是两个人第一次见面。姜承东非常感恩林欣然的帮助，可他也没有表现得过于热络，林欣然知道他还是不想拖累自己。

临别时，姜承东还是没忍住对她的关心："情声和酷乐的竞争，你压力很大吧，别太累！"

虽然林欣然一直没提，但是姜承东在医院里有太多等待的时间，网络上的风风雨雨也都知晓。

"放心啦，我会好好照顾自己！等你回来更新的时候，就会发现粉丝暴增哦！"

林欣然自信道。

看着元气满满的女友，姜承东心里的天气，少有的阳光明媚。

第 46 章

悬崖边的家庭

姜国胜清醒了过来，意识没有问题，手臂和胸口打着石膏和绷带，医生吩咐可以稍微吃一些清淡好消化的流食了，不再像前些日子只能靠输葡萄糖和蛋白质维生了。

只是他的左臂还是知觉全无，只有肌肉偶尔会不由自主地抽搐一下。这让他的情绪很低落，想到自己以后不光难以再支撑这个家的收入，还会成为拖累，姜国胜男人的尊严受到巨大打击，任凭沈萍和姜承东怎么开导，都没有太多的好转。在他的心里，缺钱这个问题像一座大山，使他郁结难安。

夜深人静时，只有姜承东一个人陪床。姜国胜看着憔悴的儿子，气恼自己的不中用，用右手打着没有知觉的左臂："是爸没本事，以前怎么都说要给你赚出一个首付，结果我现在这情况，反而把家底给掏了个精光，还要欠债……"

"爸，您别打自己！"

"我要是废了，你们也就别管我了，别再浪费钱了！"

"我们已经找到了主任说的那种药，用不了多久你就能痊愈了。"

姜承东知道家里出事，最难受的是父亲，他这些日子来都尽全力宽慰着父亲的情绪。

接下来的事情很顺利，姜承东的那位学长回国前拿到了谢尔曼平药品，带给了姜承东。

"快谢谢你这同学，下了飞机，一点都没休息就来了。"沈萍激动地又是倒水又是剥水果，还要塞红包给人家。学长直言千万别客气，沈萍恨不得把这辈子感谢的话都说了一遍。

姜承东犹豫再三，没有和母亲提林欣然在其中出的力。对于这个悬崖边的家庭，他不敢去增添任何影响稳定的因素。

《中国好嗓门》的爆红不光让电视台看到了音乐类、选秀类节目的巨大潜力，也让酷乐看到了主流媒体的威力，迅速带来了一大批新用户，而且是根本不关心互联网风云的小白用户。

哪怕被情声搞了一个措手不及的舆论打击，结果只是业绩上的一个波谷，这让严敏智心情大好，大笔一挥，增加预算又投了几款综艺上的广告，准备继续吸纳更多的用户。

这是一股时代的浪潮，很长时间以来，中国互联网公司都紧盯着在网络上活跃发声的精英用户，想方设法在一个不大的盘子里面分蛋糕。但随着山寨手机、低端智能手机的普及，给更庞大的低学历、低收入人口提供了一个接触互联网的机会。

而且不同于互联网免费、自由精神培养出来的精英，这些新用户并不排斥付费，冲动消费的可能性更高，不挑食、好伺候，将在很长一段时间养起大批野蛮生长的公司。

相对于酷乐的逆势而上，情声赢了口碑，失了市场。卞嘉德出席运营部下一步宣传战略的讨论会议，认真听取每一个人的发言。

曹静亦觉得，国内大火的综艺已经被酷乐抢得差不多了，如果正面打，他们也烧不起钱，所以她挑了几部将要上映的青春偶像剧，目标用户重合覆盖度很高，预计会有非常不错的效果。

而杨蕾则不同意她的观点，植入的效果不可控，而且情声一直依赖的也是口碑发酵，放弃自己的优势，在传统媒体上和酷乐开战，实属下策。

"哦？那你反对了半天，可有什么高见？"曹静亦见杨蕾跳出来，立马反将一军。

杨蕾自然早有准备："针对我们现有用户进行画像，线下的推广有利于巩固和圈层传播我们的产品，比如校园讲座、推广、名人论坛，线上可以针对性找时下热门影视主题曲歌手推荐，这样更有传播性。"

曹静亦寸步不让地批驳："小众，保守！我们的固有用户支持率再高，也是一个小众的群体，我们要是继续墨守成规，绝对跑不赢酷乐。现在的情声，必须要面对大众，烧钱也没办法，必须要趁烧得起时抓紧烧，否则被推入绝地时，一丁点翻身的机会都没有了。"

运营部两个组长意见不合，手底下的人自然也得支持自己领导，一时间大家各持己见，争论不休。

随后也不知道是谁先开了一个头，争论的点从推广方针本身，转向了一组和二组对彼此能力的不认可，追究过往一些宣传计划的失败，是对方扯了后腿。两组人看不顺眼已久，这一开始转向人身攻击，吵得更加热烈起来。

纪京武头疼不已，自己当时主导的竞争，竟埋下了如此的积怨。他刚想要做个和事佬，就被杨蕾攻击他偏心，那边曹静亦也觉得纪京武不公平，弄得他里外不是人。

这下运营部底下的人谁还看不出，自己家领导是把私人情感问题掺入了工作，已经吵得有些过了界。

果然，一直沉默的卞嘉德气得一拍桌子站起身来："够了，我们是要解决问题，不是要在这里算账！你们……你……"

他身体忽然一晃，捂着脑袋，向后倒了下来。

"卞总！"

众人大惊，哪里顾得上开会和吵架，立马叫了救护车。

卞嘉德的突然晕倒引发了不小的骚乱，但情声的员工还是在中层领导的安排下，该做什么做什么。成熟的企业都在追求像太阳一样，少了谁都能照常升起。

纪京武坐着救护车随卞嘉德一起去了医院，忙完了所有手续，在病房守着他醒了过来，一脸严肃地转述了医生的建议。

"我不想休养。"卞嘉德撑着想起来，纪京武按住了他。

"你这个病情还想拖到什么时候？"纪京武无奈道，"你常年工作压力大，生活习惯不健康，缺乏运动，加上这些日子，一把老骨头，还跟着张腾飞他们这些半大小子熬夜搞研发，身体透支得太厉害，再继续工作，就是把自己往棺材里面逼！"

"我的身体我清楚，不至于……"

纪京武举着手机："少来，我现在就给你爸妈打电话信不信？"

"你别无赖！"卞嘉德皱眉。

"我本来就擅长无赖，何况这是为了你好。"纪京武一本正经，"现在你有两条路，要么你找个地方休养，要么我立刻把二老接到北京坐镇！"

卞嘉德叹了口气，不无羡慕地看着好友，他们年龄相近，工作习惯、生活习惯和心态却大不相同，导致看上去像是两代人。

"我先在家休息几天吧……你照看好情声。"卞嘉德摆摆手，算是妥协。

"你放心。"纪京武说完，让他休息，自己准备走了。

卞嘉德突然想起什么道："还有，别让投资方的人知道。"

纪京武头也不回地摆摆手，示意他好好休息，自己清楚其中厉害。

然而这世上没有不透风的墙，孟涵年纪虽轻，但是心思缜密，早就在情声安插有眼线，卞嘉德昏迷住院的消息，他当天就知道了。

对于青柳资本来说，投资情声这个项目的一大参考就是因为卞嘉德，他曾经做出过酷乐PC端这样霸主级别的程序，情声走到现在，离不开他的领导和编写的核心代码。

情声陷入发展瓶颈期，又遇到了酷乐的狙击，接下来不管怎么样，都要继续烧钱来运营下去，而自身还没有变现渠道，靠的就是稀释股份获得投资方支持。

卞嘉德的倒下让情声雪上加霜，情声在投资人眼中变成了风险骤升的项目。

就在这个时候，酷乐的母公司蜂白科技，国内的互联网流量巨头，要溢价收购青柳手中情声的股份，金额十分令人心动。

如果蜂白科技这次和青柳就股份合作达成一致，那么对战正酣的酷乐和情声之战就没有了意义。情声将成为酷乐的移动端，填补蜂白科技的战略布局空缺，青柳则完成了一个漂亮的项目。这种双赢的局面，让青柳内部出售情声股份、不参与下一轮投资的意见占了主流。

当然，一个孵化许久的项目何时退出，还是要经过多方面考察，如果情声能稳赢酷乐，即使前期投入巨资，后期也有更多的机会收回并赢利。

所以，孟涵再一次被派到情声公司，进行详细的调查，届时他的报告将会成为青柳资本决策的重要参考。

纪京武临时总揽情声全局，待孟涵说明来意之后，忍不住背后生凉。孟涵同时安排青柳和第三方审计公司的团队进入情声，他会综合两方给出的报告，最后上报。

纪京武自然是全面配合，但最后的结果如何，心里也没有底。

如果蜂白科技收购了情声，对于他们这些付出心血的人来说，太不甘心，让严敏智白白捡了便宜。

蜂白科技深知抢占用户流量入口的重要性，酷乐，或者是未来要收入囊中的情声，都只是他们泛娱乐战略的生态布局之一。

林欣然在回答青柳资本调查团队的诸多问题后，也意识到了情声现在身处一个危险的十字路口，调查团队一直在引导她说假如情声有蜂白科技加持，业务可以有哪些改观。

正好孟涵从财务办公室出来，她立刻气势汹汹地堵住他："孟总，请问您有时间聊一聊吗？"

孟涵从容地笑道："咱们俩好久没一块吃饭了，表哥请你吃晚饭吧。"

第47章
世上没有不透风的墙

一家西餐厅，孟涵直言不讳，给林欣然全面分析了情声现状：变现乏力，不符合青柳的发展方针，被出售股份的可能性非常大。

"你们只会看财务报表，根本不知道我们做出来的东西有多棒，我们的用户有多热情，现在是变现乏力，可酷乐也好不到哪里去！"林欣然愤愤不平，他怎么能这么冰冷去评价别人花心血浇灌的作品。

"的确，整个音乐软件行业暂时没有发展到付费阶段，但只能怪当初卞嘉德选择了青柳，不是像蜂白科技那样的互联网巨头公司，资本的大部分股东要看收益，不是造梦的慈善家。"

林欣然不死心地解释："只需要再等等，我们的VIP体系正在良好推进中，等电台、直播模块上线，或者是……开了广告位，我们和创意部讨论了好几种比较巧妙的投放方式，适度投放广告。这些都是能迅速变现的途径……"

"然然，你是不是有点过于忠诚了？"孟涵语重心长地开导，"公司和员工只不过是利益结合，你的第一份正式工作，收获都足够丰富了，有情声的光环和项目运营经验，可以去竞争其他公司非常优秀的岗位了。"

这是大实话，林欣然入职只有一年多，但是经历了公司的快速成长，在这个过程中，她在工作上的自我成长发生了质的变化。无论她接下来想做运营岗位，或是想做产品，都会非常受欢迎。

"表哥，忠诚源于挚爱，我热爱我的公司，热爱我们做的产品，情声本可以走得更远，你们真的不能给它机会吗？"林欣然握紧了拳头。

"只谈理想不谈收益都是耍流氓，你要习惯这现实世界。"

话不投机半句多，她只得站起身来，"那没得聊了，我还有约，先走一步。"

孟涵有些担心她现在的状态，喊服务员结账，然后追了出来。

林欣然对孟涵敷衍地笑了笑："表哥，我是真有约，人都快到了，你走吧。"

"你别钻牛角尖，要拿得起放得下。"孟涵道。

"您的鸡汤已查收，敬谢不敏。"

他们俩说着话，一辆汽车停到两人面前，林欣然直接开副驾上了车。

孟涵看了一眼，顿时睁大了眼睛，来人竟是赵琳。那个在他生命中出现过，却再也找不到的美丽女子。

林欣然今天本来就约了赵琳一起吃饭，只是临时和表哥孟涵聊工作，最近发生的事情太多，她需要找个知心的人倾诉一下。

而赵琳如愿以偿地应聘上了国际自闭症公益组织的志愿者职位，接下来将会出国工作，也想和好友分享下这个消息。

车里，林欣然和赵琳吐槽着孟涵的不近人情，还不忘补刀："虽然他是我表哥，但我不得不说，他理性得像机器人，真没劲，幸好你没有和他继续深入发展。"

"如果一个婆婆妈妈的人，也没法在金融投资圈混。"赵琳倒是理解地一笑。

林欣然郁闷道："你向着谁啊？"

"我当然是向着你啊，所以才会劝你少生气，与其等着别人开恩，不如自己想办法。"

林欣然一叹："这何其容易，孟涵下周出报告，我们已经没有时间了，要是再有十天，或许可以不一样……"

正好遇上红灯，赵琳踩停了车，千娇百媚地转头笑道："十天而已，我帮你。"

林欣然不明觉厉，脑洞大开："姐们，绑架人是犯法的，不要为了我上《今日说法》！"

赵琳没有说话，回过头继续开车去，心有不甘道："我是想在出国之前，和孟涵有个真正的结束。"

情声现在面临的危机，在管理层和有心人眼中已经是公开的秘密，但像贺小秋这样没心没肺的员工，仍蒙在鼓里，只想着快点忙过这一阵好好休息。

工作之余，她极其关注黄志明那边的进度。本来黄老爷子是勉强前去应付差事，但那次与罗芳的相见相识，确实让他心存几分好感，左右闲着也无事，那课也就勤着跑，一来二去，倒也和罗芳相熟了，成为罗芳在老年大学的第一个朋友。

尤其是黄志明本就擅长国画，比女老师的水平还要高出几分，指点罗芳这样的初学者更是信手拈来，而罗芳学得认真又用了心思。黄志明对罗芳有问必答，不吝指点，倒也成了他当下一大乐事。

不过总有些才情是藏不住的。

这一天讲画虾，讲台上女老师的示范在黄志明看来有诸多谬误，罗芳照猫画虎反复尝试，却是越画越差，黄志明连给她讲了好多窍门，也没有什么用处，恨不得眼前有一小盆真虾，让她看看那活泼灵动的姿态。

罗芳觉得自己一直画不好，让黄志明也不开心了，心理压力好大。

黄志明心知错不在她，忍不住拿过她手里的笔，闭目凝思片刻，蘸饱了墨肆意挥毫。只这一静一动间的差异，罗芳就感觉出了几分不同来，再看时，虾已是成了：寥寥几笔落于纸上，墨色的深浅浓淡化为一种动感；一对浓墨眼睛，脑袋中间一点焦墨，左右二笔淡墨，便是虾的头部，眼、须变化多端。硬壳透明，由深到浅。

最妙则是虾的腰，一笔一节，连续数笔，形成了虾腰节奏的由粗渐细，又到最后的几瓣尾，不仅得其形，更画出了其神。

他平日里藏拙，作业都是随性地敷衍，今日的真实水平大作，实在是精妙，引来众人围观称赞。

"这水平，这意境，太棒了！黄志明同学，你比我厉害！"

说话的女老师也是退休年纪，早年因志趣不合，同丈夫离婚，一直想找能有艺术共鸣的灵魂伴侣。此时见了黄志明的画，又瞅见他的人，顿时眼睛发光，连他天天来上课的原因，都有些猜测，不禁一颗芳心萌动。

下了课，女老师找黄志明随意聊天，说起自己家里有古画的珍藏，想请黄志明一起鉴赏。

黄志明连连摆手，自己今晚不方便。

"你别害羞，你画技如此高超，还来听我的课，难道不是想趁机认识我吗？我愿意更多地认识你。"

黄志明不想直接拒绝驳了女士面子，情急之下竟然拉来罗芳说："我来上课是为了她！"

"啊？"女老师和罗芳都是一脸意外。

黄志明捂了嘴，想不到一不小心把实话讲了出来，旁边几位老大哥笑得嘿嘿连声，俨然在说我们早就看穿了一切。

"我想起来了，家里有事，我得先走一步！"

现在这尴尬气氛让黄志明受不住，小跑了出去，只剩罗芳一个人更是害羞得不行，心里久违的小鹿乱撞。

街边的小古董店，黄志明沏了老友送的自种茶叶，在秋蝉声嘶力竭的谢幕演奏中燃一炉熏香，铺好上等宣纸，给罗芳边画边讲，穷尽其中学问。

不止讲画，一个画家除了技巧之外，修养和境界同样重要，所以他思绪发散，讲诗词，讲国学，讲一屋子的古董和背后的故事。

本来古井无波的人生，突然就丰富多彩起来。

他前些天在老年大学不小心暴露了真正的绘画水平，实在没法再去上课了，但又不想彻底断了与罗芳的联系，便拉拢罗芳，说想学画可以直接来他店里，顺便把那老师贬低了一番："子曰取乎其上，得乎其中；取乎其中，得乎其下；取乎其下，则无所得矣……你跟半瓶水瞎学，连门也不得入。"

罗芳左右为难，她没太听懂孔老夫子的教诲，只是不舍自己在班上唯一的朋友。他不在，那水墨再美，也少了许多趣味；可如果找黄志明上课，这莫名其妙的关系又算什么？又要怎么去和儿子解释？

在她犹豫时，黄志明已经把这情况和贺小秋讲明，贺小秋完全没料到自己乱点的鸳鸯谱竟还真有了点谱，马上有了鬼主意：强调跟你学不花钱，回头找老年大学退学费，她绝对心动。

果然罗芳听说了老年大学一学期的真正价格，呆了好几秒，当即就愿意去黄志明那里"试听"。黄志明连夜尽心准备，软硬件上都拉着贺小秋参谋动了巧思，誓要创造两人每天独处的一方舒适小天地。

讲授的内容没什么计划，他学识底蕴深厚，见窗外落叶萧瑟作画，也能旁征博引出无数话题来，口若悬河又颇为生动。但始终留一分心思在罗芳身上，见她有些许走神，立刻停了下来，问是哪里出了问题。

"你说的都很有意思，我……喜欢听。"罗芳目光往侧面飘，声音很小。

她怎么敢说她从小就仰慕读书好的人，看得久了，不自觉就走神了。

下班时候，孟涵发现自己的车被一辆甲壳虫轿车紧贴住，根本倒不出来，幸好挡风玻璃上写着车主电话，他只能给那边打过去。

说明情况后，那边一句含糊的声音说这就来，他越看越觉得这辆轿车有点眼熟。

"果然是你。"孟涵看到走过来的赵琳，记忆和昨天她去接林欣然的场景对上了号。

"我答应过你母亲，不再主动联络你，但现在是你找我。"赵琳巧笑嫣然。

"你堵我车，到底是想干吗？"

孟涵脸绷着，看似在生气赵琳故意戏耍自己，其实是在气恼，原来母亲私下和她交涉过，这是她突然从那家店里消失的原因吗？

天色愈暗，路灯亮起，橘红色的暖光下，丽人素颜，运动装，双肩包，长发扎成了很高的马尾，穿扮简单，却因为她那双深不可测的眼，有了更诱人的魅感。

"带你自由一次！"

她像是暗夜中的精灵，悄悄而来，以一种奇特的方式走近他，却又在天明之后消失得无影无踪，对于循规蹈矩的他来说，是种难言拒绝的诱惑。

第48章
不要变成自己最讨厌的样子

天空中群星闪烁,没有了城市的光污染,这些百万光年前的光芒终于能清晰映入地球人的眼睛,留下跨越漫漫空间和时间的璀璨。

孟涵被赵琳拐上了一场说走就走、连目的地都没有的旅行。不开导航,不看路牌,就这么从太阳西斜开到了夜幕深沉。

车停后,赵琳从后备箱拿了两瓶苏打水,拉着他坐到了河岸边,分给了孟涵一瓶。

孟涵已经忍了一路,皱着眉道:"你先把手机给我。"

"那你得答应我,只能打一个电话,不然我可要把你手机直接扔到河里。"赵琳的眼睛亮晶晶的,看起来充满俏皮,但孟涵已经领教了她的厉害,知道她不是开玩笑。

"好,我答应你。"

赵琳笃定以孟涵的性格,只会给母亲陶瑜打电话,果不其然,孟涵选择跟家里报平安。电话一打完,赵琳眼疾手快,立马把手机夺走关机。

"来,以水代酒,为我们的旅途干杯!"

孟涵无奈,和她手里的塑料瓶撞了一下,只得跟上。他说不清自己为什么打破常规,和赵琳瞎胡闹。或许他心底里也想肆意妄为一次,为了情声,更为了不该有的心动。

逃离了都市逼仄的空间,在这广袤的天地里,人仿佛不自觉地可以打开心扉。

她有过他不知的落魄,他有过她不懂的辛苦,虽然超脱不了这年代丰富文艺作品的想象力,但是当事人讲来多些细节,也就多几分感慨。

绿保所平日工作不多,但每个人都有专项的职责要负责,十天半个月不来也不会有人替做,那些工作只会越积压越多,所以导致姜承东回来上班这两天,常常忙到连水都顾不上喝。

终于有个喘息的时间,他摸出手机,想和微信上置顶的林欣然抱怨几句,噼里啪啦打上好长一段就要发送,才猛地想起来两个人正处在一种要分手没分手的尴尬状态。

最后,他还是按住退格,把那些字全都删掉,心里也觉得空落落的。

终于熬到了下班,姜承东直接驱车医院,父亲睡着了,母亲拿一份报纸在那里翻看。

"吃过了？陪我出去走走吧。"沈萍招呼儿子到了外面。

住院楼下面是个小花园，初秋的天依然闷热，直到傍晚风起才凉爽些，不少家属都带着病人出来呼吸一下新鲜空气。

"你爸的药，是林欣然帮忙联系的？"沈萍状似无意地提起。

姜承东下意识嗯了一声，随后才反应过来："妈……你听谁说的？"

"她今天中午来医院看望你爸爸，我和她聊了聊。"沈萍顿了一下，似乎有些难以启齿的样子，"妈以前脾气倔，挑她这不好那不好，把你父子两个折腾得够呛。你爸出事后，我才明白，没有什么比一家人健健康康，其乐融融更重要。林欣然，我还是不喜欢，这么多年来，她还是没个乖巧样，主意太大。但她遇事儿不躲，有担当，是个能一起经历风雨的人，我不会再干涉你们了。"

姜承东张大了嘴说不出话，他以为母亲这辈子都不会改变主意。

"儿子，未来的路，你身边有她，我们做父母的放心。"

"妈，谢谢你！"姜承东沉声道，没有父母的祝福，这段感情始终走得艰难。

一片泛黄的叶子落在姜承东的肩上，去年秋天似乎是很遥远的事情，今年的秋已经如约而至了。时间脚步从未停过，这不是场可以随时存档的游戏，等他打齐了通关神装再从容砍倒BOSS，现实生活中的很多事情往往都有一个窗口期，过了关键节点便再无意义。

他不想再等待，更不想错过林欣然。

月落日升，又是新的一天，姜承东昨晚辗转到了半夜，却还是没想好该怎么挽回林欣然。

他一直在关注林欣然的朋友圈、微博，以前很活跃的家伙最近都没有更新，想来是因为工作忙得焦头烂额，他要在这种时候凑上前刷好感度，他怕被揍。

谈情说爱总是要选花前月下，有钱有闲的时候，而不是两个加班机器的日常对接，需要有点情绪再加点气氛，才能事半功倍，这个大直男自以为聪明地分析了一番。

林欣然想的是疲惫时有一个肩膀来依靠，偏偏某只大猪蹄子躲得远远的。怪不得说男人来自地球，女人来自火星。

可惜这世界上没有读心机，姜承东的安全还有保障，他把心里琐事推到一边，强打精神继续去攻坚堆积下来的工作。

他在处理一份群众举报，被举报的是某个开在居民楼底层的大型川菜馆，厨房的油烟不经过任何处理直接往外面排，楼上的居民每天都被呛得不敢开窗户，多次沟通无果，忍无可忍才举报到他们这里。

204 | 我不是妈宝

稽查科的同事已经做了现场调查确有此事，材料需要由姜承东汇总成报告网络提交，再经他们领导审批上报。

因为姜承东请假已经压了好几天，帮着收材料的姐姐也是心大，今天收拾桌子看到材料才告诉姜承东这个茬儿，眼瞅着就是上报的截止日期，说什么也得弄完，姜承东连午饭都是匆匆吃完又回到办公桌前忙碌。

全国都在推行信息化、无纸化办公，很多流程就是提交网上审核，但这个网站今天速度非常慢又不太稳定，结果就是连续几次都在最后关头浏览器崩溃，弄得姜承东的心态也差点就崩了，上头科长还催了好几次，要他手脚麻利些。

一直到下午快5:00，姜承东总算全部搞定，请示科长进行最后的审批。

科长男性，今年50多岁，平日总是笑眯眯的，加上胖，看上去人畜无害。他在这个位置上混了近30年，早就没有任何进取心，每天这个时间段就是和一群老朋友、老同学约着去哪里吃饭打牌，见到姜承东请示他，暂时放下了电话，有些不耐烦地挥手："举报案？哪个举报的？没有的事。"

姜承东有些疑惑，刚刚还催我催得跟着火似的，这会儿就忙忘了？他连忙又把店名和地址都报上，提醒科长。

科长眼睛眯成一条缝："没有这个举报案。小姜父亲还病着吧？早点下班吧，考勤我和人事说一声。"

姜承东再是愚钝，也终于反应过来领导前后态度反差如此巨大的原因：刚刚那个电话，聊的可能不是娱乐。

他们这个绿保所其实权力不大，不仅上面有直管单位管辖，平时想要做点什么还需要和公安、税务、食药监等多部门协作，可谓是层层掣肘，别说一个小科长了，就是所长也没多大实权。

那家饭店新开，投资不小，背后的老板有钱自然也就有势，不知道拜到哪个庙去了，给科长这里吹吹风，这举报就大事化小小事化了，连举报都不再存在了。

姜承东想起看到的那些报告，还有电话回访时附近居民表示的困扰，加上忙了一天，胸口梗着一口气："科长，这家饭店排放的油烟严重超标，我们又是高高举起，罚酒三杯？再说了，我都上传了。"

科长一抬眼皮，只两个字："删了。"

姜承东站着没动。

"小姜，开展工作不是你想的那么简单……你帮不了他们，别把自己的前途也堵死，明白吗？"科长脸上的笑容没有了，用手指一下一下地敲着桌子，强调自己的苦口婆心，"把案子立刻删了，听见了没？"

姜承东还是没动。

科长哼了一声，电话也不打了开始训人。姜承东顶撞的话不多，但梗着脖子一步不退，不时说上两句，让科长鼻子都气歪了，不少就等着下班打卡的同事在楼道遮遮掩掩地看着，让科长觉得更丢面子。

他再熬个五六年就退休了，被一个小新人直接顶撞，不由得声音越来越大，直到把所长都给惊动了。

了解情况之后，所长先是批评了科长："有举报就要及时处理，我不管你那边是什么人走了关系，这个案子也得报上去，要是人人都像你这么做，我们这个绿保所还开个什么劲？全任那些大小老板们自己折腾好了。"

"所长，这……"科长摆出一副委屈的样子，他在乎的不是这件事，而是自己的面子。

"小姜家里有事，先下班吧。"所长给他递了个眼色，表示这事不会真的委屈他。

姜承东意气用事，拿起东西直接走了。

以前的他就看这个单位很多风气不爽，但他一个新人也改变不了什么，只是保持着自己的办事热情，不主动难为人就是了，这份父母费了很大劲帮忙找的工作万万不能丢。

可如今的他有了更多的想法和决心，在情声写稿有了一份收入，对于不满的现状，不知不觉间已经多了一分敢于反抗的底气。

同科一个大姐拉着他："科长看着好说话，心眼最小了，你晚上最好给他道个歉，否则饭碗都可能不保。"

"我宁可饿死，也不会给这种人道歉。"

姜承东讲出这句话，突然觉得格外痛快。

就算他改变不了这个世界，最起码也能保证不变成自己最讨厌的样子。

第49章
等待东山再起的机会

杨蕾，长在一个湖北农村，家里四世同堂，是老太太最宠爱的小辈。但长大后念书工作，不经意间就越跑越远，在地产公司、广告公司都工作过，抗压能力一流，后来进情声直属于纪京武，是情声的元老级功臣。

她聪明、细心、有责任感，强迫症般的自我约束，但也是一个缺乏进攻性的老黄牛型员工。繁重的压力和快节奏侵占了她的生活，让她没有时间去放松自我，本能地不想辜负上级的信任，尽力把一切做到完美，时间拖得晚了，她也毫不在意，变成真正的工作狂。

在她漂泊打拼的岁月中，纪京武是她近距离接触最长时间的男人，他是幽默有担当的北方爷们儿，豁达、潇洒、随性，没有距离感，让杨蕾有了一份别样心思，却一直止步于工作关系，不敢表达，把这份情感始终埋藏在心里。

可自从曹静亦崛起，她感觉到纪京武对自己越来越不重用，好几次都偏心曹静亦，她不得不接受一个事实，自己的心思根本不会有结果。

情声和酷乐大战胶着，公司里面的小道消息也满天飞。

"听说卞总重病，得回老家休养，要丢下情声了……"

"青柳要把情声卖给蜂白科技，那不是白让酷乐捡了便宜？"

"最近曹静亦手越深越长，对我们创意部也指手画脚，太过分了！"

"别说你们了，技术部她都敢批，简直是皇后娘娘！"

"那谁是皇上呢？"

"还用说吗！必须是纪总！"

杨蕾像是什么都没有听见，走到自己的工位，但她心里不想上班的情绪累积到了极点，过去还颇有意思的工作，现在做起来愈发无趣，再加上曹静亦不时从中作梗，她推行任何工作都感觉到很困难，一分一秒都是煎熬。

终于，纪京武私下找到杨蕾谈话，确认了卞嘉德要休养，他接任总经理，曹静亦继任运营部总监。

"静亦擅长商务，你做事认真，执行能力强，你们两个好好配合，一定能带领情声更上一层楼，股份方面我会全力替你争取……"纪京武知道这个决定会伤害杨蕾，也认定她是自己的嫡系，所以才会在正式公布前，先打个招呼。

这个结果在杨蕾意料之中，可是真的听到时，却又万般难受。她并没有像往常一样回答"好的纪总"。

酷乐的威胁出现以来，纪京武在她和曹静亦之间的天平迅速倾向曹静亦，对外协调的事情越多，曹静亦就越受倚重。在公司内，曹静亦表现得是一人之下，万人之上，对其他部门总监都毫不客气地指手画脚。

偏偏纪京武用人之际，面上劝和暗中支持，曹静亦职位再提一级，也是顺理成章。

"纪总，谢谢你这么多年以来的提携关照，我选择辞职。"她这么多年来第一次，直视着纪京武的眼睛。

纪京武恨铁不成钢地道："你知道自己在说什么吗？卞总这次拿出自己三分之一的股份做股权激励，你肯定有一份，只要我们能打赢这场和酷乐的战役！你要想清楚。"

杨蕾目光中闪过一丝哀伤，她多么想从纪京武眼里找到意外、慌张、后悔、无措等掺杂私人情绪的东西，可惜她失望了，纪京武公私分明，他此刻只有一名得力干将临阵脱逃的愤怒。

纪京武还在以利相劝："咱们大家一起拼尽全力保住情声，早晚有一天我们也能上市敲钟，到时候你想自己创业也是天高任鸟飞，为什么要在最后时刻放弃，这也对不起你这些年的付出！"

杨蕾倔强地看着他，泪水在眼眶里打转，点头，又摇头。

"你说的都对，但我付出的难道只有工作吗？我要什么你难道不明白吗？"

纪京武错开相对的目光，叹了口气，沉声道："你要的，我给不起。"

"我今天就提交辞呈，还请纪总你通过。"杨蕾擦了擦眼角，苦笑着出去了。

听到重重的关门声，纪京武愣了一下，理智与情感天人交战。

他对杨蕾也有好感，但不足以和她正式发展，他更不想辜负杨蕾。工作时，杨蕾精耕细作，行事稳妥，曹静亦属于大开大合、不择手段。乱局中，曹静亦才有可能带领运营部以资本满意的速度扩张，但她性格专横跋扈，不可能容忍杨蕾给她当副手，就算杨蕾不辞职也忍不了多久。这两个女人最大的区别，不是能力，而是风格。

纪京武能做的只有保留杨蕾应有的股份，即便杨蕾此时离开，日后也不会亏待她。

备受打击的纪京武终于迎来好消息，孟涵暂时外出，青柳资本的决策时间可能会后延。

两个审计团队入驻情声，底下那些人按照流程办事，一板一眼其实好应付，毕竟情声一直是规规矩矩的企业，没有那些花活，基本上是查不出什么问题，有关未来潜力的评估项目，对于非互联网行业的财务专业，也有办法"修饰一下"。

但唯独孟涵，看着年轻，却仿佛在互联网行业打拼多年，总能敏锐地察觉出一些粉饰的痕迹，然后要求原始数据，宁可让手下费功夫重新计算，也不用他们提供的汇总，弄得纪京武焦头烂额，心理压力巨大。

纪京武把曹静亦叫进来："各部门得再加把劲，你签的那些案子，争取更早把广告位开放，我们要给青柳资本一个漂亮的结果，让他们看看情声的营收能力！"

"放心，我这边都已经准备好了，技术部和创意部三天内完成上线。"曹静亦一副成竹在胸的样子。

纪京武表示全力支持，等她出门之后才露出一抹忧色。曹静亦在得知杨蕾要走后，春风得意，为出业绩，对其他部门压榨得太凶，等会又要有人来找他来抱怨。

杨蕾以迅雷不及掩耳之势走完了辞职程序和工作交接，离开了情声。

林欣然无比意外和遗憾，杨蕾是她职场上的第一任领导，教会了她许多东西，林欣然心里特别舍不得她。但在大都市的职场，要接受随时可能的分开，平淡的道别，平淡的再也不见。林欣然只能把伤感埋藏在心底。

曹静亦掌控欲极强，出任总监已成定局，她就找运营部的每个人单独谈话，随后林欣然得到通知被转到了行政部，给人事和前台打下手当助理。

曹静亦美其名曰运营部精简团队，但能力和工作态度都不如林欣然的许念，却还在运营部，统筹二组之前负责的工作。

许念催促林欣然赶紧把工位空出来，看到她的脸色，忍不住露出一丝嘲笑："不理解吧？很生气吧？因为我低调听话，而你非要充当杨蕾的那把刀，死到临头还不知道投诚，和曹总监摆出公事公办的态度，你以为你是谁？地球没了你就不转了吗？"

"曹总监的安排我不服，我要找纪总！"林欣然脸色铁青，有一丝少年意气，想不到职场也要看人情、态度这些东西，而不是唯才是举。

结果，林欣然失望而归，纪京武没有给她"主持公道"，坚称用人不疑疑人不用，不会直接干涉运营部的团队建设，但让林欣然稍安毋躁，未来有合适她发挥的岗位会及时安排她。

她还想和纪京武继续争辩，可是纪京武只说了四个字"韬光养晦"。

在刚刚的热血上脑之后，林欣然已经冷静下来，重用她的直属上司离职，她无人可以依靠，只能低调，留下来就有希望。杨蕾最后教给她的一课，就是让她明白不要感情用事，还没开战就逃跑。她要战斗到最后一刻，反正她本就没什么可失去的。

许念看林欣然蔫着出来，假装好心地说："亲爱的，你要想换工作的话，我可以帮你介绍几家小公司，小公司更能锻炼人。"

"谢谢了，暂时不用。"林欣然抱着自己的东西，去行政办公室报道。

许念有些失望，挑拨道："以你的才华，做这些事情太浪费了。"

"工资没变，工作轻松，老板都不觉得费钱，我这种小员工还怕费命吗？"林欣然淡然一笑。

私下里，有猎头找到林欣然，让她去酷乐，但被她直接拒绝了。即便酷乐和情声是类似的软件，但她热爱和尊重情声，她就要留在这里等待一个东山再起的机会。

在她的认知里，情声是大家一起努力出来的成果，虽然曹静亦在情声和酷乐的战争中反应最快，立下汗马功劳，但其实她很多思路方向不符合互联网思维，可以帮助情声走过劫难，却无法带着它走上巅峰。

这一场曹静亦占据天时地利人和大获全胜，下一场还会有这么好命好机会吗？

勾践尚能卧薪尝胆，她等得起。

第50章

苦心人天不负

当初确定合作商家之后，林欣然花了两天时间去琢磨文案、配图，和技术部一个像素一个像素修正摆放位置，就为了让要投放的广告看起来舒服一点，时髦一点，不和整个 APP 的品位脱节，头发都愁掉了好几大把。

可在广告上线时，她已不再属于运营部而是一名行政助理，曹静亦带着一组原先的老人接手，曹静亦可以说是白捡了杨蕾和林欣然的劳动果实，获得了很高的声望。

最可气的是，她们的运营思路还是林欣然之前准备的，装作用户发了一些正向引导的评论：

"我家情声终于接到广告了？不用担心这么好的软件倒闭了。"

"为了长久生存，大家都帮着点一点。"

"嘿，今天不干别的事，就是郑重宣布我们要打广告了！"

这是一波带头操作，不同于强硬植入或者遮遮掩掩，情声真实直接地表达生存需要金钱，主动说我们要打广告，我们要赚钱，这种坦诚的态度反而让很多用户非常理解，甚至自发去说要支持情声的广告。

到了下班时间，广告投放这几个小时的跳转率都非常高，并且用户反馈基本正常，大家对少量投放广告并没有太大的不适，负面言论较少，禁言了少数新号马甲喷子之后，总体的舆论观点都偏向于积极支持。

这对情声整体的士气都是一种提升，拿着这份数据，曹静亦接广告、谈合作时提价的底气更足，通稿也能大吹特吹，最重要的是，将在青柳接下来的评估中展现足够的变现能力。

对于投资者来说，真金白银，比夸上天的概念来得实在得多。

曹静亦在关键时刻给出了续命的仙奶，风头更盛，弄得技术部、创意部总监等中层对她一肚子怨言都不敢讲。这种几乎力挽狂澜的功臣，除非是卞嘉德回来主持局面，不然，谁都没有那个高度来抹黑指责他，所以大家受的气，只能咬碎牙咽肚子里。

这一切，负责给会议室倒水送文件的林欣然自然全都听在耳朵里，面上却无愤懑不平，连许念都很惊奇她的定力。

林欣然表现得满不在乎，自有人替她打抱不平。

午餐时，大家一起吃外卖。贺小秋听张腾飞说起会议上曹静亦把所有功劳独占，气得直接把一次性筷子给掰断了：

"某人太不要脸了！明明是欣然做的策划，我不停地修图，飞哥带人一次又一次的调试，大家加班熬夜累成狗，结果到头全成了她的功劳，最后一清算，我们还是拖她后腿的猪队友？她这张嘴可真能颠倒黑白，气死我了！"

张腾飞忍不住也吐槽道："都是同事，共同做事而已，把别人呼来喝去的当奴才，谁会乐意！唉，再这样下去，我部门都有人要打辞职报告了。对了，你生气为什么掰我的筷子？"

贺小秋夹了块菜花丢嘴里："当然是因为我的午饭还没吃完。"

张腾飞恨不得锤这个混蛋一顿，贺小秋赶紧夹了一块肉送他嘴里，眨巴着水汪汪的大眼睛："相公，有我，还能饿到你吗？"

林欣然默默端着饭盒坐到了餐桌的小角落："吃饭就吃饭，干吗要虐狗！"

虽然准确地说，她算一只薛定谔单身狗，要分手没分手的边缘，但仔细想想，这种不上不下的滋味比纯种的单身狗更惨！

贺小秋的手机震动，她拿起来一看，是许念找她催图，一个晚上通稿要用到的图，说是要提前给曹总监审阅，希望她能快一点。

"催催催，我欠你的啊，吃饭都不让人安生！我都发了十几版了，前前后后一大堆自相矛盾的修改，下次你们能不能先想清楚自己要什么再下需求单？"贺小秋本来就是爆发边缘，明明午休边缘还找她催账，语气不免就有些冲。

怼完许念，贺小秋气呼呼地说："这工作没法干了。"

张腾飞其实也有些心灰意冷，觉得自从卞嘉德病倒之后就变得乌烟瘴气的。而且，他一直在做的大数据算法被停了，只让在广告推送方面给安排一下简单分析，然后技术部大部分人都被曹静亦安排去弄直播平台的搭建，他的组长身份也没了，就被当成一个普通的程序员到处堵窟窿，实在让他憋屈。

"我再等一两个月，如果公司还是这样，我也得另做打算了。"

贺小秋豪迈地一拍桌子："到时候我们都走了，让她曹静亦当光杆司令，看她还狂什么狂。"

林欣然却还老神在在，拍了拍生气的贺小秋，安抚她不要动怒："咱们得对纪总有信心，情声真正的掌舵人是他。"

林欣然没说出口的是，更要对自己有信心，苦心人天不负，更何况是逆流奋勇的

212 我不是妈宝

赤子之心。

除了情声公司的几个年轻人被曹静亦的霸道行径搞得怨声载道，此时还有一个人因为调岗，愁眉不展。

姜承东昨天和科长吵架的事早就传遍了，走到哪都能察觉到背后的指指点点和议论，工作上他从稽查科调到了后勤科。

后勤科负责食堂、卫生、办公用品等杂七杂八的事情，虽然有雇用保洁阿姨他们只是管理者，不用真的扫楼道，但因为全是临退休的职工、返聘的老人组成的科室，所以走进来就闻到一股近乎腐朽的味道，几个老员工对姜承东面上还算客气，但针对他昨日所谓的闲话和劝告，却是停不下来。

所长最后秉公处理举报案，但是领导的权威也是必须要照顾的，否则以后不好管束下属，没法开展工作。讨论之后，顶撞上司的姜承东也受到了惩罚。

但是公家饭之所以被称为铁饭碗，就是因为再小的公务员编制，档案也不在工作单位，而是在人事局、干部局，直属领导不能开除人，甚至连涨工资、罚工资的权力都没有，只能是穿小鞋恶心人。即使姜承东只是人事派遣，不是正式考进来的公务员，但当初进来时不清楚是哪个领导的面子，最严重的处理结果也只是被边缘化。

此事最大的伤害是未来的前途，领导不看好你，一辈子就只能当个基层，永远得不到升迁。

姜承东早就看透了这一切，心不在仕途，并没多说什么，只是跟着一起干活。上午去超市买一趟菜，每四个小时巡视楼道检查一下卫生，帮各科室领一下办公用品，一天的工作也就如此，倒是可以偷闲。

可很快他就明白了，领导根本不能得罪。

快到中秋节了，要给职工发福利月饼、水果、食用油等等，跟着一起把全单位几十个人的东西买完，自然不能让老人家搬了，全得他一个人搬上面包车。

回到单位还没有歇脚，通知男生们帮忙几个科室换位置，大家要搬家具，但是很快有几个人找借口走了，最后就剩姜承东和今年新分来的一个同事。

查卫生，故意留下死角找借口批评他，保洁阿姨已经下班了，领导说接下来有会，临时让他去处理一下。

"对不起我没空，处理不了。"看着后勤科长把扫帚给他送来，一副同情又等着看好戏的样子，他去办公室拿了打印好的一张表，直接上了楼。

所长正在和科长聊天，一见他，没有一点意外的表情，也没有让科长回避，当着两个人的面公开道："年轻人，刚还说到你呢，等在后勤科忙完这一阵，稽查科还是很需要你回去充实队伍的。"

在他的想法里,这些小年轻都被家里宠得太过了,养尊处优,不知道社会的复杂之处,这稍微摔打一下,道个歉,老同志也要表现出自己的高风亮节来。

姜承东却没有他想象中的讨好和谄媚,而是不卑不亢地道:"我是来找您提交辞职申请的。"

一直等着看姜承东服软的科长,笑容有些尴尬地僵在脸上。

所长也很意外:"你想清楚了?"

对他来说无所谓,公考热门永远不缺干活的年轻人,有人想走,自然有更年轻的人顶替上来。

姜承东点了点头,交了申请表给所长,接下来去找人事。

出门前,科长突然喊住了他:"小姜,听说你今年还要再考公务员,想考个正式编制?"

"谢谢你关心,但目前来看我不打算报考了。"姜承东斩钉截铁地道。

"想清楚啊?你这个专业读了五年不进体制内,合适的工作可不好找。"他好意劝道。

"工作不一定要和专业对口。"

"年轻人有想法有闯劲,我等着你的好消息。"

科长还是那副笑眯眯的样子,其实他想表达的意思,是你要是再考,如果还在区级啊市级这些单位转悠,我有的是办法整治你一番,卡面试卡体检都有办法,你如果现在求饶还有一条活路。

现在姜承东说的,他根本不信,只当他是撑面子。就算姜承东自己真的想跳出体制内,家里会答应吗?到头来,就是那上天入地的孙悟空,也跳不出他的手心。

第51章
可怜天下父母心

医院的走廊里面，突然传来女声的尖叫。

"什么，你辞职了！"

注意到打扰了别人，沈萍自觉地捂住了嘴，但是眼里的怒火却是要把儿子吞噬掉，"你给我说清楚，到底怎么一回事，怎么连个商量都没有，突然提辞职了呢？"

姜承东早就料到了母亲的反应，赔着笑道："妈你别激动，这事是我深思熟虑的结果，申请已经报到人事局，不会再改变了。你和老爸就祝福儿子在其他领域闯出个名堂吧。"

沈萍完全听不进，只一个劲追问："和同事吵架了？你不会是得罪了领导吧？"

她不知道自己无意间已经接近了真相，但姜承东不想让她担心，含糊道："只是公务员的工作不是我最喜欢的，收入也不能支撑家庭，不如投入全部精力在自媒体领域创业。有之前打下的基础，比当公务员有前途太多。"

"难不成就是你和林欣然天天在网上鼓捣的那些东西？"沈萍试探着问道。

"对，我之前在情声上发表乐评的号'一只特立独行的猪'，已经积累了不少粉丝，我打算以此为基础，再做电台主播来扩大账号的影响力。"

沈萍听不懂儿子说的这些弯弯绕绕，她只觉得天塌了半截，把儿子劝回家，自己一个人回到病房，愁苦地想着办法。

情声公司，原本的前台请假回老家，暂时由林欣然顶上，人事说要招聘新人但也没见发布公告，显然是要把她长久地困在这里。

这背后显然有曹静亦的授意，在她崛起之后，情声公司内部已经越来越泾渭分明，既而形成以她为中心的外来派，和以前卞嘉德从酷乐团队中带出来的本土派对立。

林欣然一直跟随曹静亦的死对头杨蕾，张腾飞、贺小秋因为自身领导的关系也属本土派，全都在曹静亦的打击范围内，工作上处处打压排挤，就是逼迫这些心高气傲的年轻人主动辞职，把情声变成她的一言堂。

但出于对情声的感情，或者是对未来股份的期待，大部分本土派都选择忍着气，扛着压力留在公司，甚至连贺小秋也收敛了小公主的脾气，扬言要让曹静亦了解一下什么叫作毅力。

林欣然在前台做得勤勤恳恳，登记访客、签收快递、花草浇水，偶尔帮忙订一些外卖、办公用品，没有多少技术含量，只要细心用心，就可以做得很漂亮，还有时间自学一些理论知识。

对比之前在运营部全负荷运转，现在的工作，竟然还被她安排出几分悠闲的节奏。

直到沈萍闯进了公司，也没有多想林欣然为什么会出现在前台，拉着她，用哀求的语气求她不要折腾自己儿子了。

林欣然还以为姜承东出了什么事情，找行政替自己在前台盯着，赶忙随沈萍到了外面细问，才知道姜承东辞了绿保所的工作。

沈萍认为是林欣然撺掇的，知道自己劝不动儿子，希望她能帮忙说服姜承东回心转意。

"你叔叔还在病床上躺着，要是知道他胆子有这么大，非气得再被送进ICU不可。"沈萍说着，眼圈已经红了，"我的话姜承东早就一句都听不进去了，但你说什么他都肯听，你让他回来好好上班，我们家底薄，实在是折腾不起，求求你了，劝劝他脚踏实地，别做不切实际的荒唐梦了！"

林欣然即使对眼前这个女人有再多的不满，但是她对儿子倾尽全心地爱护却是没有半分杂质，听她说得言辞恳切，也跟着难受。

但这么一口从天而降的大锅，是无论如何也不能接，耐着性子道："阿姨，您别着急，其实我最近和姜承东没有联系……"

林欣然好说歹说，还亮了通话记录、聊天记录，才让沈萍将信将疑两人最近真没联系，若有所思道："怪不得上次我和他说起你，他表情那么奇怪……"

沈萍把自己知道的姜承东从绿保所辞职，准备全力去做自媒体的大致情况细说了一下。

林欣然觉得姜承东这样做有几分冒险和冲动，但亦是勇敢明智的选择，离开那里，投身更自由更热爱的工作，才是年轻人应该做的。不过面对沈萍，她这些想法自然不能说出口。她对沈萍保证自己会找姜承东了解情况，尽量劝他回心转意。

沈萍又讲了好半天自己供他长大、念书的不容易，姜家那一大家子是多么地以他成为公务员为骄傲，而姜承东一直以来对父母多么孝顺。话里话外，林欣然能感觉到沈萍在责怪她把姜承东给带偏了，可是又因为有求于人不敢明说。

林欣然很和气地送走了沈萍，毕竟是长辈，哪怕说话让自己不舒服，林欣然不会再像过去那样直接怼回去，而是看淡那些小问题，关注真正的核心，沈萍把自己纳入了同一阵营，这是值得欣慰的事。

林欣然借着沈萍的嘱托，光明正大地来造访姜家。她一进门就看到客厅的凌乱，餐桌上摆着吃完没有收拾的碗筷，沙发上胡乱堆着衣服，姜承东有些赧颜，赶忙把林欣然引到自己房间，在床上腾出一块地方供她坐下。

她没有坐床，而是坐到他的电脑桌前，看着正在编辑的文档和一大堆参考文献，再看他通红的双眼，忍不住惊讶问他是不是忙了一个通宵。

姜承东把做好的笔记推给林欣然，说道："我工作辞了以后，说实话，挺没安全感的，就想着得抓紧挣饭钱了。昨晚一直在参考分析相关领域的自媒体账号，包括情声内容平台上靠前的几家，准备找一条更适合自己的道路，一不小心就忙到了现在。"

林欣然看他整理的内容和记录的想法，颇有干货，有些意外他这前所未有的干劲。

但现阶段的想法究竟会变成怎样的事实，只能以观后效，她开门见山地问他辞职的原因。

姜承东也没隐瞒，说起自己在单位的一些事，外加对现今人生规划的改变，这才有了辞职并且不再考公务员的决定。

"看着我的眼睛，确认这都是你清醒状态的想法，而不是在赌气？"林欣然笑问。

"幼稚！"姜承东狠狠送她一个白眼。

"我是看你说得太认真太激情，怕你心血来潮要去演讲竞选美国总统……"林欣然损了他一句，表情严肃起来，"我自然是支持你这个决定的，但你不应该这么早告诉阿姨，叔叔还在医院，她知道你这么胡闹，肯定急上加急。"

姜承东苦笑一下："这确实也是我欠考虑，当时觉得自己的人生从此迈入新篇章，恨不得和所有人分享我的自由，所以就告诉了她，却忘了她是求稳的老一辈……但我也想通了，既然相信在一个领域能取得辉煌成功，就不要在其他无用的事情上浪费时间了，除非我能成功到马云一样，否则她肯定还是会唠叨我这么做不稳定、风险太大，还是会经历这样一个不理解到理解的过程。"

他不嘴硬，承认是自己的错误，倒颇让人意外，林欣然左思右想，拿出了手机给沈萍打电话。

她怎么可能放心儿子，林欣然要来自己家劝说，她也跟来一直守在楼下等消息。

沈萍没有料想到派出去的说客如此快地倒戈，看着这对小情侣手拉手向自己陈情的样子，理解了代沟两个字，却还是失望林欣然也中了姜承东的邪。

"妈，我真的不喜欢那份工作。在那个地方干到四五十岁，或许这就是你们想要我过的人生，但绝不是我要的。"

"孩子，人人都想着一飞冲天，可大多数人还是得接受平凡。死工资最起码是稳定到手的东西，自己出来闯，和所有最优秀的年轻人竞争，付出的辛苦是现在工作的好几倍，结果还不一定好。"

然而这些道理姜承东早就想过，她老生常谈也没什么意思，所以沈萍最后只有疲惫地一叹："如果你一定要这么任性，就先从家搬出去吧。"

姜承东愣住了，他想过会和母亲有很多解释和争吵，却不想她如此冷静地赶走自己，委屈地叫了一声"妈"，想分辩什么，却全卡在胸口，一张嘴缓慢的开开合合，像是上岸离了水的鱼……

沈萍心里也很堵，这是之前从来没有出现过她脑子里面的念头，她和姜承东吵得最凶的时候，也只是想证明自己对，想长长久久把他留在自己身边，做一个听话的乖宝。

此刻，她却不得不放手了："你爸很快就出院，你天天在家里鼓捣，低头不见抬头见，他肯定心里难受。我可以同意你放手去做，但有一个要求，你暂时不要告诉你爸辞职的事情。"

沈萍让姜承东对姜国胜，甚至其他的亲人，都说自己是被委派到外地出一个长差，回来之后会是一笔非常好的晋升资历，其他的都不要多讲。

假如让姜家人得知自己砸了铁饭碗，估计又是一轮新的家庭危机，母亲的考虑的确有道理，姜承东思前想后同意了，收拾东西要先去找个落脚的地方。

"等等，把车钥匙留下。"沈萍叫住了他，"去了外地，怎么开车，作戏要作全。"

姜承东摩挲着车钥匙有些不舍，车再破，也比两条腿快，想到以后出个门都要挤地铁或者打车，一个头就要有两个大。

"怎么，不是你要出去闯吗，这点困难就退缩了。"

姜承东赌着气，放下钥匙出门了。沈萍望着门口好半天，再看不到儿子的身影，突然泪如雨下，眼泪无声无息地流个不停。

第52章

欢迎加入北漂大军

那神态,仿佛失去了世间最珍贵的东西,刚刚所有的冷言冷语,都只是强撑给他看的。

林欣然心下不忍劝道:"阿姨,姜承东永远是爱您敬您的儿子,他事业有起色了就风风光光地回来。"

沈萍哽咽着点头又摇头:"我的儿子是个好孩子,我一直知道。我只是怕以后他和我越来越远,他不再是那个黏着我依靠着我的宝贝,他真的要长大了……妈妈哪求你飞黄腾达,只要你承欢膝下,平安一生就够了呀!"

一时间,这些日子老公车祸住院,亲戚冷眼,家门衰败冷落,都因为儿子的决定爆发了,她情绪根本控制不住,无力地倒在沙发上,再不说一个字,只是哭。

林欣然也动容地陪着流泪,阿姨这么哭下去太伤神,她完全劝不住。

这世间本没有什么成熟,只是柔嫩的肌肤被世事磨砺成老茧,承受越来越重的负担也迟钝地感觉不到痛罢了。

又像雏鹰要学会飞翔被逐出温暖安全的巢穴,人也必须直面凛冽狂风时才能迅速长大。

但人终究不是那冷酷残忍的猛禽,把自己孩子推出去时,母亲的心也跟着一起坠落山崖。

林欣然想到自己当初被迫离家,母亲陶珍是否也曾经经历过这般难受、煎熬、挣扎、脆弱的时刻,心疼母亲。转念一想,或许,母亲和姜承东的妈妈作为同龄人更好沟通,林欣然找陶珍紧急救援。

晚间,孟涵乘坐的飞机降落,一个人回到了北京。

他今年的年假天数已经全用光了,没有时间再和赵琳自驾回来。

更何况这次旅行,两个人确认了余生不合适,再无瓜葛,又怎会纠缠不休。他被赵琳吸引,但不会让情感控制理智,和赵琳出游只是顺势而为,他也在赌情声能否给他一个惊喜。

陶瑜对孟涵这段时间消失，本有一肚子的愤怒质问，全因他同意和祁静秋订婚而暂时压制。

虽然言行如常，但她总觉得儿子变了，即使是亲自培养这么多年，也说不出究竟哪里变了。

孟涵回到自己房间，并没有休息，在他离开这段时间，两份情声APP发展前景评估报告，分别由青柳自身团队和第三方公司出具，都已经发到了他的邮箱。

这两份报告的评估主体内容基本一致，差异最大的点在于营收能力上，青柳自身团队做得按部就班，评估的项目顺序是孟涵早就定下，最后得出了情声曲高和寡，营收能力不确定性较大，长期持有才能收到投资回报的结论。

但是另一家第三方公司更了解互联网企业，清楚这个行业生死成败可能只在某个风口节点，一招棋就会盘活一局绝境，所以评估结果很动态，最后加入了近期情声广告招商和转化率等数据作参考，并且考虑了它将要开发的模块，称赞这是一款走在时代前沿的软件，并且在努力构建自己的生态环境，充满了进步的活力，流量转化率极具商业潜力。

从一样的论据中得出完全相反的结论，没有出乎孟涵的预料，他屏幕左右同时打开着两份报告，思考着自己要如何在周一的例会上报告。

说实话？为了短期利益去考虑？凭好恶去说话？按照母亲一贯的教导去说话？同情几分情声人的辛苦？

他想了很多立场，觉得有意思极了，但是最后只是伸出手指，在屏幕上轻轻勾勒一个字，卡在两份文档中间——利。

怎么才能帮自己谋求最大的利益呢？

孟涵最终露出一丝自得的笑容，给卞嘉德留了言，希望今明两天有机会，可以登门拜访一下。

陶珍一向是嘴硬心软，最疼女儿的，听说是姜家的事情，第一反应是林欣然和未来婆婆发生了冲突，生怕她年轻势弱，在和中年妇女的斗争中落了下风，立刻盛装出门，外表气势都决不能落了下风。

现在很多婚宴上，新娘子不过是一身婚纱一套旗袍，但是婆婆和丈母娘却没有这个限制，时常较劲似的换了一套又一套闪亮衣服，说到底都是生怕自己的心头肉到了别人那里受欺负，在任何场合都要争上一口气。

等陶珍到了姜家，看到泣不成声的沈萍，问清楚发生了什么事情后，暗中松了一口气，却忍不住瞪了谎报军情的林欣然一眼，见她那份狡黠的样子，心想自己怎么生了这么个鬼机灵，竟然想到让未来的亲家母们互相劝和，抱团取暖。

我不是妈宝

陶珍收拾心情，含糊着喊了一声沈姐，先顺着沈萍把该吐槽抱怨的全都数落一通，再把当初林欣然出国、回国，到被逐出家门，自己的心路历程变化讲给她。

沈萍情绪已经发泄得差不多了，见到陶珍，先自有几分不好意思，又知道她是一片好意，耐心地听着，却也品出几分世俗冷暖来。

她们都受独生子女政策影响，只有一个孩子，别看男女有别，一腔热血全倾注在小祖宗身上的心是一样的。只不过林欣然从小主意正，不听话多了，陶珍早就习惯女儿的叛逆，接受起来更容易些，姜承东则是突然觉醒，沈萍才格外难受。

"孩子大了就是指间沙，你越想抓，越抓不住，干什么都和你倔着来。我们再替孩子着想，他们不领情也没办法。其实孩子们走自己选的路未必就不好，只要他们自己想明白，我们也要相信孩子的能力。"

"就是读书多了，才成了呆子。"沈萍嘴上不饶人，却也听了进去。

"你这和我当初一样，就是不服气，但是咱当年上班找老公买房子生孩子，一件件大事，家里可有样样都同意吗？现在想来，自己过出来的日子也不差。"

沈萍低头一想，确实，当初她年轻时，也时常和父母逆着性子来，且不论对错，自己当初倔得十头牛都拉不回来。

陶珍见她听进去了，赶忙道："所以啊，对这些小混蛋就不能太好，把他们当宝宠上天，他们可不稀罕了。真进了社会，知道人情冷暖，才明白父母是这个世界对他们最好最仁慈的人，你瞧我家闺女不就是这样吗？"

林欣然忍不住出声："咳，对！世上只有妈妈好是真理！"

"得了，你一边待着去，我和沈姐再聊聊。"也是难得找到一个知音，她反成了主人要赶人。

林欣然灰溜溜出去，才关上门，不知道她们讲了什么，传来中气十足的笑声，不由给母亲竖大拇指点赞。

"妈，以后我会好好孝敬你的，爱你。"她耳朵贴在门上又偷听了一会，估摸着不会有什么意外，便找姜承东去。

情声的广告招商非常顺利，现在它自身流量在一个稳步上升阶段，用户转化率、付费率非常高，还在主推智能算法，根据使用场景精准投放，这都是溢价的资本，短短两个星期，曹静亦洽谈成功的广告费就近千万。

流量为王的移动时代，浏览器和搜索引擎已不是绝对王者，每一个APP都是一个入口，BAT的财力排名就是在这时悄然变动，情声的广告营收已经成了业内近期免费软件变现的经典案例，随着孟涵在例会上说明情况，青柳已经彻底打消了把这块肥美蛋糕拱手让人的想法，甚至还准备领投下一轮让情声更快速地发展壮大。

听到这个消息,整个公司的人都如释重负,他们终于不用担心公司会被酷乐捡了便宜。

林欣然知道是赵琳带孟涵消失一段时间,给了情声时间差完成变现布局,还没有找到机会和赵琳说一声谢谢。

但是绝大部分人都不知道那价值千金的几天窗口期,只把负责商务谈判的曹静亦当作救世主,她在情声公司内部风头无两。

正是新一轮融资的重要关口,纪京武忙于商务应酬,对于公司内部管理就有些精力不济,这也是曹静亦异常嚣张的一大客观原因。被曹静亦步步紧逼的本土派几位总监都只能做应声虫,更何况是下面的普通员工,日子愈发艰难。

纪京武已经无数次听到怨言,但曹静亦暂时动不得,她是整个公司最懂商务的人,在圈内的资源也丰富,需要她打头阵,把情声的短期财务报表做得漂亮。

情声能做的商务模式探索,酷乐很快就会模仿,拉锯战一直在持续,不存在你死我亡的情况,只能竞争谁的市场占有率更高。

不过,曹静亦的气焰也确实需要压制一下了,而具体方法不用他想,只要点拨下林欣然,资料就整理好送到面前。

纪京武的工作收件箱有一封林欣然的"情声本季度各大应用市场评分调查",图表显示了不论 ios 端还是安卓端,去掉水军恶意刷的差评数据,真实值有 0.2~0.3 的小幅下降,低星评分主要集中于近期,主要原因有两条:旧版本 BUG 始终没有修复影响使用,内容平台无良信息刷屏无人删除,整体氛围乌烟瘴气。

纪京武毕竟是做过运营部老大的人,一眼就看出来这是原来二组的负责范畴,而现在的运营部没有及时跟进 BUG,也没有对内容平台的评论进行足够的管理筛选,导致影响用户体验。

第53章
不受欢迎的红娘

情声一向最重视细节，但是现在杨蕾走了，曹静亦大力开疆拓土，已有领域却开始疏忽。他找曹静亦问责，曹静亦立刻承认是自己工作失误，但也存在着人手不足，对于次要矛盾不得不暂时放松。

"一款软件想留住用户是木桶理论，一个短板支撑不住，就会损失大量的用户，你这样忽视用户体验不是做精品软件的思路。"纪京武脸色难看，很不满曹静亦此时的态度，"我也理解你在全力拓展商务，精力难免不足，这两个问题其实都可以归属到客服方面，我找人成立一个客服组，暂时归技术部管，回头让你那边负责的人把权限交接一下。"

这就是分权了，在职场厮混多年的曹静亦自然清楚，纪京武在敲打她收敛，面上很是谦虚地接受了教导，但低下头时眼底的怒色和不满一闪而过。

很快她就知道，纪京武找到的负责客服组的人，是林欣然，这让她怒不可遏。

而这个解决方案是林欣然在邮件后面提供的几条解决思路之一，在情声的这段时间，她很清楚纪京武虽然没有卞嘉德那么理想主义，但肯定会尊重卞总原本的发展思路，不会放任情声成为短期赚钱机器，一定会重视自己反馈的内容。这是她给曹静亦的一个教训。

有了纪京武的保驾护航，林欣然在和张腾飞临近的工作区确定了自己的工位，从运营部那边调来了一个实习生跟她，陆续还会招人，面试由人事部负责。

交接工作时，许念是兼管原来客服工作的负责人，对着林欣然阴阳怪气地说："你得意不了多久，曹总监可发了好大脾气，纪老大等下没时间天天保着你，连我都替你未来担忧。"

"我只是情声的一分子，老老实实工作，我的未来我自己操心，用不着你多管闲事。"林欣然摆出你干不掉我的样子。

许念横了她一眼："哼，等着瞧！"

没多久，她就很不客气地把权限转给了林欣然，还转来一大堆没有完成的工作，半秒都不想多待就回去了。

曹静亦被纪京武教训，许念自然就是被曹静亦收拾的那个，平白挨了一顿批，林欣然必然就是那个打小报告的罪魁祸首，偏偏许念还奈何不得，自然不会给林欣然好脸色。

林欣然安安心心地处理工作，指点新人，她没有一点诬告的动机，出于对情声的感情，写了一篇分析调查，问心无愧。

不知不觉间，罗芳已经从老年大学退学半个月了，但得益于黄志明一对一的悉心指导，她的国画越来越有模有样。

那间小小的古董店，已经成了她非常有归属感的地方，不光一周五天从无缺勤，连应该没课的周末都和张腾飞说要自习练画，跑来和黄志明"补课"。

对于黄志明来说，罗芳虽然不是大家闺秀，但性格温柔，有追求艺术的一颗心，对他还很是有几分崇拜之情，看着她一点点进步，实乃人生一大乐事。

罗芳在黄志明的小店里，没有同学们那乱七八糟的议论和目光，他讲得又比老年大学那个老师精妙太多，手把手、针对性地教导最能学到真东西，一点也不想回去了。

书画之外，两个人还能一起讨论生活，听黄志明讲学问，这是她以前那个只在田地里操劳的前夫从来没有给过她的体验。不知不觉间，她还真就喜欢上了这种生活。

别看黄志明20多年既当爹又当妈把儿子拉扯大，教育成才，但那双舞文弄墨的手做起家务来始终差点意思。罗芳看不过眼，麻利又干净地把店里小卧室收拾好，古玩保养得纤尘不染，黄志明内心十分感动。

这情投意合、神仙眷侣的二人世界，虽小，却有着无穷魅力，连两位老人的心都年轻起来。

林欣然帮姜承东把零碎行李搬进了小公寓，逼仄的空间，一张床一张桌就占据了绝大部分面积，所幸还有独立的卫生间，房子、电器也比较新，是这个价位能找到的最好的房源了。

他要自主创业，一段时间内都会收入不稳定，但存款有限，可比林欣然那阵心气低多了，一个人住房子不用太大，不用上班往返离地铁也可以远一些，干净独立方便自己长时间宅着，距离林欣然上班的地方不算太远，除了小一些，近乎完美。

她其实也考虑邀请他和自己住，但是姜承东拒绝了，一是不想占她便宜，二是自己工作时间时长都不固定，那边也只一个大开间，势必会打扰她休息。

"恭喜你，无车无房无工作的姜承东同学，现在你也成了一名北漂。"林欣然和他并排坐在床上，这转身都费力的走道，却隔出很多人最后的尊严。

姜承东搞定了接下来一段时间的房子和工作场所，心情也不错，笑道："纠正一点，我可不是没工作，我是自由职业者，自负盈亏。"

"哦？现在彻底没人管着你了，之前沉迷的游戏还玩吗？"

"打个赌，在能养活自己之前，我不玩。"

姜承东的保证底气十足。

姜承东这些日子的努力，林欣然全都看在眼里。从小到大，姜承东还是第一次挖空心思要把一件事情做好，从初期的分析竞品，到现在规划发展方向，每天工作时间在十二个小时以上，还要除去路上奔波、往返医院的时间，个人的休息娱乐时间都压缩到极少，终于戒掉了一直沉迷的游戏。

姜承东除了每周两篇在情声平台上的深度乐评文章，个人电台供稿之外，他还开通了微信公众号，每天推送一篇含有人文思维的文章，名字起的就很文艺，叫作世景，以文字展现世情风景，人生百态。

他建这个号，副标题是"为文艺正名"，第一篇文章就抛出了一个很有意思的观点：世道变坏是从嘲笑文艺青年开始的。

姜承东用他细腻的笔触，恳切地诉说文艺不是无病呻吟、矫情，不是夸大日常生活的戏剧感并且沉浸其中，更不是使用某些华丽而毫无实际的词汇来形容一种飘渺而不可捕捉的情绪。

真正的文艺应该是思考，是人们在浮躁生活中错失的可贵精神——爱情、美丽、感动、伤感、渺小感等等。它不应该是一个被嘲讽的词汇，而是审美的重要构成，它与苏格兰人门外的花圃以及英国绅士脖子下的领结一样，显示着对世界的积极态度，显示着对品质的追求和对粗鄙的拒绝。

这个号的第一批订阅用户是他在情声积累的粉丝。能被他的品位所吸引的人大部分都是同样具有文艺特质，敏感多思，现在有人将其清楚到位地讲出来，获得极强的精神共鸣，视作者为知音，安利给同好。

林欣然给予姜承东全部的支持，给他帮忙出主意。"世景"不光是他的才华和思考之地，找到自己喜欢并且愿意传播的内容，更会因为微信日益强大而越来越有影响力。

微信公众平台有越来越丰富的信息表达，海量用户在等待消息时读圈层属性强的好文章。

这比姜承东在情声平台上在运营的乐评号更有前景，因为微信拥有更广大的用户基础，黏性更足，而且公众号的内容深度和广度也远远超过乐评。

或许有一天，文艺中年姜承东成为新一代文艺青年的小旗手，想到自己会是这么有趣事情的参与者，林欣然与有荣焉。

林欣然自己在做刚申请的情声的微信公众号，而情声的微博账号是许念在运营，每天都会分享当下的流行歌曲，定期做一些话题、音乐人的主题，百万粉丝，用户活跃度一直不错，已经极具商业价值，自然不会轻易交给她这个"高级客服"。

林欣然把重复性的日常工作交给新人之后，全身心投入到了情声的公众号，亲自运营，主推的是自身内容平台和网络电台，每日的固定更新内容是"精品歌单+搞笑评论集锦+主播推荐"，图片活泼表情丰富，口吻是一位虚拟的萌妹"情声酱"。

虽然撰稿的是客服组团队，但是林欣然始终强调统一口吻和人设，竟然引得不少人认为"情声酱"真实存在，留名表白求爆照，让她们几个知道内情的新人都感觉很有兴趣，每天的阅读数迅速破万，随着一些分享朋友圈、群组抽奖的活动进行，关注人数更是迅速上升。

关于如何运营公众号，她和姜承东是互相摸索互相帮助，不知不觉间，都走到了这个行业的快车道上。

林欣然有了纪京武的庇护，工作开展得风生水起，但其他人的日子并不好过。曹静亦表面上有所收敛，但是对公司技术部依然不停指手画脚，像张腾飞还是被安排在直播平台的搭建调试工作上，被当作普通程序员去赶进度。

原本主动加班的张腾飞，因为工作无趣，最近已经开启了养生模式，每天完成需求单后按时上下班，正常双休，陪着贺小秋约会，倒是让小公主很开心。

周六晚上，两个人坐在滑雪场返程的大巴上回来，贺小秋放了第一次滑雪的张腾飞一条生路，不继续使唤摔胖一圈的他做跟班了。

"小飞飞，我明天和闺蜜约了，你自己潇洒去吧。"

张腾飞自然乐得答应，可真到了周日，才发现自己习惯了身边有个吵吵闹闹的小丫头，母亲罗芳又去上课了，一个人在家看书敲代码，竟然感觉到了几分无聊。

想到母亲，他有些歉然，自己天天和贺小秋玩耍，对她那边的关心大幅降低，弄得她最近都很少像以前一样围着他打转，想必是伤了心，所以张腾飞看了眼时间，准备去学校那边带母亲中午一起去吃顿好的，慰劳母亲。

到了学校，大门紧闭。老年大学的看门大爷笑道："小伙子，老年大学周六日从不开课。"

张腾飞满头雾水地给罗芳打电话。

第54章

将冷战进行到底

大超市里面，罗芳和黄志明推着小车，挑选一会中午要吃的菜，突然罗芳的手机响了，支支吾吾说了半天，等挂掉后，两个人雀跃欣喜的心情都变得忐忑起来。

"你儿子，发现了？"黄志明有些心虚。

"他要找过来……"

"那咱俩到时候怎么说？"

"直说吧，你是我老师，水平可比老年大学高多了。"黄志明听得心里美滋滋的，罗芳又补了下半句，"……而且还不用花钱。"

老头的脸垮了一半，不过腰板也挺直了，大声道："对啊，我们又没做亏心事，传道授业解惑，特别纯粹！"

但一直只谈艺术不谈感情的两位老人却不约而同回避着目光，在想着我们真没有做亏心事吗？

他们都单身了太久，也为照顾子女的感受想得太多，全然忘了个人幸福是什么滋味。

黄志明毕竟有贺小秋当军师，心思活泛不少，先反应过来，鼓起勇气道："咱们再挑点腾飞喜欢吃的菜和肉，我家还有不少好酒，到时候开一瓶。"

罗芳脸微红，极小声地说"不用"。她心里七上八下，也拿不定主意，但又在内心深处有所期待。

张腾飞按着母亲报的地址找到了黄志明的小店，中午一起吃饭，他对这位老人家第一印象不错，五官端正，谈吐不凡，穿着打扮有品位。

罗芳也给张腾飞说了老年大学收费不实惠，跟黄志明学得很好。

张腾飞不太懂得欣赏意境，只是看古董店挂的几幅画作都有模有样，便认可了罗芳这个说法。

但坐的时间越长，他却对黄志明愈发厌恶。黄志明和罗芳之间不用言说的默契，发乎本能的照顾，倒显得他很是多余，很快就基于男性本能认定了黄志明对母亲别有用心。

但黄志明教自己母亲学画，张腾飞也不好当面说破，吃完了一顿饭，见母亲还不想走，便先行告辞，准备回去再和母亲好好谈。

可这一出来，导航规划回家的路线，突然觉得这线路似曾相识，再看附近的街道高楼，有几分熟悉。

四下转了一圈，就看到了熟悉的小区，这不是贺小秋家吗？

张腾飞不得不把这两件事联系起来，思忖了一下，还是拨通了女友的手机："小秋，你知道一个古玩店，叫艮雅轩吗？"

贺小秋二货发作，笑得叮咚清脆："是琅雅轩，你的语文是体育老师教的吧！"

张腾飞瞬间确定心中的想法，声音冷得像一块冰："贺小秋，我在你家小区门口，请你过来解释一下你和这家古董店老板的关系。"

贺小秋的笑容顿时僵住了，看来黄志明大爷被发现了，张腾飞是故意念错字套她话。

一直隐瞒的布局被人发现了，贺小秋也不敢再和闺蜜逛街，挂断电话就往停车场跑。

相处这么久，她清楚张腾飞的性格，平日里好说话，但在乎的事情特别认死理，一旦生气，后果不堪设想。

刚刚他那语气，明显就是真动了怒，所以贺小秋丝毫不敢耽误，还特意把车停到了小区外有一段距离，探头探脑发现张腾飞在树荫下一条长凳上坐着看手机，没有特别狰狞的表情，这才敢上前。

张腾飞面上冷冷的，往边上挪出空地让她也坐下，一副洗耳恭听等你坦白的表情。

"哎呀，要不去我家聊去？我妈可想你烧的那道清蒸鱼呢。"贺小秋想找个外援。

"就在这说。"往日一向顺从体谅她的张腾飞回答得很生硬。

贺小秋撒娇卖萌，可惜张腾飞完全不吃这套，弄得她心里越来越没底，吞吞吐吐交代了自己是怎么把两位老人安排得明明白白的。

"没想到你是这么有心机的女生，怕我妈拖累你，竟然真给我找一个后爹！"张腾飞眼底压抑着怒火，亏得他之前还觉得贺小秋是好心帮罗芳丰富老年生活，结果却是算计母亲，使她掉入阴谋陷阱。

贺小秋不服气道："谁要心机算计你了！缘分天注定，我顶多只是牵线搭桥，做红娘而已。说到底，为你妈妈好，也是为你好。"

"为了我好要骗我这么久，分明就是见不得光的阴谋，你这种好，不好意思，我们家受不住。"张腾飞转身就走。

贺小秋拉住了他的胳膊："飞哥，你相信我，我当时只是怕你和阿姨不答应，才自作主张，我知道错了……"

"别碰我！"张腾飞用力甩开了她的手。

贺小秋一向是被男朋友捧在手心里，从不曾被这般粗暴对待，猝不及防下连退了好几步倒在地上，张腾飞也有些意外和心疼，忙跑过去扶她。

一辆奔驰停在了他面前，一脸怒容的贺新成从车上下来，干瘦的身子里面酝酿的怒气值爆棚，简直随时能变成金刚："你敢欺负我女儿！我从小到大都舍不得打一下，你小子好大的胆子！"

"爸……我脚好疼。"贺小秋又一次崴脚了，再加上心里满是不被理解的委屈，一下子眼泪控制不住地往下落。

张腾飞只是很生气贺小秋算计自己和母亲，不想贺小秋今天穿的是高跟鞋，一下子不稳就摔倒了，正好被回家的贺新成撞见，闹出眼下的误会。

看到那可爱的脸因为痛皱成了一个小团子，张腾飞也心疼，可是碍于贺新成在那冷若冰霜地杵着，先自己一步就扶起了贺小秋，他只能说句："小秋对不起，我真不是故意的。"

"哼！讨厌你！"贺小秋有了老爸撑腰，不由硬气了几分。

贺新成用很失望的目光看了眼张腾飞，带着贺小秋上楼了，话也没再多跟张腾飞说半句。

随着天气转冷，身上衣服越来越厚，贺小秋更怕冷，早早就把自己裹成了个粽子，摔那一下也就当时疼，很快就好了，屁颠屁颠跟在贺新成后面，想着还是只有老爸对自己最好。

她那两滴眼泪，从小就是来得快去得也快，这会已经和没事人差不多了，问老爸怎么提早就回来了。

贺新成虽然宠女儿，却也知道这个丫头有多么不着调，外人面前不能输阵，但家庭内部还是要把事情掰扯清楚。贺新成严肃地问："说吧，你怎么气张腾飞了？"

"爸，瞧你这话说的，我可是比那窦娥还冤呐！"贺小秋立刻不满起来。

贺新成把她看得透透的："少来这套，你要是真的委屈，当场就没完没了了，绝不会见我才吭声，然后乖乖跟回来，肯定是你得罪人在先。"

贺小秋撇撇嘴，却也知道瞒不过，但心中坚信自己功大于过，想找父亲评理，就把自己安排两位老人相亲的事一五一十全交代了。

母亲田晓雯也从卧室出来一起听贺小秋讲述经过，贺家父母都认为自己家孩子一片好心，只是做事方法欠妥。

"过两天，请那两位老人坐下一起吃个饭，你再道个歉，这个事情也就过去了。"

贺小秋似懂非懂地点头，道歉她不在乎，不就是随便说两句好听的嘛，老爸说行那应该就是没有问题。

"先等等"，田晓雯暗中掐了贺新成一把，"我以前觉得张腾飞家庭条件一般，但性格好，小秋就算嫁过去也不会受婆家气，但这回出了事，张腾飞二话不说就站在自己家那边，要是他妈和小秋都掉进河里，那小子能管小秋吗？"

贺新成一听就懂了，按说以张腾飞的条件能和贺家结亲家，是有些高攀了，态度上应该客气退让，以长久维护这段关系为主，之前的相处，他们两个也觉得张腾飞确实特别宠小秋。

可是一旦和母亲牵扯上，张腾飞却像是变了个脸，说明在他心目中，母亲的位置远远比贺小秋更重要，再想想母子相依为命在北京生活了这么多年，贺小秋真嫁过去，以她那半点心眼也没有的性格，婆媳关系上肯定会吃亏，老公还不会帮着自己，这可真是一头扎进苦海了。

贺新成也不管自己刚刚还劝和，这会一拍桌子："算了，这个张腾飞实在不是个东西，好心当驴肝肺，以我们小秋这脑子，安排他们两个老人相亲容易吗？那是多么辛苦才下这么一盘大棋，他不感恩就算了，还质问你，这种男人绝对不能要了。"

贺小秋一想果然如此，自己左要让黄志明屈身上课，右要让张腾飞和罗芳知道老年大学，还得给他们感情障碍出主意，活脱脱就是鞠躬尽瘁的诸葛亮，结果到最后里外不是人，这委屈大了，瞪圆了一双水汪汪的眼睛："张腾飞，必须得认识自己的错误，主动哄我道歉！"

贺小秋被爸妈忽悠着决定不理张腾飞，张腾飞也生着她的气，没有联系她。

母亲就是他的逆鳞，在他的认知里，贺小秋如此设计罗芳，给自己找后爹，实在太让人难以接受。

不过和贺小秋的这些日子相处，他也有巨大的收获，那就是和女人沟通不能讲道理，要打感情牌，所以对于如何让罗芳认清黄志明的真面目，绝不是蛮干抹黑能达到目的，他还需要一些怀柔的手段。

因为比罗芳早到家，张腾飞亲自下厨，等着母亲回家。

第55章

不成功便成仁

快 7:00 的时候，罗芳才不紧不慢地回到家，看到一桌子饭菜不由有些感动，嘴上却还是责怪："就咱俩人你做这么多菜，都浪费了。"

"反正闲着也是闲着，就多做了点，咱慢慢吃就是了，正巧也挺长时间没和您好好说说话了。"张腾飞等罗芳洗过手，拉着她坐下，又是盛粥又是递筷子，好不殷勤。

罗芳隐隐感觉到别扭，但是张腾飞一直跟她讲工作生活上的事情，以前她关心但是张腾飞没耐心多言，现在难得有了谈性，罗芳自然顺着他，希望他能多和自己说说话。

中间罗芳接了一个电话，避开张腾飞去阳台讲了好几分钟，他也没有不耐烦，回来后继续话题，不动声色间就说到了母子二人的生活改变，引得罗芳也是颇多感慨，顺势提起了黄志明的事情。

罗芳一个劲给黄志明说好话。张腾飞装作好奇地问道："他画得那么好，为什么还要去国画班啊？"

罗芳一时愣住了，支支吾吾说不上来。张腾飞把贺小秋撺掇黄志明的始末告诉母亲。

"那个黄志明肯定居心不良，对你有企图，妈你可得小心点！"

罗芳一向由儿子拿主意，但小辈来说自己的感情问题还是不免羞愤："别瞎说！你妈一把年纪哪还有什么感情问题，就是学画罢了。你要觉得这个人不地道，我以后不联系，也不去他店里了。"

"这就对了，妈，你要是还想上学，我们换一家学校，找个师资力量更强的！"张腾飞得到她的保证，笑开了花。

罗芳刚刚说了狠话，却感觉心里空落落的，并没有心情再去上课，搪塞儿子后也就不了了之了。

接下来的日子，罗芳和黄志明断了来往，黄志明不知道自己哪里出了差错，又是道歉又是说好话，但罗芳说什么也不再去他那里了。

张腾飞和贺小秋进入冷战状态，工作也佛系养生，自然有更多时间回归母亲身边，罗芳老有所依，自己瞎画，偶尔怅然若失，但日子还能过。

可黄志明难得在罗芳身上有了知音的感觉，骤失佳人，走在小店里，仿佛依然感受到她的欢声笑语，可罗芳却是连他电话都不接了，曾经的过往像一场大梦。他心里越想越难受，店不开了，棋下不了，成天闷家里茶饭不思，年纪大了，心思一重，身体就不舒服，不得不去了医院。

他儿子去了国外定居，常年就几个老棋友互有来往，唯一来看他的晚辈，竟然是贺小秋。

"小秋，你可得帮帮我，这事是你闹出来的，你得负责到底……"

"志明叔叔，你先调养好身体，我一定不负您所托！"贺小秋觉得老爷子真是比对她视而不见的张腾飞有情有义。

在贺小秋小女生的世界里，我生气不理你，你可以来哄我，说点好话，送个小礼物……我可容易心软了。

可惜一周过去，张腾飞也没有任何动静，好像对她失望透顶，从此路人一样。

转天上班，贺小秋收拾心情，找到张腾飞要和他理论。

"有事吗？"张腾飞抬头目光扫过她，就低下头继续敲键盘，语气没有一丝温柔。

贺小秋酝酿了一肚子的台词，见他这副半死不活的样子消散了大半，赌气道："没事，就是来说一声你这条带鱼臭了，保质期过了，该扔了，拜拜！"

情声这个月的广告收入持续走高，同时依靠着内容端无损音乐曲库、有声小说、个人电台的发力，付费会员的收入也大幅提升，而这所有的收入都和运营部有着千丝万缕的关系，曹静亦被当作整个公司最会赚钱的人。

之前纪京武的小小提醒，已经失去了效果，她再一次嚣张跋扈起来，通过招聘引入了一批新的员工，在各部门安插人手，又一次打压了本土派的势力。

林欣然很不幸成为牺牲品之一，她负责的客服组原本挂在技术部下面，技术部老大面对咄咄逼人的曹静亦，能保住自己核心团队就不错了，其他方面只能给曹静亦让步。

无论人事风云如何变幻，林欣然的工作可以说是很有成效，重新梳理了客服需要负责的所有流程，把情声公众号运作得有声有色，在周末发布的搞笑评论合集分分钟就能突破 10W+，在这个娱乐至死的年代，"听歌配超短篇爱情小说"已经成为了情声 APP 的专属标签。

就在这个时候，曹静亦来摘果子了，她先是把客服组的归属划进了运营部，然后派了一个副组长。有曹静亦这位顶头上司在，客服组谁都清楚谁的话语权更重要，林欣然想做的事情，只要副组长不同意，就是推动不了。

曹静亦高手段的两招棋，林欣然就被架空了，运营的部署被打乱。林欣然气到爆炸，却没有地方可以申冤，还不能放手客服部的工作，如果出了问题，她作为直接负责人免不了背锅，曹静亦就有正当理由撤了她。

　　林欣然本以为扳回一局，没想到又给曹静亦做嫁衣，自己和曹静亦相比，道行还是太浅。在父母的开导宽慰下，她终于平复心情，日子还长。

　　张腾飞现在负责的工作对他来说太轻松了，即使不加班也能有不少空闲时间，作为一个强迫症，他免不得要测试一下自己之前开发的功能，结果就发现了情声投放的广告算法有问题。

　　广告转换的核心算法是张腾飞自己一行一行敲的，根据用户数据、使用场景会推送相关广告，精准度在国内同类产品中遥遥领先，这也是情声始终保持高跳转率的一大法宝。

　　但最近测试时，张腾飞发现广告的实际推送效果和他编写的算法有出入，有一小部分广告会无视场景多次推送，总体频率明显高于同类内容。

　　在后台分析推送算法，依然是他写的那套，并不会造成这样的结果，那么只能说明这是运营部在设置时动了手脚，给一部分广告人工加高了推送量。

　　张腾飞敏感性极高地意识到有猫腻，林欣然听完他的描述，也明白这里面可能涉及暗箱操作，但只凭后台分析的结果不足为证，现在曹静亦在公司风头最盛，必须还要掌握更完整的证据才行。

　　"她以后一定会后悔把我调回了运营部。"林欣然露出了然于胸的笑容，以要续订合同走流程的名义，从法务部那边调阅了当初曹静亦招商时跟涉嫌公司签的合同。

　　张腾飞和林欣然合力调查情声广告推送频率异常的现象，通过对比合同，发现条款、金额都没有明显差别，但是有几家在后台设定了强制推送，每日都有固定的任务量要完成。

　　自从之前出过数据库后台的漏洞之后，情声服务器端的每一个小设定都要经过逐层审批，这种级别的操作，必须要得到曹静亦首肯才行，所以极大概率是她和这几家合作伙伴存在利益输送。

　　情声发展到今天，已经成为了一个稳定的流量入口，设定上几个参数，落实到实际生活上却会影响到几百万的覆盖人群，对于公司来说这都是真金白银的利益，是可以明码标价的，但在情声签署的合同上完全没有体现。

　　不过林欣然他们还没有找到证据直指曹静亦，商量过后，他们没有轻举妄动，而是准备收集更多的证据。

　　经过筛选之后，她选中了一家名为逐鹿的手游公司，这家公司今年主打的一款换皮的卡牌网游，集国产游戏的骗氪套路于一身，没有特别大的创新点，不会有好口碑，但只要有渠道重推，有足够的用户涌入，就能成为有稳定现金流的快餐化产品。

逐鹿的合同看不出半点毛病，但是它在情声上的额外广告推送最多。通过查询背景资料，青柳投资是逐鹿的股东之一。林欣然想借助孟涵的力量调查逐鹿，构成完整的证据链。

赵琳到北京以后，又返回故乡修养，直到今天，才说到林欣然的小窝一聚，还叫上了最近做什么都兴致缺缺的贺小秋。

两个小姐妹看到赵琳时，不由大跌眼镜，原本的长发御姐变成了酷炫的短发少女。

"我始终不明白，当初怎么劝你，你都要趟孟涵的浑水，为什么出去了一趟，你和孟涵又能分得那么干脆？"

林欣然终究问出了心中的疑问，贺小秋也一脸好奇宝宝。

"一见钟情是一种情，就此别过也是一种情。那次旅行，我们放下一切爱过、自由过，最后发现彼此道行虽深，但不同宗，无法一起修行，就自然而然地散了。随缘，最自在。"

贺小秋鼓掌道："琳姐是我见过最潇洒如风的女子！佩服佩服！"

赵琳偷笑："看着你们精神头满满地与天斗与地斗与人斗，其实还挺羡慕的。小秋，你也别和男朋友较劲了，找到一个投缘靠谱的人不容易，等以后你后悔都来不及。"

"本公主是完全不在乎他，要过自己的美丽人生。"贺小秋撅起了嘴，眼里却难免失落。

但她的什么心情可全都写在了脸上，林欣然叹道："来来来，把你们两个的矛盾好好说道下，这次可不光是你的幸福，还关系到我们的前途。"

第56章

妈妈也需要人疼

孟家家宴，林欣然也跟着一起去凑了热闹，找孟涵疏通关系。

"逐鹿不是我负责的项目，但也能看到审计报表，帮公司捉出蛀虫人人有责。"

孟涵看着林欣然眼睛越来越亮，露出一个恶魔般的笑容，"可是我为什么要帮你勾心斗角？"

"咱们俩是亲亲的表兄妹嘛！"林欣然讨好道。

"那你是我表妹，帮我忙也是义不容辞喽？"

林欣然"呃"了一声，还是重重地点了头。

姜国胜身体状况基本稳定，获准出院。

他骨折的地方还挂着支架，一年后拆除，左手恢复了一点知觉，每天都要按照康复计划进行锻炼，暂时还无法重新开车。

况且家里现在，也没车给他开了。

姜承东借口和单位请假，来接父亲出院。沈萍之前已经把他外派半年的事情和家里其他成员都说了，因为都不在体制内，大家没有怀疑。

这段时间姜承东的公众号运营得不错，但还没有到把流量变现的收益期，反而是情声那边因为开启了会员付费，他的有声节目点播量走高。情声的内容平台基本的推荐制度还算公平，他这类老主播得到了不少曝光机会，有近两万块的分红，给父亲买了昂贵的补品，给母亲买了一身裙子，让二老眉开眼笑，觉得他长大了不少。

"竟给我们乱花钱，多存着娶媳妇。"姜国胜念叨着，暂时不能工作，他对每一分钱都特别看重，不希望自己影响了儿子的人生轨迹。

姜承东笑道："爸你放心，这是外派津贴买的，我每个月都有存钱。"

一家人其乐融融地回了家，沈萍把姜承东拉到厨房说悄悄话："你在网上搞的那些东西，还真能赚了钱？可千万要走正道！"

"妈瞧你说的，不能赚钱，我还花那么大工夫干什么，我挣的都是光明正大的钱。"

沈萍想起之前陶珍劝她的话，摇头叹道："唉，真是跟不上这个时代了，你们小年轻坐家里就当上班了。"

"赶上了好时代，互联网让我们有了更多的渠道展示自己的才华，是大时代赐予我们的礼物，最关键的是我把握住了机会。"

沈萍拍了他脑袋一下："戒骄戒躁，等你真能养活自己，再跟我得瑟。"

姜承东躲开老妈的龙爪手："知道啦，现在这才刚开始有点收获，我做梦都想获得更大的成功，就不用这么一直伪装着自己的生活，连真正在做什么都不敢和别人说，活得憋屈。"

他扬起头，充满期待看向窗外灰蒙蒙的天，在一条不被外人的理解道路上，必然要付出更多艰辛，取得更大成就，才能获得和普通人一样的尊严。

否则，面对的只有数不尽的质疑、嘲讽和奚落。

这是一条不成功便成仁的道路。

姜承东拿到分红后，请林欣然吃了顿大餐。两个人诉说着近期的顺利和坎坷，努力和付出，在擦得光亮的落地窗前，疲惫地靠在一起，俯瞰着灯光辉煌的北京夜空。

现如今年轻人压力巨大，连年下降的结婚率和生育率就最直观地反映出新一代对未来的惶恐，他们怕连自己的生活都过不好，更不敢对爱人和下一代作保证。

姜承东看似取得了一些小成功，但自由职业也最不自由，他需要更多的时间和精力投入到事业上，他在网络上的账号就是一家自负盈亏的企业，长时间都在没有他人交流的环境下自我突破，承受的压力远远超过普通白领。

林欣然遭遇的挫折就更明显了，曹静亦自恃资历深厚，处处打压别人，把这个原本富有生机的公司弄得乌烟瘴气，不知道什么时候才能将其扳倒，迎来日出。

"敬未来，我们付出了，走在正确的路上，就一定会到达彼岸。"姜承东每天写着"积极文艺"的公众号，不知不觉也成了鸡汤达人。

"借你吉言，不过我可要你比这个精神领袖更快成为女强人。"林欣然和他碰杯，目光坚定，志在必得。

贺小秋其实是自己不敢去面对张腾飞，他上次发火和后来的冷淡态度，让她进退两难。爸妈劝她不要再找张腾飞，可她心里终究是惦记，再胡搅蛮缠和没心没肺，一旦在乎了，也就潇洒不起来。

"鼓起勇气，说服他！"林欣然豪气万丈地一拍桌子。

"什么！睡服？可是我们之前只停留在接吻阶段。"贺小秋瞪大眼睛，感觉臣妾办不到。

"咳咳，你该不会想歪了吧？嘿嘿嘿……"

贺小秋连忙把话题岔过去："那个，咱们刚刚讲到哪儿了？"

林欣然和赵琳一起给她出主意，论点论据准备得异常充分。

贺小秋懵懂地点头，被两位姐姐拉着排练了好几遍辩论发言，最后破釜沉舟，直奔张腾飞家。

　　罗芳一开门，看到贺小秋有些意外，贺小秋倒是落落大方地打了个招呼，然后问："张腾飞在吗，我来找他兴师问罪！"

　　她这气势汹汹的架势可把罗芳吓到了，支支吾吾地说"不在"，想替儿子挡下这关。张腾飞却已经从里屋出来了，冷冷地瞥了贺小秋一眼："问我罪？来啊，我倒要看看你有什么歪理。"

　　罗芳不想家里是如此剑拔弩张的气氛，忙说道："你们别吵架，有话好好说。"

　　"不用，阿姨你在这里当个裁判！"贺小秋拦住了她，不等张腾飞皱眉说出什么反驳的话，就先把张腾飞按到了沙发上，让他仰视着自己，口齿伶俐地列出了他三点罪行：

　　"第一，阿姨和你，互相都不是对方的私有物，无论年纪大小，都有谈恋爱的权利，张腾飞你把母子关系凌驾于个人情感之上，反对母亲谈恋爱，不分青红皂白反对母亲接触异性，这是限制他人交友自由，有罪！

　　第二，你对阿姨根本不够细心，阿姨需要更多的体贴和关怀，你却只想一直霸占母亲在身边，让她伺候自己，以后再伺候未来的小孙子，这是大男子主义，这是封建主义的余毒，罪加一等！

　　第三，我贺小秋暗地操作的方式欠妥，但本心一片纯良，也是希望有缘人能够终成眷属，前前后后付出的辛苦你没有了解过，就觉得我是坏人，这是不尊重别人的劳动成果，这是怀疑女友的聪明才智，罪加十八等！"

　　张腾飞听她在那痛陈利害，眉头越皱越深，只觉得统统无理取闹："你不要侮辱聪明才智这四个字。"

　　"宁拆十座庙，不毁一桩婚。阿姨和黄叔叔年过半百，还能在课堂初识，本来是多么美好的夕阳恋歌，偏偏你从中作梗！"

　　贺小秋进入了煽情段落，就差唱上一句"法海你不懂爱了"。她拉起了罗芳的手："阿姨你知道吗，黄叔叔因为见不到你，思念过度，此刻正在医院躺着，可见他对你的情真意切，比这个诬陷女朋友还吃好喝好的大猪蹄子强上百倍！"

　　罗芳吓了一跳，关切地问道："黄大哥住院了？情况严重吗？都怪我，把他电话拉黑了，这么大事都不知道……"

　　她陷入了深深的自责，说什么也要去给黄志明打电话，贺小秋一边说着没有大碍一边帮她拨通了电话，然后对着张腾飞做了个鬼脸。

　　张腾飞气坏了："妈，你可别上当，他们不是第一次联合忽悠你了，这生病也不一定是真的……"

　　罗芳知道儿子一切都为自己着想，但听了贺小秋的一番分析也颇受震撼，对张腾飞道："你别着急，妈活了这么多年，虽然人笨，但基本的判断力还是有的，黄大哥不是那种装病博同情的人，我们有这些日子的师徒情分，也应该去看一眼。"

"阿姨，我开车送你。"贺小秋立刻道。

张腾飞一腔好意没人领，摆手道："随便你们！"

隐隐地，他也认同贺小秋说的话有一定道理，但是对自己可能会多出一个爹就是本能的排斥，一时接受不了。

张腾飞一气冲出了房间，走了好半天却发现没有一个人追出来，只能悻悻然地在小区自己转悠，到了小区的活动器材区，坐在单杠上发呆。

坐了好一会儿，迎面走来一个年迈的老奶奶，身后拖着一个买菜的小车，走一步都颤巍巍，不时要撑着那车歇息一会儿，他过去想帮把手，却被老奶奶婉拒，那孤独的背影在夕阳下拉得好长好长。

忽然他就想起了母亲，她随自己来到这个城市，含辛茹苦把自己养大，身边再没有一个陪伴的人。自己现在忙于工作，以后还会有家庭孩子，陪伴她的时间将越来越少，等她老了，也是这般孤苦伶仃，如果有个同龄人来爱护她照顾她，未尝不是一件好事。

他只想自己接受不了可能的后爹，却没想过罗芳多了一个依靠有多幸福。

不知不觉日头西斜，他呵着冻僵的手拿出手机，问贺小秋在哪里，一会想和她聊聊。

小区的围墙外面，一个卖氢气球的小贩正骑着电动三轮车快速经过，可能生意不好，车把上还飞扬着大把的气球，有米老鼠，有葫芦娃，有喜洋洋，有皮卡丘……尽是憨态可掬的造型。

张腾飞指着飘扬的气球，又看他车斗里还有不少，爽快道："这些我都要了。"

对于贺小秋来说，看到那个大男生忐忑的表情，握着气球海，这些日子受的委屈都微不足道起来。

"大臭鱼！算你识相！"

她把两个人紧握气球的手拍下照片，然后发到朋友圈。

"你也要发。"她踢了一脚傻笑的张腾飞。

张腾飞有些囧："太幼稚了，我不要。"

"非常有必要，我要让全世界都知道气球是我的，你也是我的！"

第57章

最美不过夕阳红

贺小秋和张腾飞的别扭结束了,而罗芳跟黄志明之间本就是误会一场,全是碍于答应张腾飞才不和他来往,说开了之后,两个人又开始见面。

相思病解了相思,黄志明很快就精神百倍地出院了。

只是闹这一出之后,两个老人时常会有些暧昧害羞,之前刻意忽略的情感进展,说破后,就总在不经意间爬上心头,突然抬头对上眼,两个人都是大红脸,避开目光。

在这种心境下,贺小秋找黄志明求画,也全无难度,老头十分感激她,让自己的晚年生活有了玫瑰的颜色。

他的画作经由林欣然送给了孟涵,原来孟涵要向祁静秋求婚,结果那位品位高雅的富家女不要香车宝马也不要钻石铂金,只想要一幅千金难得的黄大师手绘的百虾图。

祁静秋气孟涵之前和自己冷战,便用这般传说中的人物考验他的诚意。孟涵在家宴中听林欣然提起闺蜜安排黄志明和男友母亲约会,便顺水推舟,让林欣然帮自己拿到百虾图。

林欣然兑现了自己的承诺,孟涵用自己的关系调查了逐鹿游戏的账务,找到了和情声有关的账目,证明确实存在合同之外的商务支出,数额颇大,但相比直接买流量的价格,又经济实惠太多了。

有了这份证据,加上林欣然和张腾飞这些日子收集的信息,已经足够指证运营部存在以权谋私的受贿行为,但能不能把曹静亦拉下马,还要看纪京武的处理。

时近元旦,几家卫视都把年末的重头戏放到了跨年晚会上,曹静亦力排众议,推动情声拿下了X省跨年晚会的冠名权,并找压轴歌星邢瑞安做代言人,花费不菲。

熟谙娱乐八卦的林欣然不由替情声担心:"邢瑞安的确是今年的当红炸子鸡,但他黑历史一大堆,粉丝特别偏激,找他做代言人,对品牌危险性太高了。"

直男张腾飞并不觉得这有什么要紧:"小道消息都是给群众日常嗑瓜子编的,台上的明星背后都有公关团队,出事也会有人帮忙灭火。"

林欣然沉声道:"互联网时代,网络的力量如同海啸。再强大的公关,也无法公关本就恶劣的人和事。"

很快就是元旦假期，情声在不赶版本的时候，假期安排也按国家规定走，所以即使收视率统计出来了，他们的用户波动曲线也要等回来上班的时候才能制作，所以大家约定都好好放个假。

张腾飞和贺小秋重归于好，折腾了一圈之后，反而有愈加珍视彼此的趋势，吃饭都要手拉手，被同部门的单身程序员们鄙视为行走的虐狗达人，其实心底满满的全是羡慕。

两个人心里觉得彼此合适，已经有了结婚的计划，罗芳思虑再三没有反对，现在的难题就是贺家父母对张腾飞有些误会。

小情侣商量好了，元旦正日子，张腾飞来贺家恭贺新年，贺小秋做内应，先把这对宠女无双的夫妻给哄好。

结果，张腾飞直接被拒之门外。

"让他回去，不见。"贺新成没有一丝余地地拒绝了贺小秋。

"爸，你不是最疼我的吗，我求求你了，就开门吧，别再给女儿的幸福道路制造障碍了。"贺小秋拿出撒娇大法，可惜无果。

贺新成道："傻闺女，你还是把事情想得太简单。"

贺小秋脾气也上来了："我自己的未来自己做主，你不同意，我就和他私奔！"

她佯做上楼要去收拾行李离家出走，贺新成却是不慌不忙："喂，银行吗？我那张副卡的额度给我停了。"

贺小秋如遭雷击，再转身时已经笑颜如花，推开贺新成手机同时给她揉肩："哎，爸！我怎么舍得离开你呢？"

她平日里花销无度，自己那点工资根本不够，每个月全靠贺新成给她的信用卡才不会吃土，他要停了额度，她立刻得去吃土了。

贺新成无奈地摇摇头："你呀，永远像个长不大的小女孩！"

因为怕贺小秋偷偷搞事，所以贺新成下令她元旦三天都不许出门，如果违抗，立刻剥夺她一切零花钱。

田晓雯对他们父女两个小打小闹一向是两不相帮，乐得看戏，只在不可收拾时出面调和。

贺小秋委屈得不行，在自己床上拿玩偶撒闷气，然后给张腾飞发消息："限你明天太阳下山之前把我爸哄好，否则我这个元旦假期就报销了，天天关在家里会发霉的！"

张腾飞简直一个脑袋变成了两个大，他还没有琢磨过来这个逻辑，手机又响了。

"你要是做不到，我保证一个月……不，一个星期不和你说一个字！"

我不是妈宝

"为了防止我做不到，决定先拉黑你，拜拜。"

然后，手机就安静了。

原本他俩还和姜承东、林欣然约好一起中午吃饭看电影，结果贺小秋被禁足了，中午的吃饭也成了他一筹莫展的吐槽大会。

听了张腾飞的诉苦，林欣然道："别觉得不公平，就许你疼妈委屈了小秋，人家就不能疼女儿委屈你啊？"

"我这回算是领教过了，以后得把小秋供起来。可眼下该怎么讨好岳父岳母，大家快给我想想主意。"

林欣然没说话，对姜承东一挑眉。来之前，两人就此沟通商量了对策，姜承东作为男同胞更好和张腾飞说通。

"你不识庐山真面目，只缘身在此山中。贺小秋家就想找一个疼爱女儿、身世单纯、性格纯良的男人照顾她，没车没房都无所谓，只要小秋乐意。原本你是符合条件的，只不过，你这次的护母行动让岳父岳母担心你未来会亏待小秋。"

"可是我平时都特别宠着小秋，自己吃亏也不敢让她吃亏！"张腾飞内心十万分的委屈。

林欣然摇摇头："那是生活琐事，真正到涉及平衡家庭关系时，你表现得太冲动了，而且立马和小秋翻脸，这就是矛盾的隐患，贺家怎么放心把女儿托付给你？你接下来得用实际行动来表忠心，还不明白吗！"

姜承东补话道："兄弟，现实点说，你们要进行到下一步结婚，就需要安身立命之所，请献上你的存款和贷款！"

"我当然想买房，可我的存款不够首付……"张腾飞苦恼地挠挠头。

"钱不是最重要的，心意才是。你就算只有十块钱，也愿意八块钱都给贺小秋花，这才是态度。"

林欣然的这句话点醒了张腾飞，让他豁然开朗。

"我想我知道该怎么做了。"

第二天，张腾飞又去了贺家，在外面等到了快中午，才得到贺新成允许进门。

贺小秋趴在二楼偷偷看他，比了加油的手势，被老爸狠狠地瞪了一眼，灰溜溜地回了屋。

张腾飞昨晚彻夜未眠，已经想通了很多事情，此时面对贺新成，他倒没有紧张，先是解释了上次的误会，又讲了自己对贺小秋的一往情深，最后说自己会存钱在同小区买房，婚后方便贺小秋经常回娘家。

"你知道这小区是什么价格？等你买房，小秋头发都白了。"

面对岳父的刁难，张腾飞紧抿着唇，保证道："我在公司兢兢业业干了这么多年，公司给我的股份暂时没有变现，但未来效益可观，另外我的存款和工资卡都交给小秋保管。总之一定会用尽全力，凑够首付，不让小秋受苦。"

贺新成审视着张腾飞，岳父的威压让张腾飞透不过气来，但事关两个人的幸福，他强撑着一口气，坚定地回视他。

"一年时间，证明你的能力，我就同意你们的婚事。"贺新成终于松了嘴。

张腾飞长出一口大气："我答应您！"

"下来吧，你们出去疯吧！"他对着二楼栏杆招招手。贺小秋立刻风一样跑下来，抱着老爹亲了几口，然后拉着张腾飞就要出门："今晚有百老汇的原声歌剧，快走，我抢到了可好的位置呢！"

张腾飞出了门，见她这副只想着疯玩的样子，奇怪道："你就不怕我完不成你爸的要求？"

"一年以后的事，你现在愁有什么用？大不了到时候再让他退一步换个要求，你放心，得寸进尺这事我最擅长啦！"贺小秋满不在乎地道，"现在，我们出去玩吧！"

张腾飞被她一路拽着走出门，忽然感觉很暖，自己过去那艰难灰暗的20多年，幸好有了活力四射的她，把那些沉闷一扫而空，生活有了温柔的色调。

小小的古董店，突然一个瓷瓶被砸到了地上，碎片上那精美的青花，看着就让人心疼。

"你这个不孝子，我娶老婆怎么了？你罗阿姨不是图咱家那点家产来的，我告诉你是想听祝福，不用你教我怎么做人！"

黄志明难得的大动肝火，连宝贝的古玩都不在乎了。

黄文匆匆忙忙从海外赶来，就为了让父亲别结婚。

"爸，你这么多年都单过来了，这把岁数，怎么还被一个老太太迷得神魂颠倒，她还有儿子的，现在她们当然说没有想法啊，但谁知道以后！"

"闭嘴，你要是再敢多说半句，我保证一分钱都不会留给你！"黄志明也是真发了火，拿起桌子上的砚台就丢了出去。

他儿子以守门员扑救的姿态救下那砚台，也不管额角都撞红了："爸，你疯了，几十万就这么往地上砸……"

"你根本就不是真的关心我，唉！"老头长叹。

黄文此次回国前特意请了长假，不达目的不会轻易罢休，爷俩儿又吵了好几次，闹得罗芳也知道了。

罗芳是在黄志明的百般追求下，才答应结婚。原本只是因为情投意合，在两个人有个大病小灾时，能互相扶持。但既然黄文担心她另有所图，罗芳和张腾飞商量之后，向黄志明提出，自己可以和黄志明做婚前财产公证。

可黄志明死活不同意，他觉得自己儿子已经成家了，没权力再干涉他的自由和幸福，不管双方劝阻，立下遗嘱存款和房产都归儿子黄文所有，画作和古玩归罗芳，他和罗芳在世时，都有房产的使用权。

即使罗芳不需要他的保证，他也白纸黑字立下了字据，只为要证明他的认真。

除了财产，黄文情感上也还是有些不平衡，张腾飞以过来人的身份和他谈心。日子一长，当他看到父亲每天脸上的笑容，终于明白，罗芳能常伴父亲左右，让他快乐，自己远在国外，又能照顾得了老人多少呢？

黄文终是同意了黄志明的婚事，父子关系破冰。说到底，父亲也是个独立的人，他不该只为子女而活，被子女的意见绑架。

第58章

我不是妈宝

新年前最后一天，林欣然和张腾飞把曹静亦中饱私囊的证据递交给公司。假期转瞬即逝，例会上，跨年晚会之后情声下载量、装机量的统计全都出炉，邢瑞安的人气和本次品牌的高曝光度，让情声的数据节节攀升。

但还没等曹静亦大办庆功宴，邢瑞安就遭遇了形象危机，他被爆出酒后醉驾，还涉嫌让助理顶包。谁都没有想到，邢瑞安就此从云端坠落，墙倒众人推，满屏都是他的黑料。有媒体更是带头把战火烧到邢瑞安代言的情声，一时间，情声也惨遭唾弃。

事到如今，大家都明白了，整个局都是酷乐在借机操作，情声未能一飞冲天，反而经受了一段时间的舆论抨击。

曹静亦离开了情声，对外说是找邢瑞安做代言失误而引咎辞职，但公司里消息灵通一些的人，都清楚她更是因为受贿问题东窗事发，不得不走人。纪京武给她留了几分面子，更不想在情声新一轮融资合同即将签署之前，再出什么变故。

知情人士缄口不言，本土派重新成为这个公司未来发展战略的掌控者。而就在这个时候，卞嘉德决定彻底辞去总经理职务，只保留自己的原始股份，要回老家疗养身体，过十多年来第一次和亲人团聚的春节。

从大学毕业开始，他就在北京从不停歇地努力着，拼下了江湖地位，也熬白了少年头，不知不觉间，父母都已年迈。浮华背后，唯有青春、健康、真情才是唯一属于自己的东西。

林欣然调任为纪京武的助理，她的能力和资历都还不够执掌运营部，但因为几乎在公司所有的部门都辗转工作过，了解业务流程。同时，她对外协作沟通能力强，做总经理助理合适又妥帖。

张腾飞凭借着过硬的技术水平，成了技术部的副总监，继续负责深究大数据算法。现在他们情声上线了每日歌曲推荐模块，根据用户过去听歌习惯，每天推荐30首歌，再通过实际使用，大数据的推算结果会越来越精准知心，使情声成为技术实力极强的国民APP。

而在新一轮融资过后，之前情声许诺的股权激励也变成了期权激励，不少人在骂资本家的黑心，断绝了大家成为小股东获得长期分红的可能。但随着情声的估值不断走高,等以后上市时,管理层和核心员工都将成为千万级别的富翁,也不负他们创业的辛苦。

张腾飞终是完成了对贺新成的承诺,可以挺起胸膛,许贺小秋一个小公主的生活。

姜承东搬离家之后,沈萍上班的日子还好,周末总会觉得特别难熬:她会幻听儿子的脚步、笑声,满怀期待地回头,但却只是空望;洗完水果,习惯性地先挑出最好的送到他屋,推开门面对无人的房间,眼泪默默地滚落下来。

她也不知道自己的生活怎么就过成了这般样子,照顾了20多年的孩子离开她,她就像失去了一半的灵魂般难受。

时间积累成习惯,不止养成了孩子对母亲的依赖,母亲也同样把孩子当作了精神支柱。

以前的姜国胜很忙很累,到家就只想休息;现在他待在家里精力旺盛,交流最多的就是沈萍,也有心思去琢磨她在想什么、愁什么,在身体又好了些后,还会做好饭菜等她回家,变着花样逗她开心。

不经意间,竟又有了当初两个人初相识的小小甜蜜,所以她对儿子的思念,逐渐被老公的关爱转移。

姜承东再一次回家后,就已经是春节前了,沈萍替他清扫房间,在枕头下面发现了一张卡片:"我是你的珍宝,你也是爸爸眼中的珍宝。"

"看什么呢?"姜国胜也带着塑胶手套和沈萍一起打扫卫生,这可是以前甩手掌柜不屑掺和的事情。

"儿子替你写的情书。"沈萍递过去,却发现这个脸晒成了锅底的男人,脸红了。

当晚的情声个人FM上,姜承东更新一期关于妈宝的音乐节目:

"曾经,我也是一个妈宝,就算成年,却从来不想真正长大。人生的烦忧,外面的风雨,有妈妈为我遮挡,我安心当个孩子。直到我发现我离开妈妈的羽翼不会飞翔,直到我看到她老了累了,直到我想为我爱和爱我的人撑起一片天,我才知道,我不能只当妈妈的宝贝,要直面人生的选择,要坚强,要独立。"

节目最后,他总结道:"妈宝现象并不只是母亲过度干涉掌控子女的生活,最核心的是子女未能真正成长,没有断掉对父母的过度依赖。

"任何一对妈宝关系都不只是母子问题,而是整个家庭的问题。婚姻关系中丈夫的缺位,是导致母亲把过多注意力投入到子女身上的重要原因。

"所以想要摆脱妈宝,子女独立是一方面,更要让父亲回归家庭,填补母亲的感情缺憾,或者帮助母亲自立、找到其他情感寄托。

"片面的指责妈宝关系中的母亲是极不公平的。母亲怀胎十月,含辛茹苦,把孩子养育成人，在家庭中付出了无限的爱与精力。

"我们热爱母亲，更要学会真正尊重母亲。当我们真正把父母亲当宝，照顾关爱他们时，我们才真正长大。"

这期妈宝节目播出后，受到粉丝极大的热议，大家畅所欲言，纷纷表达自己对亲子关系、妈宝问题的观点，回帖量暴涨，凭着热评自然量冲到了首页推荐的位置。

因为姜承东和林欣然的恋爱关系在情声早已不是秘密，纪京武看到推荐后，对自己的助理打趣道："想不到你男朋友原来还是个妈宝，你敢调教他，可真是勇气可嘉！"

林欣然并不喜欢别人贬低自己的男朋友，哪怕他是老板，以退为进地开玩笑怼道："老大，又不是所有男生都像你一样机智勇敢、杀伐决断、霸气无双！"

"别给我戴高帽子，心里指不定在说我什么坏话呢！说吧，你当初怎么就选了妈宝做男朋友？"纪京武真的是非常八卦的老板。

林欣然跟纪京武时间长了，胆子也变大了，这些日子忙成狗，身体吃不消，她索性要了半天调休假，才肯详细剖析心路历程。

"大家都觉得妈宝是祸害，唯恐避之不及，其实我倒觉得妈宝分不同程度。严重程度的妈宝和极端挑剔的妈妈，的确是地狱模式。但如果只是中度和轻度的妈宝，还是可以挽救一下，建议不要放弃治疗。

妈宝不是瘟疫，只是家庭关系的失位，现代女性对妈宝男避如蛇蝎，何尝不是因为自己也是一家中最受宠的宝贝，才受不得这样的落差？

我没有只看到姜承东身上的问题，也正视了自己的不足。每一段亲密关系都需要真诚地付出，不能一味地索取和以自身为中心。

毕竟，爱情又不是随地可以捡的垃圾，而是需要缘分加努力追求的幸运星，大部分人都懒得追或没跑对方向，没追上。"

纪京武被逗乐了："所以你到头来是因为相信爱情？哈哈，那姜承东算是多少度妈宝？"

林欣然一脸认真地估算了下，回道："他顶多算中度……纪总你别笑，妈宝又不全然都是负面标签，因为从小被妈妈呵护长大，他也有非常尊重女性，善良温柔的优点。再加上他对我特别好，让我开心，我喜欢他，反正我觉得捡到宝了。"

"如果让你总结你的恋爱心得，最后的结论是什么？"

"没有完美的爱情和完美的白马王子，只有不断磨合，用智慧和坚韧的心经营这段关系，才能变成越来越合适的人。"

现在的年轻人真是吃道理长大的，说起话来都一套一套的，纪京武不由得鼓鼓掌："你快点搞个情感FM，和你男朋友组合出道！"

"不管，我要先休假半天，回家睡懒觉……"

我不是妈宝

一套正在装修的毛坯房里，贺小秋站在倒扣的油漆桶上，手里举着一个可乐瓶当话筒，对着下面的张腾飞发表慷慨激昂的演说。

"人生的长度是固定的，除了金钱之外，时间也是非常重要、不可再生的重要资本，所以浪费时间去做自我折磨，是非常可耻的事情。"

"我有什么，我就要享受利用什么。拿着第一桶金去赚取第二桶金，永远要比原始野蛮的积累更轻松。"

"张腾飞，我尊重你的自尊，但也不希望你会浪费宝贵的生命，要约束自己非得从零开始，这是矫情！然后还带着我也进行这么一场无聊的长跑，什么管理自己、控制消费，我呸，我现在就能用贵妇产品，为什么要委屈自己用超市护肤品，等老了还有什么能补回来自己的青春？"

"我决定，装修、家具、家电都要马卡龙色，像我一样小清新！"

张腾飞哭笑不得："好了，休战，搁置争议，以你的意见为主，小心肚子里面的孩子。"

"嘿嘿，我就知道你对我好！"贺小秋闭着眼睛撅起嘴求亲亲。

张腾飞从念书开始，在北京漂泊了也有十多年，终于有了落脚的住处，但还没装修完，就有一位可爱的小天使不请自来。

幸好他们的婚期早就定下了，而且准备跟姜承东林欣然这一对定在同一天，相关的事情都在准备中，倒并不会太仓促。

张腾飞刚把贺小秋抱下来，她突然就止不住地孕吐，好半天才缓过劲来。

贺小秋坐到刚刚发表演说的那个桶上，不禁深刻怀念之前疯跑乱跳的日子，摸着肚子，幸福地烦恼道："你这个小祖宗，想把你养大可真不容易啊！为了你，我吃饭被限制，出去玩被限制，玩手机被限制，连睡觉都不安生，真是上辈子欠你的！"

张腾飞一脸无奈："他只是一个迷你祖宗，你才是小祖宗呢，自从你怀孕以来，两家四个人，哪个不是以你为中心，24小时随叫随到。"

贺小秋不好意思地笑笑，扶着腹部，感慨道："我妈怀我的时候，肯定也很辛苦。"

长这么大以来，她一直以父母宠爱为荣，直到有了自己的骨肉，才体会到了为人母的辛苦。父母照料自己20几年，她得成熟起来，不让他们永远为自己操碎了心。

林欣然和贺小秋说好要一起举行婚礼，可是等到了要筹备婚礼时，一个加班成狂，一个腆腹待产，最后准备的工作全都落在了两位新郎身上。

沈萍不放心，还是拉着姜国胜来到婚礼场地，看有什么能帮上忙的地方。

姜承东安排父母坐下，送上饮料，不让他们搭手。

沈萍四处打量，觉得还算满意，拿着婚礼筹备单检查，事项按轻重缓急分了不同档位，大大小小的事情想得非常周到，扫了三遍，竟然没发现自己能补充的地方。

她叹一口气，这一年来姜承东自己创业，成长肉眼可见，她这个当妈的能帮衬到的地方越来越少，既欣慰儿子长大了，也感慨自己变老了。

"妈，有礼物送给你。"姜承东探头进来。

"什么礼物？"沈萍微微愕然。

"下去你就知道了……"姜承东拉起了她和父亲，把他们送到了外面。

原来，姜承东选婚纱照时买了尊享套餐，送了两组夕阳流光照拍摄，给双方父母也拍写真。

摄影师为陶珍和林毕腾设计了"女王大人vs忠犬骑士"的主题，老两口玩得不亦乐乎。

沈萍和姜国胜都有些不好意思，但在亲家面前不好落了下风，也逐渐放松摆造型。看着屏幕上PS后的照片，又年轻一次的自己和爱人，陶珍靠在老伴林毕腾的肩膀上，满脸幸福。沈萍握紧了姜国胜的手，轻声道："我都快忘了，那时候你还挺帅的。"

看着父母们喜笑颜开，林欣然背在身后的手对姜承东比画了一个胜利的"V"。

和煦的阳光下，姜承东牵着林欣然走在绿荫大道上，恬静美好。可凑近了听才发现，林欣然在数落姜承东近期生活和工作中的问题。

"姜太太，你要知足，我对你够好了，完全是妻奴！最近都有粉丝投诉我发糖过度，太齁引起不适！"

林欣然拧着姜承东的耳朵，嗔笑道："合着你觉得自己已经表现良好，妈宝进阶为妻奴，要从我这毕业了？"

"哪有的事！你这所大学，我还得继续读，再接再厉，读一辈子。"

"别介，咱们是互相尊重，平等互助的夫妻关系。我的毛病，你也提一提，我有则改之无则加勉嘛！"

姜承东揉着耳朵表忠心："娘子你十全十美！"

"哼，虚伪！说实话！"

"那我说了……你最近又胖了！"

说完，姜承东就起身溜了，林欣然气呼呼地追着要打他。

笑闹着，两道身影渐渐远去，他们成熟了，但心态仍然年轻，可以把这枯燥的生活，过得别有滋味，彼此是对方一生的至宝。